dtv

Über Finnland kursieren viele Klischees: Die Winter sind lang, dunkel und eisig kalt, die Sommer kurz, hell und nicht sonderlich warm, zudem voller Mückenschwärme. Diesen geografisch bedingten Nachteilen begegnen die wortkargen Finnen mit Saunagängen, Saufgelagen und skurrilen Wettbewerben wie Handyweitwurf, Frauentragen und Luftgitarrenspiel. Doch mag auch mancher Finne mit einer Thermoskanne voller Weinbrandkaffee auf die Jagd gehen oder die Unsicherheit beim ersten Rendezvous in einem Pfefferminzkakao mit Schuss ertränken – auch in Finnland gibt es einen ganz normalen Alltag, wird geliebt und gehasst, gelacht und geweint. Stefan Moster hat Erzählungen von 25 zeitgenössischen Autorinnen und Autoren ausgewählt, die einen repräsentativen, vielfältigen und oft hintergründigen Einblick in die heutige finnische Gesellschaft geben.

Stefan Moster, geboren 1964, arbeitet als Schriftsteller und Übersetzer. Er ist ein hervorragender Kenner der finnischen Literatur und übertrug unter anderem Werke von Hannu Raittila, Ilkka Remes, Mikko Rimminen und Kari Hotakainen ins Deutsche. 2001 wurde er mit dem Staatlichen Finnischen Übersetzerpreis ausgezeichnet. Er ist Autor der drei Romane: ›Die Unmöglichkeit des vierhändigen Spiels‹ (dtv 14137), ›Lieben sich zwei‹ (dtv 14226) sowie ›Die Frau des Botschafters‹. Stefan Moster lebt mit seiner Familie in Espoo, Finnland.

INHALT

Turkka Hautala: Sprungschanzenstädte 7
Juha Itkonen: Händel 9
Philip Teir: Bube Dame König 18
Maritta Lintunen: Schwarz und Weiß 35
Peter Sandström: Sohn 50
Rosa Liksom: Der Jagdausflug 71
Daniel Katz: Grenzbegehung 77
Janne Huilaja: Vaters knauseriger Cousin 83
Taina Latvala: Der Lagerarbeiter 93
Päivi Alasalmi: Aktiver Autourlaub 98
Joel Haahtela: Zaia 103
Sari Malkamäki: Die kluge Ehefrau 111
Zinaida Lindén: Die Seiltänzerin 124
Pasi Lampela: Der Ring 129
Tuuve Aro: Taxi Driver 139
Eeva Tikka: Langsame Leidenschaft 151
Anna Tommola: Die Pilze 165
Janne Salminen: Es gibt Männer, die mit Maschinen-
    pistolen nach Hause kommen und schießen 177
Mooses Mentula: Exotischer Touch 187
Petri Tamminen: Mein Anteil an den Balkan-
    Friedensverhandlungen 197
Miina Supinen: Dekadente Liköre 206

Johanna Holmström: Weitwinkel, Ida #2 214
Juha Hurme: Tivoli 226
Maarit Verronen: Das Ferienhaus 240
Riikka Ala-Harja: Die Insel 250
Turkka Hautala: Die Mannschaft der Menschen 256

Nachwort 258
Autoren- und Quellenverzeichnis 264

Turkka Hautala

Sprungschanzenstädte

Gibt es in einer Stadt eine Sprungschanze, kommt sie einem als Erstes in den Sinn, wenn man an die Stadt denkt. Lahti. Jyväskylä. Kuopio. Man stellt sich die Stadt voller rotwangiger Mütter vor, die Bleche mit Hefewecken aus dem Ofen nehmen und Kinder zum Training fahren. Männer in Outdoorkleidung feuern mit Bratwürsten in den Händen die Akteure an. Nehmen es ernst.

In allen Sprungschanzenstädten werden ähnliche Postkarten hergestellt. Sie zeigen drei oder vier miserable Fotos, eines davon die Sprungschanze. Der Blick des Betrachters verliert sich in diesem Bild. Daher schickt man die Karte nicht seinem Saufkumpan, sondern Oma oder Patenkind. Das Textfeld füllt man mit ein paar beruhigenden Sätzen aus.

Im Herbst sammelt die Sprungschanze Kräfte. Sie steht allein mitten im Wald, wird jedoch nicht vergessen – immer blickt einer durch den Vorhangspalt zu ihr hinüber oder wirft beim Pilzsammeln einen Blick darauf, aber man nähert sich ihr nicht. Der Student, der neu in die Stadt kommt, betrachtet die graue, dem Regen ausgesetzte Schanze vom Küchenfenster aus und vermutet, sie werde innerhalb weniger Jahre einstürzen. Er kennt die Kraft der Schanze nicht. An einem Sonntag im Dezember zieht der verkaterte Student die Vorhänge auf und staunt: Auf dem zum Brechen vollen Schanzenhügel wallt ein

Karneval der Farben. Saftbecher dampfen, tollkühne Männer in Pastell fliegen durch den hinreißend klaren Wintertag.

Im Winter ist die Sprungschanze, was sie ist, aber wenn der Sommer kommt, verwandelt sie sich in eine Bühne der Liebe. Ein frischgebackenes Paar nach dem anderen steigt die unendlich vielen Stufen hinauf, um für einen Moment über der Welt zu sitzen. Oben blickt man stumm in Richtung See. Am liebsten würde man einen Heiratsantrag machen, aber noch lieber etwas anderes. Rar sind die Hände der Sprösslinge von Sprungschanzenstädten, die sich nicht wenigstens einmal auf dem Turm unruhig auf Wanderschaft begeben haben.

Für Kinder stellt die Sprungschanze die größte Errungenschaft der Erwachsenenwelt dar. Sie können nicht genug davon bekommen. Sie hängen, baumeln, klettern und schwingen an der Konstruktion wie Meerkatzen, die man im Urwald freigelassen hat, und wenn es dunkel wird, rutschen sie auf dem Po die Aufsprungbahn hinunter und rennen nach Hause.

Sieben Jahre später kehren die Kinder mit einer Tüte Bier zurück und ritzen ein pralles Geschlechtsorgan in den Schanzentisch. Sie ziehen in eine andere Stadt, lernen, übers Skispringen zu lachen, und denken nur noch dann an die Sprungschanze zurück, wenn sie sich am allereinsamsten fühlen.

Aus dem Finnischen
von Stefan Moster

Juha Itkonen

Händel

Mein Vater war Händler. Er hatte keinerlei Ausbildung, aber begriffen, wie einfach es auf dieser Welt war, Sachen zu beschaffen und gegen Geld einzutauschen. Er verkaufte alles, was man sich vorstellen kann: Waschmittel und Staubsauger, Zeitschriften und Versicherungen, Ferienwohnungen in Spanien, Gebrauchtwagen und Immobilien von flüchtigen Bekannten. Einmal kaufte er gebrauchte Tragbahren aus einem Krankenhaus und verkaufte ihre Holme als Zaunpfosten in die Sowjetunion. Mutters anfängliche Wut flaute zu Gelächter ab, von dem das ganze Haus erfüllt wurde.

Ich war stolz auf meinen Vater. Wir wohnten in einem weißen, zweistöckigen Reihenhaus, eine kurze Autobahnfahrt von der Stadt entfernt, fast am Meer. Die Männer in der Nachbarschaft standen um sieben Uhr auf, rasierten sich, zogen ein Hemd an, das ihre Frau am Vorabend gebügelt hatte, wählten dazu eine dezente Krawatte und hüllten ihre schlaffen Körper in schlecht sitzende Anzüge. Anschließend trieben sie ihre Kinder ins Auto und setzten sie auf dem Weg in ihre öden Büros vorm Schultor ab.

Mein Vater war anders. Er hatte einen dunklen, exakt gestutzten Bart, lebhafte Augen und lockige Haare, die ihm bis über die Ohren reichten. Manchmal, wenn wir nach einem langen Schultag nachmittags Straßenhockey spielten, parkte mein Vater den Wagen am Straßenrand und sprang über den Zaun aufs Feld. Er ließ den Autoschlüssel um den Zeigefinger kreisen, fragte nach dem Spielstand und erklärte, er werde nun fünf Minuten lang in der Mannschaft mitspielen, die hinten lag. Mein Vater stand immer im Tor, riesig wie ein Haus. Er kannte meine Freunde beim Namen und feuerte uns alle an, am lautesten diejenigen, die wie wild versuchten, den Puck an ihm vorbei in das mit zwei Schneehaufen markierte Tor zu bringen.

Zu Hause redete ich mit meinem Vater oft über Eishockey. Das war unser Thema – meiner Mutter einerlei und für meinen kleinen Bruder unbegreiflich. Unsere Mannschaft war die beste in der Stadt, die einzige, die ein Mensch, der über Selbstachtung verfügte, unterstützen konnte. Von meinem Vater bekam ich ein Trikot und einen Wimpel des Vereins. Das blaurote Stück Stoff hängte ich in meinem Zimmer auf, an der Schräge über dem Bett, sodass die Wimpelspitze meine Nase berührte, wenn ich einschlief.

Bei einem richtigen Eishockeyspiel war ich mit meinem Vater nur einmal, doch dieser Abend hat sich mir als Erinnerung eingeprägt, die ich nicht loswerde.

Die Saison war für unser Team bislang gut gelaufen. Melametsä und Arima waren in der Form ihres Lebens, Lehtonen ausgeglichen und sicher und Saarinen, mit ein paar Zahnlücken, immer am Puck. Als diese Männer, die ich nur aus der Sportschau kannte, unser Team ins Halbfinale gebracht hatten, sagte mein Vater, wir würden uns ein Spiel in der Halle ansehen. Ich holte den Wimpel aus meinem Zimmer, schwenkte ihn über dem Kopf und rannte damit durchs ganze Haus, bis meine Mutter sich im Türrahmen aufbaute und mir den Weg vom Wohnzimmer in die Küche versperrte.

Mein Vater war kein pünktlicher Mensch. An jenem unendlich langen Donnerstag stand ich fertig angezogen im Flur, das viel zu große Trikot über der Steppjacke, bereit, nach draußen zu rennen, sobald sein Lieferwagen vorfuhr. Meine Mutter sah mich von der Küche aus mit sonderbarem Gesichtsausdruck an. Ich bohrte meinen Blick durch die Tür und dachte darüber nach, über wen ich mich mehr ärgerte, über meinen Vater, der nicht kam, oder über meine Mutter, die mich daran erinnerte. Als ich meinen Vater auf die Hupe drücken hörte, stürzte ich hinaus, ohne mich umzublicken.

Wir flogen auf der Autobahn aus der Vorstadt hinaus, über Brücken hinweg auf die Brandmauern der Innenstadt zu und schließlich in einen Tunnel, aus dem wir in einer anderen Welt auftauchten. Ich war auch vorher schon in der Stadt gewesen, aber selten abends. Nie zuvor hatte sie so gewirkt wie dieses Mal: dunkel, außer Atem und gefährlich, eine Welt der Männer, in der Frauen und Kinder wie weggewischt waren.

»Papa. Wie viele Menschen passen in die Eishalle?«, fragte ich an einer Ampel.

»Achttausend«, sagte mein Vater, ohne den Blick von der Straße zu nehmen. »Und sie ist ausverkauft.«

Ich erinnere mich an die Autos am Straßenrand, an die Neonlichter und an die enge Lücke, in die mein Vater rückwärts einparkte, mit nur einer Hand am Lenkrad, dabei über die Schulter nach hinten schauend. Ich erinnere mich an die Ratschen, Hupen und wehenden Fahnen, an die walgroßen Männer in den Farben unseres Vereins und an die lebensbedrohlich wirkenden Anhänger des Gegners irgendwo auf der anderen Straßenseite, so nah, dass ich ihr betrunkenes Kriegsgeschrei hören konnte. Ich erinnere mich, wie mein Vater mich an der Hand nahm und nicht wieder losließ, wie er mich durch das Menschengebirge zog wie einen Blinker durchs Wasser, obwohl ich voller Scham versuchte, ihn daran zu hindern. Da fiel mir die Mütze vom Kopf und ich machte eine tollkühne Bewegung: tauchte zwischen die Beine der Männer und konnte sie aufheben, bevor schwere Schuhe darauftraten. Plötzlich steckten wir zwischen Maschendrahtzäunen fest, in einem engen Trichter, aus dem der Menschenstrom zum Eingang und an dickleibigen Ordnern vorbei in die Halle floss.

Ich hatte mir die Halle nicht so groß vorgestellt. Allerdings wusste ich, dass es in der Eishalle Eis, Werbebanden, orange Sitze und eine Anzeigetafel unter der Decke gab, denn all das hatte ich Hunderte Male im Fernsehen gesehen. Mir hatte bloß niemand von dem Gang erzählt, von der breiten Straße, in der man Bratwurst, Kaffee und Meter-Lakritze kaufen konnte und die von den hereinströmenden Männern mit Gerüchen und Stimmen, mit den Anzeichen wachsender Erregung erfüllt wurde.

»Beruhige dich«, sagte mein Vater. »Leg zwischendurch eine Atempause ein, du hast genug Zeit, dir das alles anzuschauen.«

Im selben Moment riss er mich zur Seite, in den Schutz eines großen Betonträgers. Er kehrte der Menschenmenge den Rücken zu und schloss mich in seine starken Arme. Ich sagte etwas, aber meine Stimme ging inmitten der anderen Geräusche unter.

Wir standen vielleicht eine Minute lang so da, vielleicht etwas länger. Dann ließ mich mein Vater los, drehte mich zu sich um und schaute mir fest in die Augen.

»Keine Angst, mein Junge. Keine Angst.«

Ich wagte es nicht, ihn noch etwas zu fragen, und ließ mich von ihm zu unseren Plätzen führen, ganz ans andere Ende der Halle, weit oberhalb des Spielfelds. Als ich die Zuschauertribüne sah, hatte ich das gleiche Gefühl im Magen wie im Auto, wenn man schnell über einen Hügel fährt, hinter dessen Kuppe es sofort steil abwärtsgeht.

Wir waren keinen Moment zu früh auf unseren Plätzen.

Das Schreien der Menge schwoll an, die Spieler kamen aufs Eis. In dieser Sekunde verlor ich mich im Lärm – ich trampelte auf den Beton, schwenkte meinen Wimpel und rief den Namen unserer Mannschaft. Ich erinnere mich, wie seltsam es war, dass mich niemand daran hinderte. Es war keine Mutter da, die mich an den Haaren gepackt und mir befohlen hätte, mich zu beruhigen.

Alle Männer ringsum – auch mein eigener Vater – benahmen sich wie ich. Sie waren Kinder in den Körpern von Erwachsenen. Noch viel später, als ich von einem großen Vortragssaal zum anderen zog, um darüber zu sprechen, wie man die Kraft zur Veränderung fand und sein Leben in den Griff bekam, stellte ich mir vor jedem Auftritt diese Situation vor: eine Herde einander fremder Menschen in alles verschmelzender Eintracht, trunken von der Kraft ihrer Masse. Wenn das Publikum an meinem ersten rhetorischen Haken anbiss, dachte ich immer an das erste Tor jenes Spiels: an Lehtonens genauen Schuss von der blauen Linie, der auf unserer Seite den Torhüter des Gegners passierte, unter meinem vor Begeisterung verschwommenen Blick.

Nach dem Rausch des ersten Drittels kam mir die Pause unwirklich leise vor. Die schwitzenden Männer mit den roten Gesichtern setzten sich kurz hin, nahmen die Mütze ab und starrten mit leeren Blicken aufs Eis. Ich wäre gerne dageblieben, als Teil der Menge, aber mein Vater gab mir Geld und trug mir auf, eine Bratwurst kaufen zu gehen. »Ein Mann kommt nicht hungrig von einem Spiel nach Hause«, sagte er und ich ging los, erstaunt darüber, dass er mich alleine in die Menschenmasse schickte, aber noch zu begeistert vom Spiel, um mir sonderlich viele Gedanken darum zu machen. Als ich vom Tribünenaufgang in den Menschenstrom trat, stieß ich auf einen Mann in Lederjacke, der nach Zigaretten roch. Er packte mich an den Achseln und stellte mich zur Seite wie Abfall, der ihm den Weg versperrte.

Es war nur folgerichtig, dass ich mich verirrte. Ich entschied mich für den nächsten Bratwurststand, aber dort war die Schlange hoffnungslos lang. Da habe ich wohl beschlossen, es am nächsten Stand zu probieren, und bald befand ich mich auch schon mitten im Strom, in der bedrohlichen Masse, die mich nun ohne das Gegengewicht meines Vaters gnadenlos mitzog. Ich versuchte dagegen anzukämpfen, in die Gegenrichtung zu gelangen oder mich am Rand des Gangs in Sicherheit zu bringen, doch es half nichts – die Männer in den Steppjacken rissen mich mit sich.

Unermesslich weit von meinem Vater entfernt blieb ich schniefend unter einem großen Buchstaben C stehen. Ich hörte, wie das zweite Drittel ohne mich begann: Die Spieler liefen aufs Eis, der Schiedsrichter ließ den Puck fallen, und die Leute auf der Tribüne brachen in stürmisches Geschrei aus.

Wenn ich dabei sein wollte, musste ich meine Angst überwinden. Mir kam in den Sinn, dass ich einen Ordner bitten könnte, mich an meinen Platz zu begleiten, aber dann hätte ich meine Hilflosigkeit eingestehen müssen. Ich wäre gezwungen gewesen, auf dem langen Gang hinter ihm herzugehen, während die Männer auf der Tribüne unsere Mannschaft zum Sieg schrien. Ich traf eine schnelle Entscheidung, deren Bedeutung ich erst als Erwachsener verstand, in einem Seminar, in dem ich meinen eigenen Charakter einschätzte, um den Anwesenden ein Beispiel zu geben.

Ich schlüpfte unter dem Arm eines Ordners hindurch, entdeckte direkt in meiner Nähe einen freien Platz und nickte meinem Sitznachbarn zu. Ich kann mich gut an ihn erinnern: Es war ein kleiner Mann mit Wollmütze und einem Gesicht mit Schnurrbart, wie aus einem Comic. Mit einem seiner Beine stimmte etwas nicht, er streckte es gerade nach vorne. Das ganze zweite Drittel saß ich neben dem fremden Mann, verfolgte das Spiel und berauschte mich an meinem Mut. Ich schrie mit der Masse, als unsere Mannschaft auf den Sieg zusteuerte: drei Tore in zwanzig Minuten und der Gegner noch immer null.

Jeder Treffer hob mich weiter empor, entfernte mich von meinem kläglichen Körper. Ich sah schon vor mir, wie mich meine Freunde umringten, ich stellte mir ihre ungläubigen Gesichter vor, wenn ich in einem passenden Moment beim Straßenhockey von dem Spiel erzählte. Ich wusste, dass mein Vater mich suchte, besorgt durch die ganze Halle lief, aber er war mir egal, für mich zählte nur das Spiel, nur mein eigener Genuss. Zum ersten Mal im Leben war ich bewusst egoistisch, und das war absolut kein schlechtes Gefühl.

Als das zweite Drittel vorbei war, fasste ich einen Ordner am Arm und sagte ihm, ich hätte mich verlaufen. Ich wusste noch den Buchstaben und die Nummer der Tribüne, denn mein Vater hatte sie mir schon im Auto eingeschärft. Der Ordner tat das, was ich vermutet hatte, nahm mich an der Hand und führte mich durch das Gedränge zur richtigen Tribüne. Ich sah sofort, dass mein Vater nicht auf seinem Platz saß: Dort lag nur das zusammengerollte Programm und eine zerknüllte Pastillenschachtel.

Ich spürte eine Vorahnung von Übelkeit, als ich mich auf den Schalensitz setzte und wartete. Das letzte Drittel begann wieder, aber es war nicht mehr dasselbe – das Spiel war entschieden, und die Männer hatten keine Lust mehr zu schreien. Die Anspannung auf den Gesichtern war dahingeschmolzen und damit auch das Gemeinschaftsgefühl. Ich hoffte, mein Vater würde bald zurückkommen.

Ich musste lange warten. Die Spieler gingen vom Eis, und die Leute verließen die Tribüne, ich aber wusste nicht, wo ich hinsollte. Mir blieb nichts übrig, als sitzen zu bleiben, auf die Eismaschine zu schauen und zu warten. Die Halle sah nun ganz anders aus, leer und unwirklich. Sobald der vom Spiel in die Höhe getriebene Adrenalinpegel gesunken war, spürte ich Angst in mir aufsteigen. Wenn die Eismaschine das Eis verließ, würde auch ich gehen müssen, ansonsten bliebe ich über Nacht allein in der Halle zurück.

So unglaublich es klingen mag, aber ich erkannte meinen Vater nicht auf Anhieb. Einen Moment lang schaute ich auf den gequält wirkenden Mann mit den hängenden Schultern und glaubte, es sei ein Ordner, der mich wegbringen wolle.

Als der Mann den Kopf hob, sah ich meinen Vater mit anderen Augen als je zuvor. Vielleicht ist Mama gestorben, dachte ich, bestimmt ist daheim etwas passiert, es kann nicht nur damit zu tun haben, dass ich kurz verschwunden gewesen bin. Ich habe mich bloß verlaufen, wollte ich meinem Vater zurufen, ich wollte ihm entgegenlaufen und die Arme um seinen schützenden Körper schlingen, so weit oben wie möglich. Aber etwas ließ mich auf der Stelle erstarren und ich wartete still auf meinem Sitz, den Blick auf die Eismaschine gerichtet, die inzwischen das Eis komplett abgefahren hatte und durch die offene Bande das unbekannte Innere der Halle ansteuerte.

Als mein Vater neben mir saß, musste ich ihn anschauen. Erst jetzt bemerkte ich das zugeschwollene blaue Auge, die schmerzhaft aussehenden Schrammen im Gesicht und die Blutspur auf dem Hemd. Ich wusste nicht, was ich sagen sollte. Schließlich sagte ich etwas Seltsames: einen sonderbar erwachsenen Satz, der eher zu meinem Vater als zu mir gepasst hätte.

»Nicht traurig sein, Papa, ich bin ja da.«

Es war, als wäre mein Vater vor meinen Augen zu Krümeln zerfallen, als hätte er der Welt nachgegeben und sie meiner Obhut überlassen. Er zog mich an sich, drückte das Kinn auf meinen Kopf, atmete schwer und ließ nicht mehr los. Da er nichts sagte, musste ich es tun.

»Alles wird sich noch zum Guten wenden«, flüsterte ich.

»Ja«, sagte mein Vater, »alles ist möglich.«

Ich war ein Kind, ich durfte weinen. Aber dass auch mein Vater weinte, das konnte ich einfach nicht verstehen.

Wir verließen die Stadt mit dem Bus. Mein Vater hat mir nie erzählt, was mit dem Auto passiert ist, und er hat sich auch nicht damit aufgehalten, es meiner Mutter zu erklären. Bereits eine Woche später war er weg, endgültig.

Wir zogen vom Reihenhaus in ein Mietshaus, in die alte Wohnung meiner Großmutter mitten in der Stadt. Nur ein Mal, ziemlich bald nach dem Weggang meines Vaters, als ich allein zu Hause war, standen zwei ausländisch aussehende Männer, die größer waren als mein Vater, vor der Tür. Ich sagte meiner Mutter nichts davon, sondern rief direkt meinen Vater an, die Nummer, die er mir gegeben hatte, die mit der Vorwahl einer anderen Stadt, und es meldete sich eine fremde Frau.

Zunächst ging ich dann allein zu Eishockeyspielen, später mit meinem Bruder. Hin und wieder hatte die Mannschaft ein Auswärtsspiel in der neuen Stadt meines Vaters, und ein paar Mal übernachtete ich in seiner schäbigen Zweizimmerwohnung in der Nähe des Bahnhofs. Meistens war mein Vater freundlich zu mir, aber distanziert, vermutlich weil er sich schämte für das, was passiert war und was ich gesehen hatte. Ich wollte mich nicht so an ihn erinnern. Ich wollte und brauchte ganz und gar keinen solchen Vater, und so wurde ich erwachsen, verdiente mein Brot mit Reden und hielt mich von Händeln fern, von all den Schwierigkeiten, die sich daraus für meinen Vater ergeben hatten.

Aus dem Finnischen von Stefan Moster

Philip Teir

Bube Dame König

Im Juni schickten die Eltern Johan nach Finnland. Er sollte bei Verwandten in Esbo wohnen und flog an einem Montag von Stockholm ab. Die Familie empfing ihn am Flughafen, begrüßte ihn mit etwas gezwungener Herzlichkeit und saß dann den ganzen Weg in die Stadt stumm da. Johans gleichaltriger Cousin David war mit zum Flughafen gekommen, ein stiller, blonder Sechzehnjähriger von alltäglichem Aussehen, nichts an ihm war anziehend oder interessant, und Johan schätzte, dass er noch Jungfrau war und sich wahrscheinlich noch nie besoffen hatte.

Am ersten Abend saßen sie alle um den Tisch auf der Terrasse und aßen, was Johans Onkel auf dem bombastischen Grill der Familie gegrillt hatte. Sie wohnten in einem niedrigen Backsteinhaus mit Wassergrundstück, hatten einen tipptopp gepflegten Garten und eine Sauna unten am Ufer, wo Johan schlafen sollte.

Der Onkel, der Kjell hieß, redete den ganzen Abend ununterbrochen, so wie man es tut, wenn man bei einem Gast aus Stockholm Eindruck schinden will. Sein Gesicht rötete sich immer mehr. Angesichts der Begeisterung, die er für die ausführliche Schilderung seines Grills aufbrachte, konnte man glauben, er redete von einem Raumschiff.

»Die meisten Leute grillen falsch«, sagte er, während er die

Steaks wendete. Er trug ein weißes Hemd und weite Leinenhosen und auf dem Kopf einen weißen Panamahut, der mächtig teuer aussah.

»Sie drehen ihn voll auf, und da ist also von 300 bis 500 Grad die Rede. Wer aber macht im Ofen einen Braten bei derart hohen Temperaturen? Keiner, genau, ich sage immer, es ist das Beste, die Temperatur auf niedrigstem Level zu halten, knapp unter 200 Grad, es muss seine Zeit dauern dürfen. So eilig ist es schließlich nicht«, sagte er und nahm einen Schluck von dem Wein, den Johans Mutter ausgesucht und als Gastgeschenk mitgegeben hatte.

Anschließend erzählte er unverändert zielstrebig von der Fahrt, die er noch im Sommer mit seinem Motorrad zu unternehmen gedachte (»Nur ich und ein paar Kumpels aus der Studienzeit, the open road, keine Weiber«), und darüber, wie es in der Firma, in der er arbeitete, lief (sie entwickelten Apps für Mobiltelefone und hatten dort einige »verdammt tüchtige Jungs« als Programmierer).

Johan hörte ohne besonderes Interesse zu und ließ seinen Blick schweifen. Er hatte bereits zwei Gläser Wein intus – Kjell hatte nachgeschenkt ohne zu fragen – und war leicht beschwipst, was ihn eine Art unendlicher Dankbarkeit empfinden ließ gegenüber dem Leben, Finnland, der idyllischen Schlafstadt Esbo, ja sogar gegenüber seinen fast rührend beknackten finnischen Verwandten und vor allem gegenüber den unüberblickbaren Sommerferienwochen, die, wenn er erst wieder daheim in Stockholm wäre, noch vor ihm lagen. Die Woche hier würde er schon durchstehen.

Kjells Frau hieß Judy, ein ausgefallener, amerikanischer Name, obwohl sie aus Åbo stammte. Sie arbeitete als Textildesignerin, war groß und dunkelhaarig, und für Johan war sie mit seiner Kindheit verbunden: Er erinnerte sich, wie sie den

Zigarettenrauch in die Luft geblasen hatte, wenn er im Sommer auf ihrem Schoß saß (hatte er wirklich auf ihrem Schoß gesessen? Oder nur neben ihr?), ebenso erinnerte er sich, wie sie auf dem Schachbrettmuster ihres Küchenbodens stand, vielleicht weil sie ihm ein Brot geschmiert hatte, er wusste jedenfalls noch, dass er ins Haus gelaufen war, weil er Hunger hatte und dort mit Essen versorgt worden war. Vor allem aber erinnerte er sich an ihre ungeheuer langen Beine. Heute Abend war es warm und schön, und Johan merkte, dass sein Blick immer öfter zu Judy hinüberglitt. Sie rauchte noch immer, saß mit übergeschlagenen Beinen da und blies den Rauch aus dem Mundwinkel, wie um ihn den anderen nicht ins Gesicht zu pusten. Sie war knapp über vierzig. Ihr Lippenstift und Nagellack waren vom gleichen dunkelroten Ton.

Damals war ihr schwarzes Haar länger gewesen, und sie hatte es mit großen Spangen hochgesteckt. Jetzt trug sie einen Pagenschnitt, der ihren Kopf strenger und eckiger wirken ließ, während ihr Gesicht zugleich rundere Konturen angenommen hatte. Trotzdem sah Judy gut aus für ihr Alter, dachte Johan und spürte im selben Moment tief im Bauch etwas, was er als Trauer interpretierte.

Trauer darüber, dass auch er älter wurde und hier in diesem Haus kein Kind mehr war, kein Kind, das sich in warme Arme kuscheln konnte, sondern wie ein erwachsener Gast der Familie zum ersten Mal allein in der Kammer ihrer Sauna schlafen würde.

Er versuchte, Judy nicht anzustarren, während er sich auf seinem Stuhl bequemer zurechtsetzte. Sein Cousin David saß am anderen Ende des Tischs und blickte manchmal zu Johan herüber, während er darum zu kämpfen schien, sich unsichtbar zu machen. Kjell gab in der Familie den Ton an, so viel war Johan schon nach wenigen Stunden klar, und David wirkte, als sperre er die Ohren auf wie ein treuer Hund.

David und Johan waren als Kinder ein paar Sommer lang Freunde gewesen, jetzt aber wussten sie kaum noch etwas voneinander. Davids Augenbrauen waren genau wie die seines Vaters zusammengewachsen, er hatte blonde Haare und große Zähne. Wenn er sprach, tat er das in einer Satzmelodie, die unablässig nach oben verlief, so als hätte sein Stimmbruch einen eigenen Willen, dem er brav folgte. Als Johan vor dem Essen in Davids Zimmer gekommen war, hatte der kaum aufgeblickt: Er hockte vor seinem Computer und schrieb fieberhaft mit allen zehn Fingern – vermutlich war er so ein Typ, der schon als Neunjähriger sämtliche HTML-Befehle gekannt hatte.

Jetzt hielt Kjell einen Monolog über Nokias Rolle auf dem internationalen Smartphone-Markt.

Als Judy merkte, dass Johan an der Diskussion nicht interessiert war, sagte sie: »Jungs, für heute Abend reicht es vielleicht mit dem Technikgequassel. Johan scheint ein bisschen müde zu sein. Stimmt's, Johan?«

»Nicht besonders«, gab er schnell zur Antwort, denn er hatte eigentlich keine Lust hineinzugehen, sondern wäre gern noch eine Weile draußen sitzen geblieben.

Er wusste, dass er dem Gespräch eine neue Richtung geben musste. Er fragte Judy, wie es mit ihrer Arbeit laufe, weil er das für eine Erwachsenenfrage hielt (seine Mutter hatte gesagt, er solle »ein bisschen Interesse an seinem finnischen Cousin zeigen«, aber er hatte den Verdacht, dass David ohnehin nichts sagen wollte), und Judy erwiderte, danke gut, dann wandte sie sich an die anderen: »Hier fragt einer tatsächlich mal nach MEINER Arbeit. Habt ihr das gehört? Johan will wissen, wie es mit meiner Arbeit läuft.«

»Schön«, sagte Kjell, sah wieder zu David und redete weiter darüber, dass nach seinem Dafürhalten Microsofts Zusammenarbeit mit Nokia auf lange Sicht die einzige vernünftige Lösung sei. Dabei langte er mit der Hand in den Topf und nahm sich von den neuen Kartoffeln.

»Ich mache zurzeit Design für Marimekko«, erzählte Judy. »Diese Tischdecke hier habe ich entworfen.«

Johan betrachtete die Decke. Sie war voller leuchtender Farben, die in elliptischen Formationen aufeinandertrafen und sich kreuzten. Obgleich die Farben so kräftig waren, strahlte die Decke dieselbe Sachlichkeit aus wie Judy, hatte nichts Protziges oder Sentimentales. Johan wischte ein paar Krümel weg, die neben seinem Teller lagen, und sagte: »Sie ist sehr schön.«

»Danke«, erwiderte sie lächelnd und sah ihn eine Weile an. Er versuchte, den Blickkontakt zu halten, so wie es ein Erwachsener getan hätte, aber es machte ihn unsicher.

Sie nahm einen Zug aus ihrer Zigarette.

»Ja, ja. Kleiner Jojo. Weißt du noch, dass wir dich so genannt haben?«

Er schüttelte rasch den Kopf.

»David konnte nicht Johan sagen, er sagte immer nur Jojo. Ihr habt ständig zusammen gespielt. Wir mussten euch ins Haus schleppen, wenn es Zeit zum Essen war, und immer wart ihr beschmiert mit Matsch oder Sand. Du warst so süß, als du klein warst, deine Wimpern waren so lang, hast ausgesehen wie eine Puppe.«

Johan wurde verlegen. Er wollte gerade etwas sagen, aber da teilte Kjell mit, er habe vor, ins Haus zu gehen, um ein bisschen Kaffee zu holen. David sprang auf und trottete beflissen hinterher. Auch Judy erhob sich und begann die Teller aufeinanderzustapeln.

»Du bist bestimmt müde«, sagte sie.

»Vielleicht ein bisschen«, gab er zurück. Es war noch immer hell, die Luft aber war so mild und unbewegt, dass Johan irgendwie das Gefühl hatte, von der Welt umschlossen zu sein, dass gerade dieser Augenblick an diesem Abend so etwas wie der Endpunkt des Universums war und dass, wenn er jetzt eine radikale Entscheidung traf, wenn er sich nur bewegte oder ein Wort sagte, sich alles verändern und zu Ende gehen und er in die Wirklichkeit der Erwachsenen katapultiert würde und in die unendliche Einsamkeit, die diese zu enthalten schien. Er stand reglos da und versuchte das Gefühl festzuhalten, sich in einem Grenzland zu befinden.

Natürlich war das nicht von Dauer. Kjell kam heraus und verkündete, der Kaffee sei alle und er habe beschlossen, sich drinnen ein Spiel anzusehen. Er fragte, ob Johan ins Haus kommen und mitgucken wolle, aber Johan lehnte ab und blieb eine Weile draußen stehen, bis Judy die aufeinandergestapelten Teller ins Haus getragen hatte. Sie sagte nichts, schloss nur die Tür. Er fragte sich: War das jetzt alles? Er konnte das Flimmern des Fernsehers durch das Fenster sehen und begriff, dass er sich entscheiden, entweder ins Haus oder in die Sauna und ins Bett gehen musste, in der Hoffnung, dass sie bestenfalls vorbeikam, um gute Nacht zu sagen.

Er putzte sich die Zähne unten am Wasser. In der Kammer angekommen, zog er sich aus, und als er mitbekam, dass die Terassentür geöffnet wurde, legte er sich schnell ins Bett. Er konnte hören, wie der letzte Rest vom Tisch abgeräumt wurde: Gläser klirrten, Flaschen wurden ins Haus getragen. Ein paar Minuten später klopfte es an der Tür.

»Herein«, sagte er und bemerkte, dass sich seine Stimme überschlug, obwohl er nur geflüstert hatte. Sie steckte den Kopf herein und fragte: »Du hast doch alles, was du brauchst?«

»Ja, ich glaub schon.«

»Es ist doch hoffentlich nicht zu hell hier drinnen?«
»Nein, ich habe die Gardinen vorgezogen, so geht es.«
»Gut. Ich habe im Sommer furchtbare Schwierigkeiten zu schlafen. Ich glaube, der Körper gerät durcheinander. Er glaubt immer noch, es ist Tag, obwohl wir schon zwei Uhr nachts haben. Na dann, gute Nacht.«

Er dachte daran, wie sie »der Körper« gesagt hatte. Sofort sah er ihren Körper vor sich, ihre langen Beine. Er richtete sich halb auf, lag in unnatürlicher Stellung, er schämte sich, weil er so ein Hänfling war. Er sagte gute Nacht.

Als sie ging, konnte er ihre Fußsohlen über das Gras streichen hören. Er lauschte ihren Schritten, bis die Tür zum Haus ins Schloss fiel. Die Sonne schien noch immer durch die Ritzen der Gardine, von irgendwoher ertönte das durchdringende Sirren einer Mücke.

In der Woche arbeiteten die Eltern, und Johan musste das Beste aus der Zeit mit David machen. An einem Tag lieh er sich ein Fahrrad aus und fuhr allein ans Meer, zu den Sommaröarna hinaus. Als Kind war er oft dort gewesen, und nun saß er auf einem Steg, ließ die Beine baumeln und rauchte Zigaretten. Er hatte sein Handy mitgenommen und schrieb Nachrichten an seine Freunde in Stockholm.

Bei seiner Rückkehr fand er David mit einem Stück Holz in der Hand vorm Haus. Es schien nichts Besonderes zu sein, doch als Johan ihn darauf ansprach, erfuhr er, dass David ein Schwert schnitzen wollte, um es zur Mittelalterwoche nach Åbo mitzunehmen, wohin er mit seinem Papa fahren würde.

»Findest du solche ... Mittelaltersachen gut?«
»Ich finde fast alles, was mit Geschichte zu tun hat, gut. Du nicht?«

David hatte ein Messer herausgezogen und schnitzte an dem Holzstück herum.

»Doch ... aber vielleicht mehr mit neuerer Geschichte. Im Mittelalter, gab's da nicht bloß 'nen Haufen Mönche, Nonnen und so was?«

»Und Märtyrer, Heilige und Ritter, ja«, sagte David und zuckte mit den Schultern.

Johan zog sich in seine Kammer zurück.

Er entdeckte ein paar Fotoalben, setzte sich aufs Bett und blätterte darin. Das erste Album enthielt Bilder von David als Baby – ein ungewöhnlich hässliches Kind, fand Johan, irgendwie schielend und mit unnatürlich großem Kopf. Das Album zeigte Davids ersten zwei Lebensjahre – mehrere Seiten mit Fotos von ihm auf einem zotteligen weißen Teppich, mit Blitzlicht aufgenommen vor schwarzem Hintergrund, in einer Art provisorischem Heimstudio, offenbar von Kjell konstruiert. Auf den letzten Seiten des Albums gab es ein paar Familienfotos, die wohl aus einem professionellen Studio stammten. David hatte anscheinend sitzen gelernt und etwas mehr Haare bekommen. Er saß auf einem roten Plastikmoped und blickte in die Kamera, die Eltern standen hinter ihm, Kjell in hellblauem Polohemd und Judy in einem weißen Sommerkleid.

Im nächsten Album gab es noch mehr Familienfotos. Die abgebildeten Momente kamen Johan bekannt vor, ohne dass er genau sagen konnte, weshalb. Man konnte ihr gerade bezogenes Haus sehen und Geburtstagsfeiern, die in der Küche stattfanden (David hatte eine hellblaue Latzhose an, seine Haare waren nass gekämmt, und er blickte mit breitem Schweinchenlächeln in die Kamera).

Dann folgten ein paar Fotos von Judy. Sie stand im Garten, hatte das Haar mit Spangen hochgesteckt, und im Hintergrund sah man den See, genau wie in Johans Erinnerung. Ihr

Blick wirkte irgendwie bekümmert, eine kleine Falte im Mundwinkel, so als sei sie betrübt und habe sich nur widerstrebend zu den Aufnahmen bereitgefunden. Auf keinem einzigen der Bilder lächelte sie, trotzdem konnte Johan nicht aufhören, die Fotos anzuschauen. Er wurde ein bisschen verlegen, fürchtete plötzlich, jemand könne ihn mit dem Album erwischen, und blätterte schnell weiter. Bald aber blätterte er wieder zurück, betrachtete sorgfältig Foto für Foto und kam zu dem Schluss, dass ihm eine der Nahaufnahmen am besten gefiel. Er legte das Album zurück an seinen Platz. Dann ging er ins Bad und versuchte an Judy zu denken. Er konzentrierte sich auf ihren hochgewachsenen, etwas kräftigen Körper, aber andere Körper kamen dazwischen, blonde und kleinere, mit größeren Brüsten. Er wusste plötzlich nicht mehr, wie ihr Gesicht aussah, ihre Haare aber konnte er sich vorstellen, er dachte an ihr Haar, das sich mit Bildern vollkommen anderer Frauen vermischte. Hinterher schlich er auf den Hof hinaus und rauchte eine Zigarette.

Am Samstag wollten sie nach Sveaborg fahren. Judy hatte sich um Proviant gekümmert, schöne Tassen und Besteck und eine Decke zum Sitzen herausgesucht. Den Abend zuvor hatte sie mit dem Backen von Pasteten verbracht, die sie dort essen wollten. Obwohl es erst kurz nach elf war, hatte Kjell schon mit dem Biertrinken angefangen. In flatterndem Hemd und weiter Leinenhose kam er in die Küche. Johan fand, er sah widerwärtig aus, der große Bauch, der unter dem Hemd wabbelte wie ein Wasserbett, die dicken Schenkel und überall diese Haare am Körper, weiß, grau und schwarz.

»Willst du eins?«, fragte er Johan überraschend und reichte ihm ein Bier. Judy aber sagte: »Auf keinen Fall.«

Ihr schwarzes Haar hing ihr ins Gesicht. Sie packte das Bereitgestellte in den Picknickkorb. Sie hatte ein blaues Kleid mit weitem Ausschnitt an und roten Lippenstift aufgetragen, der Johan nicht aufgefallen wäre, hätte er nicht einen so starken Kontrast zu ihrem Kleid gebildet.

Kjell warf seiner Frau einen Blick zu und sagte: »Du, der Junge hat Sommerferien. Sollen wir ihm nicht ein bisschen Spaß gönnen?«

»Hör nicht auf ihn«, sagte sie und drehte sich zu Johan um. »Du kannst ein Bier haben, aber nicht um zwölf Uhr mittags.«

Kjell schaute ihn an, zuckte mit den Schultern, und mit einem Blick gab er Johan zu verstehen, dass er ihm später heimlich eins zustecken würde. Johan betrachtete ihn in dem Gefühl, vollkommen unfreiwillig im Pakt mit dem Feind zu sein.

Judy klappte den Picknickkorb zu und sagte: »So. Jetzt bin ich fertig. Ich vermute mal, dass ich fahren muss?«

»Ganz richtig vermutet«, erwiderte Kjell, rülpste laut und ging hinaus, um David zu holen. Judy blieb in der Küche zurück und sah Johan an.

»Hilfst du mir?«

Er liebte es, wie sie das sagte: ihren finnlandschwedischen Akzent, das seltsame familiäre Gefühl, in dieser Küche tatsächlich zu Hause zu sein.

Als sie bei der Anlegestelle am Markt ankamen, mussten sie zunächst fünfzehn Minuten auf die Abfahrt der Fähre nach Sveaborg warten. Sie setzten sich auf die Holzbänke im Inneren des Schiffes. Die Sonne strahlte durch die Fenster, und Johan schaute Judy an. Ihre olivfarbene Haut leuchtete mattgrünlich im Sonnenlicht. In ihrem Gesicht konnte er kleine, helle Härchen ausmachen, die sich im Gegenlicht abzeichneten, über der Oberlippe ein wenig dichter. Sie saßen nebeneinander, und ihr Arm berührte ganz leicht den seinen.

Als die Fähre an der Insel festmachte, ging Kjell mit raschen Schritten vor ihnen her, den Blick unbeirrt geradeaus gerichtet. Seine Haltung war die einer Person, die damit rechnet, dass ihre Ankunft erwartet, ja sogar erwünscht wird.

David zog sein Schwert heraus, lief umher und schlug damit ins Gestrüpp und auf den Sand, während die anderen nach einem Platz Ausschau hielten, um die Decke auszubreiten. Johan überlegte, ob mit David vielleicht irgendwas nicht stimmte. Möglicherweise gab es eine Diagnose, von der ihm keiner erzählt hatte. David rannte zur Kirche hinauf, vollführte eine Art Ninja-Sprung, und Johan war das fast peinlich.

Weder Judy noch Kjell schienen David größere Aufmerksamkeit zu widmen, sie gingen einfach schweigend weiter.

In der Nähe von Ehrensvärds Grab beschlossen sie sich niederzulassen, und Kjell machte ein Bier auf, während Judy auf dem Rasen unter einem Baum die Decke ausbreitete. Unterdes betrachtete Johan ihre Arme und ihren Ausschnitt; er konnte den BH unter dem Kleid hervorlugen sehen.

Als sie fertig war, streckte sie sich auf der Decke aus, rollte ihren Rock hoch und entblößte die Beine, stopfte sich ein T-Shirt unter den Kopf und begann in einem Buch zu lesen. Mit ihrer Sonnenbrille sah sie aus wie ein Filmstar.

Kjell stand ein Stück weiter unter einem Baum und rauchte ein Zigarillo. Der scharfe Geruch und das blasse Sonnenlicht vermittelten Johan das Gefühl zu träumen. In einiger Entfernung sah er David auf Ehrensvärds Grab herumklettern. Er hatte sich direkt auf den Granitblock gestellt und fuchtelte mit seinem Schwert herum.

»Verdammt schönes Fleckchen, aber weiß der Teufel, wie die Leute es aushalten, hier das ganze Jahr zu wohnen.«

»Wohnt hier denn jemand?«, fragte Johan.

»Ein paar Hundert Leute. Das sind alte Befestigungsanlagen gegen die Russen, noch aus der Schwedenzeit. Dieser Ehrensvärd, der da drüben liegt, war Schwede, in Uppsala geboren.«

Judy blickte auf, blinzelte in die Sonne, beschirmte mit der Hand ihre Augen. Ihre Schenkel leuchteten im Sonnenlicht, und Johan folgte ihnen mit dem Blick, bis zu den Waden, zu den Füßen hinunter, die weich im Gras ruhten. Sie sah wieder in ihr Buch und las weiter.

Johan schaute Kjell an.

»Jetzt magst du aber bestimmt ein Bier?«

Johan zuckte mit den Schultern. »Okay.«

Kjell ging zum Picknickkorb, beugte sich hinunter, sodass sein Hemd hochrutschte und Johan seinen behaarten Rücken sah. Dann richtete er sich auf und warf Johan eine Bierdose zu, die dieser nur mit Glück fing.

»Du hilfst mir doch bestimmt, das hier aufzuspannen?«

Kjell hielt ein Federballnetz in die Höhe und begann es mit einiger Mühe auszurollen. Johan ging zu ihm und half.

Nachdem sie das Netz aufgespannt hatten, schlugen sie den Ball ein Weilchen hin und her. Kjell schien die Sache sehr ernst zu nehmen. Er rannte lange Strecken, um den Ball zu erwischen, warf sich ins Gras, sodass sein riesiger Bauch im Nachmittagslicht schwabbelte. Ein harter Schlag von ihm katapultierte den Ball direkt auf Judys Buch, und Johan hätte sie beim Herumfuchteln mit dem Schläger fast am Kopf getroffen. Plötzlich wurde ihm deutlich bewusst, dass sie neben ihnen im Gras lag, und da verging ihm die Lust zum Spielen.

»Ich will in die Höhlengänge.«

Es war David. Er stand mit einem Mal hinter Johan, eine gespenstische Erscheinung in T-Shirt und Khaki-Shorts, zugleich erinnerte er ein bisschen an einen Hund, der sich entschlossen hatte, Herrchen und Frauchen keine Ruhe zu gönnen, bis sie ihn spielen ließen. David kratzte sich an seinem hellen Flaumbärtchen und sah sie alle drei an.

Judy blickte auf.

»Aber du verirrst dich doch. Johan, kannst du nicht mitgehen?«

Er schaute sie an, ihre Brüste, die im Ausschnitt des Kleides eine Furche bildeten, als sie sich leicht nach oben bog. Er hatte keine Lust, irgendwohin zu gehen, gleichzeitig aber hätte er alles getan, worum sie ihn bat. Wenn sie gewollt hätte, dass er Kjell umbrachte, dann hätte er es getan.

»Okay«, sagte er.

Er folgte David, der sich etwa zwanzig Meter vor ihm eilig an der Mauer entlangbewegte.

Johan hatte das Gefühl, wieder zehn Jahre alt zu sein – er erinnerte sich, wie er im Bett gelegen und in den zahllosen Büchern mit den Abenteuern der Hardy Boys geschmökert hatte, die seine Mutter in einem Antiquariat erstanden hatte. Damals war er an Geheimnissen und Detektivarbeit ungeheuer interessiert – doch das war Ewigkeiten her, und er kam sich idiotisch vor, wie er jetzt hinter David herspazierte, als spielten sie die Hauptrolle in irgendeinem zweitklassigen nordischen Kinderfilm.

In dem Gemäuer war es dunkel. Dunkel, feucht und bedeutend kälter als im Freien.

Sie gingen fünfzig Meter weit hinein, Licht fiel durch Löcher in den Mauern. Das mussten alte Schießscharten sein, dachte Johan. Plötzlich blieb David stehen.

»Ganz vorn gibt es eine Öffnung. Soll ich da durchklettern und auf der anderen Seite runterspringen? Das ist voll cool. Oder willst du zuerst, dann kannst du mich auffangen? Du bist größer als ich.«

Mit aufgerissenen Augen starrte ihn David voller Eifer an. Johan beschloss, Geduld mit ihm zu haben. Er kam sich ein bisschen wie der Babysitter eines Zwölfjährigen vor und wollte ihn nicht enttäuschen.

»Okay, zeig mir das Loch. Aber ich verspreche nichts.«

»Du musst mich festhalten, während ich vorrutsche, dann geht es super. Nimm das hier.«

David gab ihm sein Schwert und rannte hinein in die Dunkelheit. Johan folgte ihm lustlos. Er hatte das Gefühl, etwas Ähnliches schon früher erlebt zu haben, das Gefühl, zu einem Spiel gezwungen zu werden, doch war es bereits zu spät zu protestieren. Wenn er David nicht half, konnte es übel für den Cousin ausgehen, also musste er ihm folgen und sehen, was der jetzt vorhatte. Wenn er ihm aber half, war er gezwungen, etwas Beschämendes und möglicherweise Gefährliches zu tun. Als er schließlich am Ende des Ganges ankam, saß David in einer Maueröffnung. Das Sonnenlicht, das durch die Schießscharte flutete, ließ ihn aussehen wie eine kleine schwarze Figur, wie eine Statue auf einer gotischen Kirche. In den Ecken des höhlenartigen Raums lagen leere Flaschen, Kippen und Abfall herum. David hatte bereits ein Bein durch die Öffnung gesteckt.

»Ist es hoch?«, fragte Johan. Von seinem Platz aus konnte er nicht abschätzen, wie tief es hinabgehen würde. Durch die Schießscharte konnte er nur blauen Himmel sehen.

»Vielleicht ein bisschen mehr als zwei Meter. Ich finde, man kann schon springen.«

»Bist du sicher?«

»Da unten ist Gras.« David steckte den Kopf durch die Öffnung. Dann zog er ihn wieder nach drinnen. »Es sieht weich aus.«

»Kommst du danach wieder rein?«

»Nein, du musst hinterherspringen«, sagte David.

Ehe Johan sich versah, war David hinuntergesprungen. Ein dumpfer Aufprall war zu hören. Johan tastete sich zu dem Loch in der Mauer vor und schaute hinaus.

Auf dem Rasen war niemand zu sehen. Zuerst dachte er, David sei bestimmt gleich losgerannt, um ihn von hinten zu überraschen, doch als er sich hinausbeugte und sah, wie weit es bis zur nächsten Ecke war, begriff er, das war unmöglich.

»Spring schon!«, hörte er plötzlich Davids Stimme.

»Wo bist du?« Er drehte den Kopf nach rechts und sah, dass David mit dem Rücken an der Mauer lehnte, nur ein paar Meter von ihm entfernt. Er wirkte vergnügt und sorglos. Johan hätte sich nicht gewundert, wenn David ein Vergrößerungsglas herausgezogen und vorgeschlagen hätte, nach Fingerabdrücken zu suchen.

»Gib mir das Schwert, dann kannst du auch springen.«

Johan wollte nicht springen. Es sah gefährlich hoch aus. Wahrscheinlich waren es mehr als zwei Meter. Unten war zwar Gras, doch er befürchtete, dass er vornüberkippen und sich den Kopf an dem Felsbuckel stoßen könnte, der nur knapp einen Meter weiter aus dem Boden ragte.

»Kannst du nicht wieder reinkommen? Sonst müssen wir ja um die ganzen Kasematten rum, wenn wir zurückwollen.«

»Ich glaube, das geht nicht. Ich habe es schon mal versucht, man kommt so nicht wieder rein. Man muss außenrum gehen.«

»Auch nicht, wenn ich dich hochziehe?«

»Jetzt spring schon. Das geht viel schneller.«

Johan steckte die Hand in die Hosentasche. Dort lag das Handy, das herausfallen würde, wenn er unten aufkam. Er warf es David nach dem Schwert vorsichtig zu, dann kletterte er durch die Öffnung und sprang.

Irgendwie, er konnte die Sache im Nachhinein nicht rekonstruieren, brachte er es fertig, so aufzukommen, dass sein Fuß nach hinten wegknickte, er auf seinen Arm fiel und sich nicht abfangen konnte. Dabei schlug er mit der Schulter direkt gegen den vor dem Gras liegenden Felsbuckel. Als er sich aufsetzte, stand David schon über ihn gebeugt.

»Scheiße, das sah schlimm aus. Hast du dir was getan?«

Johan verspürte gewaltige Müdigkeit und Unmut. In diesem Augenblick hätte er David am liebsten auf dem Mond gesehen. Er beugte sich über seine Knie und hielt sich mit der Hand die Schulter. Starrte ins Gras und schob den Kopf so tief zwischen die Knie, dass alles dunkel wurde. Umschlossen von Dunkelheit und dem hämmernden Schmerz in der Schulter wünschte er, dass er wieder daheim in Stockholm wäre. In diesem Moment hasste er Finnland, seine bescheuerten Verwandten und diesen verdammten Spast von Cousin, der sich aufführte, als wäre das Leben ein einziger Enid-Blyton-Roman.

»Johan? Kannst du laufen? Soll ich Papa holen?«

Johan hob den Kopf und sah Davids Beine direkt vor sich. Er gab keine Antwort. Als er versuchte, sich zu bewegen und aufzustehen, merkte er, wie weh es wirklich tat. Ihm wurde schwindlig, und er musste eine ganze Weile stehen bleiben, bevor er sich orientieren und seine Schritte vorwärtslenken konnte. Langsam gingen sie um die endlosen Kasematten herum und anschließend über die Pflastersteine zur Maueröffnung hinauf, wo Ehrensvärds Grab lag. Das Sonnenlicht war fast weiß und machte Johan müde. Er traute sich nicht, die Schulter zu heben, um zu prüfen, ob sie sich überhaupt bewegen ließ.

Als sie sich dem Picknickplatz näherten, bemerkte Johan, dass Kjell in einer Art Umarmung über Judy lag. Doch fand er, es wirkte nicht liebevoll, Kjell erinnerte eher an einen Wal, der an Land gespült worden war und nun versuchte, wieder ins Meer zurückzurollen, dabei aber mit dem Bauch an einem Stamm, der auf dem Ufer lag, hängen geblieben war. Man konnte nichts als Judys nackte Beine unter Kjells gewaltigem

Körper sehen. David rief nach ihnen, und Kjell blickte mit zerzausten Haaren auf, doch verließ er seinen Platz nicht, blieb einfach weiter auf Judy liegen, als wäre sie eine Matratze und keine Person.

Als sie fast da waren, wurde Johan wieder schwindlig. Er wollte nicht erzählen, was passiert war. Das brauchte er auch nicht, das übernahm David.

»Es sah voll schlimm aus, er ist bestimmt zwei Meter weit geflogen«, schloss David fasziniert, nachdem er berichtet hatte, dass Johan genau in dem Moment das Gleichgewicht verloren hatte, als er springen wollte, mit dem Ergebnis, dass er direkt auf einen Stein gestürzt war.

Judy und Kjell schauten sie beide an, und das Einzige, was Johan denken konnte, während er sich anstrengte, in der Senkrechten zu bleiben, war, dass Judys Rock hochgerutscht war und man ihren Slip sehen konnte.

Dann verlor er das Bewusstsein.

Als er wieder zu sich kam, sah er blauen Himmel. Judys Gesicht schwebte über ihm, ihre Miene war bekümmert, genau wie auf dem Foto im Album.

»Jojo?«, sagte sie fragend.

Aus dem Finnlandschwedischen
von Gisela Kosubek

Maritta Lintunen

Schwarz und Weiß

Im halbdunklen Treppenhaus stinkt es nach nassem Hund. Ich wische die Regentropfen vom Geigenkasten und taste in meiner Hosentasche nach dem Geld, das mir meine Mutter mitgegeben hat. Oben geht die Tür, das schwarzhaarige Mädchen stürmt an mir vorbei, wie immer affenartig boshaft feixend. Sie weiß, dass sie alles besser kann; einmal ist sie im Flur geblieben und hat heimlich meine Stunde mit angehört.

Das Knurren und das Kratzen mit den Krallen beginnt sofort, nachdem ich den Klingelknopf gedrückt habe. Der Lehrer öffnet die Tür nur einen Spaltbreit, und ich schiebe mich mit der Schulter voran durch die schmale Öffnung. Die mächtige Schnauze des Schäferhundes reicht mir bis zum Bauch, ein Speicheltropfen trifft meinen Oberschenkel, als der Hund meine Jeans und den Geigenkasten beschnüffelt. Beim ersten dröhnenden Bellen zucke ich vor Schreck zusammen.

»Ruhig, Usko!«

Der Lehrer macht auf dem Absatz kehrt, Usko folgt seinem Herrchen, ich dem wolfsgrauen Tier. Die Fensterscheiben im Wohnzimmer sind trübe, es ist stickig – der Lehrer lüftet die Wohnung nie. Ich setze mich auf den Stuhl neben dem Fenster, Usko wirft sich der Länge nach vor der Schwelle auf den Boden. Der Lehrer geht zum Klavier und wendet das Gesicht in meine Richtung. Ich versuche, nicht hinzuschauen, aber die

Versuchung ist zu groß – ich muss seine Augen sehen, diese schwimmenden, lichtlosen Pupillen.

»Bist du schon dreizehn?«

Meine Stimme gehorcht mir nicht, ich muss mich räuspern, und ein merkwürdiges Kieksen kommt aus meiner Kehle.

»Nächsten Monat.«

Er kaut angestrengt auf etwas herum, und das Geräusch seines Schluckens löst auch bei mir ein Schlucken aus.

»Also kommst du seit einem Jahr und elf Monaten zu mir.«

Mein Lehrer ist zwar stockblind, aber sein Gedächtnis ist glasklar. Vor zwei Jahren hatte ich mir zum Geburtstag ein neues Fahrrad mit Gangschaltung gewünscht. Als ich morgens die Augen nur einen Spalt öffnete und den Geigenkasten und den Notenständer neben meinem Bett stehen sah, war ich so schrecklich enttäuscht, dass ich mich noch eine Stunde lang schlafend stellte. Ich sagte unter der Decke alle mir bekannten Schimpfwörter auf und erfand noch einige neue dazu. Mein Vater meinte, ich solle dankbar sein, dass Ylermi Oinonen mich als Geigenschüler aufgenommen habe. Die Aufnahmeprüfung hätte ich zwar nie bestanden, doch die Abmachung kam auf andere Art zustande: Mein Vater hatte Oinonen eine teure Hundeversicherung zum halben Preis verkauft, und dafür hatte ich den Platz bekommen. Jeden Mittwoch um 17:30 Uhr gibt Oinonen mir zu verstehen, dass er diese Vereinbarung bereut.

»Hast du zu Hause Bescheid gesagt, dass die Stunden teurer geworden sind?«

Ich zucke zusammen und grabe in den Taschen meiner Jeans. Er hebt seine Hand und öffnet die Handfläche zum Tablett. Usko stellt die Ohren auf. Er knurrt misstrauisch, als ich das feuchte Geldbündel auf die Hand des Lehrers lege.

»Meine Mutter hat mir gleich das ganze Geld für die April-Stunden mitgegeben.«

Die Scheine werden von der blau geäderten Hand zerknüllt und fallen als winziges Knäuel in den Zierteller oben auf dem Klavier.

»Was haben deine Eltern dich spielen hören?«

Meine Erstarrung dehnt sich aus, vom Bauch bis hinunter zu den Knöcheln. Eine Straßenbahn fährt am Haus vorbei, vom Park her hört man die Sirene eines Krankenwagens. Ich warte, bis das Geräusch weg ist.

»Tonleitern.«

Oinonen zieht kurz und heftig Luft durch die Nasenlöcher ein, rasch heften sich seine Augen auf das gegenüberliegende Fenster, als hätten sie die Fähigkeit zur Lichtwahrnehmung wiedererlangt.

»Du kannst deinen Eltern ausrichten, dass ich dir nach wie vor wärmstens empfehle, mit einem anderen Hobby anzufangen.«

»Das habe ich schon.«

»Was war die Antwort?«

»Dass wir es bis zum Herbst weiter probieren.«

Der Lehrer schüttelt leicht den Kopf, für einen Moment verschwinden die Pupillen hinter den Augenlidern. Usko schnarcht mit Unterbrechungen, er hat sich beruhigt und ist auf dem staubigen Parkett auf die Seite gesunken. Oinonen tastet nach dem Klavierhocker, setzt sich und öffnet den Klavierdeckel.

»Sag mir mal, was dir als Erstes in den Sinn kommt, wenn du die Klaviertasten siehst.«

Meine Hände schwitzen, ich muss sie an der Hose abwischen. Soll ich ehrlich und direkt antworten oder mir etwas Intelligentes ausdenken, was dem Lehrer gefallen würde?

»Also, gleich als Erstes, ohne weiter darüber nachzudenken.«

»Zähne.«

Über das Zimmer senkt sich eine unangenehme Stille. Selbst Usko hört auf zu schnarchen und öffnet ein Auge einen Spalt weit.

»Genauer.«

»Weiße, weit auseinanderstehende Zähne, mit so schwarzem Zeug dazwischen.«

Oinonen bleibt ausdruckslos. Im Bücherregal am anderen Ende des Zimmers tickt stolpernd eine Uhr mit stehengebliebenen Zeigern. Die blasse Hand liegt einen Moment auf den Tasten, dann drückt sie drei auf einmal herunter.

»An was denkst du bei diesem Klang?«

Ich mache schon den Mund auf, fange das Wort aber in letzter Sekunde wieder ein. Oinonen runzelt die Stirn und dreht sich ungeduldig in meine Richtung. Ich flüstere erschrocken:

»Kaktus.«

Der Lehrer nimmt die Hand von den Tasten, schlägt aber scheinbar verärgert sofort einen neuen Akkord an. In meiner Not stoße ich hervor:

»Weintraube.«

Der Schatten eines Vogels huscht am Fenster vorbei. Ich schlottere vor Angst, aber gleichzeitig bin ich seltsam zufrieden mit mir selbst. Direkt und ohne zu lügen habe ich gesagt, was ich denke. Usko macht träge die Augen zu, Oinonen schließt beiläufig den Klavierdeckel und stützt die Ellenbogen darauf.

»Du siehst in dem Instrument weit auseinanderstehende Zähne. Im Mollakkord hörst du einen Kaktus. Beim Durklang kommt dir eine Weintraube in den Sinn.«

Ich weiß nicht, ob er einfach vor sich hin murmelt oder ob die Bemerkung auch für meine Ohren bestimmt ist. Der Verlauf der Musikstunde ist jedes Mal eine Überraschung mit

Bauchschmerzen. Sicher ist nur, dass Oinonen mich die Geige nicht anrühren lässt: Im ganzen letzten Jahr habe ich kein einziges Mal mit dem Bogen über das Instrument gestrichen, ihm keinen einzigen Pieps entlockt. Sobald dem Lehrer klar wurde, dass ich die korrekte Handhaltung und Grifftechnik nie lernen, geschweige denn jemals einen einzigen klaren Ton erzeugen würde, hörte er von einer Woche auf die andere auf, mich zu unterrichten. Oft sitze ich einfach fünfundvierzig Minuten lang still da, während Usko an der Schwelle Wache hält. In dieser Zeit schläft oder telefoniert Oinonen manchmal, oder er hört Musik. Manchmal isst er auch in der Küche zu Abend, oder er verschanzt sich in seinem abgewetzten Ohrensessel, liest ein Buch in Brailleschrift und bewegt die Lippen dazu. Das hässliche Schrillen einer Eieruhr verkündet den Schluss der Stunde, und dann bricht Usko zum Ende seiner Wache in ein mächtiges Bellen aus.

»Hast du selbst eine Theorie, warum dir diese Bilder in den Kopf gekommen sind?«

Oinonen dreht sich zu mir um, und fast erschrecke ich über die schwere Müdigkeit in seinen Gesichtszügen. Tiefe Falten ziehen sich von den Nasenwinkeln in Richtung Kinn, beide Wangen sind tischtennisballgroße Höhlen.

»Lass hören. Antworten haben immer einen tieferen Grund.«

Ich versuche, unbemerkt die Position zu wechseln, denn plötzlich muss ich dringend pinkeln und spüre einen brennenden Druck. Wenn es auch langweilig ist, still zu sitzen, so ist es noch unangenehmer, vom Lehrer befragt zu werden. Ich werfe einen Blick auf den einsamen Blumentopf auf der Fensterbank.

»Der traurige Klang ist wie dieser Kaktus.«

Am anderen Ende des Zimmers wird die Uhr immer langsamer, dann erwacht das Uhrwerk wieder zum Leben und das Ticken beschleunigt sich auf sonderbare Weise – als versuchte die Uhr, die Sekunden wieder einzuholen. Der große Zeiger müht sich vergeblich, voranzukommen, nur das Kratzen und Klacken der Feder ist zu hören.

»Und was macht diesen Kaktus so traurig?«

Oinonens Frage kommt gelangweilt und ohne Interesse. Er lässt müde den Kopf hängen, es sieht aus, als starre er unaufhörlich auf den Boden.

»Niemand pflegt ihn.«

Ich halte mich mit beiden Händen am Stuhl fest; so etwas habe ich nicht sagen wollen: Meine Antwort ist eine direkte Anschuldigung. Ich werfe einen Blick auf Oinonen, der immer noch in derselben Position vor sich hin nickt. Ich beiße mir auf die Lippe und versuche zu überlegen, wie ich diesem brandgefährlichen Terrain entkommen kann.

»Der fröhliche Klang ist wie die Weinranke da am Fuß des Kaktus.«

Oinonens Schultern zucken zusammen, versteifen sich in einer seltsamen Position.

»Was hast du gesagt?«

Usko öffnet die Augen, er spürt im Tonfall seines Herrchens etwas Fremdes.

»Dass die Weinranke an fröhliche Dinge erinnert.«

»Wo ist denn hier eine Weinranke?«

Oinonen hat sich kerzengerade aufgerichtet, er sieht erschüttert aus. Ich bekomme solche Angst, dass ich automatisch den Kopf drehe, als würde ich einen Schlag auf die Wange erwarten.

»Willst du mich veralbern?«

Usko setzt sich auf, seine Ohren ragen scharf in die Luft, aus seiner Kehle kommt ein bedrohliches Knurren. Oinonen schnippt zwei Mal mit den Fingern, worauf sich der Hund widerwillig hinlegt. Ich klinge wie ein Kleinkind, als ich endlich fiepend herausbringe:

»Am Fuß des Kaktus wächst seit Weihnachten eine Weinranke. Sie hat schon vier Blätter.«

Oinonen wedelt mit der Hand in Richtung Fenster, sein säuerliches Lächeln gilt mir.

»Wie um alles in der Welt kann ein Junge deines Alters eine Weinranke erkennen?«

Ich erwäge verschiedene Alternativen und wähle dann schnell die sicherste.

»Habe ich in der Schule gelernt.«

Das Lächeln auf seinem Gesicht erstirbt, er steht auf und geht drei Schritte zum Fenster. Ich kann ihn nicht mehr warnen, bevor seine Finger in die Stacheln fassen – doch er scheint das Stechen nicht einmal zu bemerken. Seine Hand tastet nach der zarten Pflanze, die neben dem Kaktus keimt.

Vorsichtig berühren die Fingerspitzen die frischen, grünen Blätter, untersuchen sorgfältig die Form eines Blattes. Er hält immer wieder den Atem an, als hätte er Angst, etwas kaputt zu machen. Schließlich beugt er sich hinunter und schnuppert an dem jungen Blatt.

»Bist du ganz sicher, dass das eine Weinranke ist?«

»Ja, denn ich habe zu Hause ...«

Ich schlucke den Satz hinunter, tue so, als müsste ich husten. Auf meiner Stirn kribbelt der Schweiß, die umherirrenden Augen des Mannes versuchen, meine in den Blick zu nehmen.

»Was wolltest du sagen?«

»Wir haben zu Hause so ein großes Nachschlagewerk. Da sind genaue Abbildungen drin.«

Oinonen starrt mich an, als würde er meine Ehrlichkeit anzweifeln. Dann streicht er noch einmal leicht mit dem

Zeigefinger über das Blatt. Sein gelblich blasses Gesicht hat sich gerötet, die Lippen zucken, als versuchte ein Lächeln, die Mundwinkel in Richtung der Wangen zu heben.

»Du sagst die Wahrheit. Am Fuß des Kaktus wächst tatsächlich eine Weinranke.«

Ich mache mir fast in die Hose, als das Schrillen der Eieruhr die Stille durchbricht. In Uskos Wolfsaugen flammt das vertraute Feuer auf, aber noch bevor der Hund losbellen kann, bedeutet Oinonen ihm, still zu sein. Er tritt vor mich hin und tippt mir zögernd auf die Schulter.

»Ich muss dir etwas erzählen.«

Er rennt fast in die Küche, Usko stürzt hinter ihm her und hinterlässt im Zimmer einen warmen, leicht schweißigen Geruch. Die Enttäuschung lässt mich auf Zwergengröße schrumpfen. Zum ersten Mal in zwei Jahren bedeutet das Klingeln der Uhr nicht die Befreiung – die Erleichterung, nach Hause zu dürfen. In der Küche fällt ein Gegenstand klirrend zu Boden, der Lehrer verbietet dem Hund, etwas anzurühren. Er kramt in den Schränken, öffnet hastig Schubladen, bis er beinahe außer Atem mit einer offenen Pralinenschachtel in der Hand zurückkommt.

»Nimm dir doch ein paar.«

Ich wähle ein in Goldpapier gewickeltes Quadrat. Der Lehrer setzt sich mir gegenüber auf das Sofa, beide suchen wir intuitiv mit den Augen die Ranke. Vor dem Fenster wogt das Sonnenlicht, es scheint durch eine schmale Schneise, die ein Regenguss irgendwann in die Scheibe gehämmert hat.

»Ich habe den Topf den ganzen Winter nicht gegossen. Wie um alles in der Welt kann die Ranke da gekeimt und überlebt haben?«

Oinonen kneift die Augen zusammen und kaut angestrengt auf seiner Praline. Vielleicht hat er ja Löcher in den Zähnen, kommt mir in den Sinn, und deshalb wirkt das Kauen so beschwerlich.

»Hast du dafür eine Erklärung?«

Ich mahle die hart gewordene Nussschokolade zwischen den Zähnen und werfe einen Blick zur Karaffe auf dem Servierwagen. Der trockene Klumpen klebt in der Speiseröhre fest und ich bekomme Durst.

»Da auf dem Tisch steht immer eine Kanne mit Wasser. Ich hab der Pflanze jedes Mal was gegeben. Einfach so zum Zeitvertreib.«

Oinonens Kiefer stockt und mahlt dann langsam weiter.

»Ach so. Das erklärt einiges.«

Usko hechelt, winselt fragend und sinkt dann wieder ergeben vor der Schwelle nieder.

»Warst du eigentlich schon mal verliebt?«

Ein Stückchen Nuss bleibt an meinem Eckzahn kleben, und weil Oinonen nichts sieht, traue ich mich, es mit dem Zeigefinger herauszupolken.

»Sie meinen, in ein Mädchen?«

»Genau. So, dass es sich anfühlt, als wäre dein Herz zu groß für deine Brust, wenn dir das besagte Mädchen entgegenkommt.«

Der Lehrer spricht jetzt mit einer seltsam weichen Stimme über ein Thema, über das ich am liebsten gar nichts hören würde. Ich begreife aber, dass ich niemals nach Hause komme, wenn ich mich nicht auf das Gespräch einlasse. Oinonen möchte etwas erzählen, und die Geschichte muss sich so weit entwickeln, bis meine Anwesenheit hier nicht mehr nötig ist.

»Na ja. Einmal war ich ein bisschen verknallt. Aber das ging vorbei.«

Peinlich berührt nehme ich mir noch eine Praline und hoffe, dass Oinonen nicht weiter nachfragt. Ich will nicht erzählen, wie meine Begeisterung für Miia mit einer einzigen Schwedischstunde abrupt endete. Ich weiß noch genau, wie tief enttäuscht ich war, wie schwer es mir fiel, zuzugeben, dass das Mädchen, das ich kurz vorher noch so toll gefunden hatte, jetzt plötzlich reinen Ekel in mir hervorrief. Ich hatte zufällig gesehen, wie Miia heimlich in der Nase bohrte und die Rotzklümpchen eins nach dem anderen wie Süßigkeiten verspeiste.

»Vor langer Zeit hatte ich auch mal eine Frau.«

Ich schließe die Augen – jetzt würde es beginnen.

»Ich war sehr verliebt.«

Oinonen sucht nach Worten, das Räuspern kommt aus den Tiefen seines Brustkorbs, so schwer fällt es ihm offenbar, mit dem Thema weiterzumachen.

»Und diese Frau liebte – mich.«

Aus dem Augenwinkel sehe ich, wie Oinonen sich verstört über die Stirn wischt. Seine Wimpern flattern, und ich denke das erste Mal über die Tränen eines blinden Menschen nach. Wie sich das Weinen in den verfinsterten Augen wohl anfühlt? Vielleicht wie kühler Regen?

»Aber dann kam es wie in einem schlechten Film.«

Oinonen schüttelt den Kopf, beugt sich rasch nach vorne und wühlt in den Haaren an seinem Hinterkopf.

»Die Frau starb. Es war der Sommer, in dem wir heiraten wollten.«

Er gibt der Pralinenschachtel einen Schubs, sodass sie über den Glastisch gleitet und direkt vor meiner Hand zum Stehen kommt.

»Hast du schon mal schlechte Filme gesehen?«

Ich murmele etwas Bejahendes und bleibe auf der Hut.

»Hört sich diese Geschichte auch danach an?«

Ich stopfe mir schnell eine Praline in den Mund, damit ich nicht antworten muss. Oinonen springt auf.

»Aber für mich war es Realität.«

Als er sich stolpernd in Bewegung setzt, stößt er gegen seine Gewohnheit mit dem Knie an die Tischkante. Daran erkenne ich, dass er um Fassung ringt.

»Was denkst du über den Zufall?«

Die Fragen werden immer schwieriger. Apathisch starre ich auf die halb leere Pralinenschachtel. Weil ich so dringend pinkeln muss, habe ich jedes Gefühl für meinen Körper verloren, und das ist mein Glück. Denn es klingt, als hätte Oinonen keine Eile, die Stunde schnell zu beenden.

»Die Beerdigung fand in Italien statt, vor zwanzig Jahren im Mai. Und bevor ich zurückfuhr, pflanzte ich eine Weinranke neben ihrem Grabstein.«

Meine Pobacken spannen sich, als würde ich halb in der Luft sitzen. Mein ganzer Körper versteift sich, als ob mich jemand in raschem Tempo mit Draht umwickelte.

»Nun kannst du dir vielleicht vorstellen, wie es sich anfühlt, wenn ich plötzlich höre, dass auf meiner Fensterbank eine Weinranke wächst.«

Oinonens Hand zittert, als er vorsichtig die Blätter der Ranke befühlt. Es ist, als würde er jemandem über die Wange streichen, so liebevoll bewegen sich die Finger am zarten Stiel entlang von Blatt zu Blatt.

»Kann das Zufall sein?«

Sein Verhörton ist verschwunden, die Frage klingt eher nach einer Bitte. Ich kneife die Augen zu und beschließe, ein Risiko einzugehen.

»Nein.«

Oinonens Arme fallen schlaff herunter.

»Das denke ich auch.«

Durch die Anspannung und das Hinunterschlingen der Schokolade dreht sich mir fast der Magen um. Mir ist bewusst, dass es für die Übelkeit noch einen anderen Grund gibt, aber an den wage ich jetzt nicht zu denken.

»Es heißt ja, Nachrichten könnten auch anders als durch Worte übermittelt werden.«

Oinonen erwartet eine Antwort, aber es ist schwer, seinen Gedankengängen zu folgen, weil ich mich die ganze Zeit auf meine Blase und meinen Magen konzentrieren muss.

»Was mag wohl der Inhalt dieser Nachricht sein?«

Er klingt auf einmal so hilflos, dass es mir richtig unangenehm wird. Das Mitleid und dieses andere, das ich in Gedanken ständig von mir wegschiebe, zwingen mich, es noch einmal zu wagen.

»Vielleicht bedeutet die Ranke eine Einladung nach Italien.«

Ein plötzlicher Schwindel lässt mich in Richtung Fenster schwanken. Ich wundere mich selbst darüber, wie mutig ich mit meinen Ansichten um mich werfe. Oinonen steht schweigend da, seine Hände umklammern die steinerne Fensterbank. Lange hören wir nur dem unberechenbaren Gestolper der Uhr und Uskos röchelndem Schnarchen zu. Aus den Geräuschen erwächst ein gleichförmiger Klangteppich, der das Zimmer vom Boden bis zur Decke ausfüllt. Ich komme zu mir, als sich Oinonens Hand auf meine Schulter legt.

»Danke dir. Du kannst nach Hause gehen.«

Ich taumele in den Flur, und erst als ich nach meinen Schuhen greife, merke ich, dass ich den Geigenkasten im Wohnzimmer vergessen habe. Mit steifen Schritten gehe ich zurück, Usko folgt mir überallhin, die Schnauze fest an meinem Hosenboden. Der Hund wartet nur darauf, dass ich eine plötzliche Bewegung mache, damit er einen Grund hat, sich in meine Pobacke zu verbeißen.

»Zähne!«

Ich zucke im Flur vor Schreck zusammen und erstarre.

»Das hast du mir nicht erklärt. Warum hast du an Zähne gedacht?«

Durch die Türritzen dringt ein starker Luftzug, draußen hört man das rhythmische Schlagen eines Teppichklopfers. Ich öffne die Tür schon mal einen Spaltbreit, denn nur so traue ich mich, die Frage ehrlich zu beantworten.

»Ich bin hier jedes Mal gefangen. In den Zähnen meines Lehrers.«

Dann stürze ich ins Treppenhaus und schlage die Tür hinter mir zu. Uskos Bellen ist bis auf die Straße zu hören, ich renne bei Rot über die Ampel und bleibe vor dem Kaufhaus gegenüber stehen. Ich zittere vor Erschöpfung, dennoch muss ich mich umdrehen und einen Blick nach oben zum Fenster im fünften Stock werfen. Sofort erkenne ich Oinonens gebeugte Gestalt, und als ich ihn die Hand zum Gruß erheben sehe, würde ich gerne darauf antworten, aber dann schiebe ich die Faust doch in meine Hosentasche und renne mit polterndem Geigenkasten durch die Drehtür ins Kaufhaus.

***

Am Abend liege ich in meinem Zimmer auf dem Bett und höre, wie meine Mutter lange telefoniert. Ich versuche, zu lesen, aber daraus wird nichts, ich kann mich nicht einmal auf die Abbildungen konzentrieren, denn meine Gedanken springen hin und her. Plötzlich schaut meine Mutter zur Tür herein. Ihr Kopf ist voller großer Lockenwickler, die Augenbrauen bilden zwei pechschwarze Bögen unter der Farbpaste.

»Ylermi Oinonen hat angerufen. Wir haben vereinbart, dass du bis auf Weiteres pausierst.«

Ich atme auf, tief aus dem Bauch heraus.

»Will er verreisen?«

Meine Mutter hebt meinen Ranzen vom Boden auf und greift sich einen Armvoll schmutziger Sportsachen.

»Von einer Reise war nicht die Rede. Er wollte nur wissen, ob dir noch ein anderes Hobby bleibt, wenn die Musikstunden wegfallen.«

Ich werfe intuitiv einen Blick auf das Buch, das auf meinem Bett liegt, und ein angstvolles Schaudern kriecht meinen Nacken hoch.

»Ich habe ihm erzählt, dass du ein ziemlicher Botaniker bist. Dass bei uns alles voll ist mit Pflanzen. Paprika und Bonsaibäume.«

Ich presse das Kissen fest zusammen und versuche möglichst unbeteiligt zu klingen:

»Und was hat Oinonen dazu gesagt?«

»Nichts weiter. Er hat nur gefragt, ob du schon mal eine eigene Weinranke gezüchtet hast. Ich habe gesagt, dass wir so etwas auch mal hatten.«

Verärgert schleudere ich mein Kissen auf den Boden.

»Musst du unbedingt meine ganzen Privatangelegenheiten herumerzählen?«

Ich weiche aus, als mir die nach Rosencreme duftende Hand durch die Haare fahren will. Meine Mutter leert meinen Ranzen, stapelt die Bücher ins Regal und schüttelt die Radierkrümel und die Späne vom Bleistiftspitzen aus meinem Federmäppchen. An der Tür schmatzt sie mit spitzen Lippen, lacht über meinen verärgerten Gesichtsausdruck und zeigt auf das offene Pflanzenbuch.

»Ich habe ihm übrigens auch erzählt, dass du Spaß daran hast, Obstkerne in Blumentöpfe zu stecken, obwohl wir dich dafür schon ausgeschimpft haben.«

Bis zum frühen Morgen liege ich wach.

Ich drehe und winde mich, zerre die Decke aus dem Bettbezug, trinke zwei Gläser Wasser, aber nichts verschafft mir Erleichterung. Ich muss an Oinonens merkwürdigen Gesichtsausdruck denken; an die Mischung aus Freude und Traurigkeit in dem Moment, als er über die vier kleinen Blätter der Weinranke strich. Je mehr ich daran denke, desto näher kommen die Tränen. Und schließlich sind sie da – ich schluchze lange und mit bebenden Schultern. Mein Weinen klingt genauso schrecklich wie das Winseln, das ich meiner Geige entlocke. Erst als die Morgensonne allmählich auf den Falten des Vorhangs schimmert, falle ich in unruhigen Schlaf. Ich habe einen Albtraum: Auf meinem Fensterbrett erscheint plötzlich eine Pflanze mit schwarzem Stängel, deren bleiche Knospe sich immer wieder hartnäckig zu meinem Bett dreht. Als ich die Knospe berühre, bemerke ich Augen in der Blüte. Gleichzeitig öffnen sich die Blütenblätter zu einem Mund mit weißen Lippen. Das Gesicht von Oinonens toter Geliebter!, durchfährt es mich. Ich stoße den Topf mitsamt der Pflanze aus dem Fenster und erwache mit einem Ruck. Obwohl ich mir mit der Bettdecke die Ohren zuhalte, meine ich, die anklagende Stimme einer Frau zu hören: *Du hast etwas Unwiederbringliches zerstört, du bist ein zerschundenes Musikinstrument, in dir ist mehr Schwarz als Weiß!*

*Aus dem Finnischen
von Tanja Küddelsmann*

Peter Sandström

Sohn

Vater schlief immer im Gewächshaus, im Lager für die frisch geernteten Früchte. Er hatte dort eine Pritsche und eine Wandlampe. Ich dachte, dass dies sein Schutzraum war, dass er den Duft von Äpfeln und Zwiebeln brauchte, um nachts Ruhe zu finden.

Die Lampe ließ er die ganze Nacht an, behauptete aber dennoch, schlafen zu können. An einem Dachbalken hatte er eine Schlinge befestigt und manchmal lag er da und betrachtete ihre gähnende Öffnung, bevor er Zeitung und Brille weglegte, um zu schlafen. Er erwähnte häufig, es sei jedes Mal ein gutes Gefühl zu sehen, dass diese Schlinge leer sei, dass er dort nicht mit schiefem Nacken und weißem Schaum auf den Lippen hänge. Schließ nicht ab, wenn du gehst, sagte er.

Er war bereits ein alter Mann und hatte eine angenehme Art, jedenfalls solange er nicht die Karaffe leerte. Der Zorn war im Grunde von ihm gewichen, was man seinem Äußeren anmerkte; der Körper sackte allmählich in sich zusammen, und die Kraft und aufrechte Haltung, die er einst besessen hatte, verließen ihn nach und nach. Sein Kopf schien für eine bedeutend größere Leibesfülle geformt worden zu sein und saß nun immer noch auf Vater und war ein wenig zu schwer für das Knochengerüst, das ihn tragen sollte. Die Nase war eine Nummer zu groß, der Mund so breit wie der eines Affen und die Ohren sahen aus wie kleine Flügel. Auch die Zähne hätten einem anderen gehören können, für den Mund, den Vater inzwischen hatte, waren sie schlicht zu groß. Er berührte mich nicht, und ich berührte ihn nicht. Manchmal stand ich ganz dicht neben ihm, so nahe, dass mir sein Geruch in die Nase stieg, getrockneter Schweiß und dann dieses Intensive, Eingefressene, eine Mischung aus Malz und Humus. Manchmal hielt ich meine Hand ganz dicht neben seine, aber dort gab es einen unsichtbaren Schirm, eine Scheibe, die verhinderte, dass ich seine Haut mit meiner erreichte.

Hier sitze ich, sagte Vater, und gehe nirgendwo mehr hin. Damals dachte ich, er würde das Gewächshaus und sein Nest darin meinen, aber später kam mir der Gedanke, dass er seinen Leib gemeint haben könnte.

Wir hatten für unsere Begegnungen seit Längerem eine Form entwickelt, wir konnten zusammen sein, ohne sonderlich viel reden zu müssen. Bevor ich mit dem Rad zur Schule fuhr, ging ich in der Regel zu ihm. Er saß über den Pflanztisch gebeugt, hantierte mit seinen Samentüten und der Muttererde. Wir wollen mal eine neue Sorte ausprobieren, sagte er. Sein Interesse galt vor allem den Kräutern, von Leidenschaft oder gar Liebe zu sprechen, wäre sicher übertrieben, aber ein Interesse war jedenfalls wesentlich belebender als Gleichgültigkeit. Wurzelgemüse war ihm egal, Äpfel gingen so. Weintrauben und Tomaten bereiteten ihm dagegen weitaus mehr Freude. Alles konnte er zum Keimen und Wachsen bringen. Auch die Verwirrung, und den Lebensüberdruss.

Er schaute mich an und die Gläser seiner Brille waren dick, lustig; er guckte wie eine Eule und fragte mich, was ich an diesem Tag in der Schule lernen würde. Nichts, was ich nicht schon kann, antwortete ich. Vater lachte kurz. Junge, sei bloß nicht schlampig.

Er saß am Pflanztisch und häufig lief das Radio im Regal, er stellte Sender ein, die gewichtige Namen in die Feuchtigkeit unter der Dachschräge entließen: Vietnam, Kekkonen, Sowjetunion, Nixon. Darüber hinaus gab es Worte, die sich anfassen ließen wie schwarz-weiße Klangballons, die durch den Raum schwebten. Tarifvertrag, Kommunist, Wahlnacht, Bürger. Vater engagierte sich nicht politisch, gehörte jedoch zu den Leuten, die der Meinung waren, dass man wenigstens mit einem Ohr hinhören sollte, um mitzubekommen, was um einen herum geschah.

Im Gegensatz zu vielen anderen damals hatte er keine Angst vor dem Russen. Die kriegen mich nicht, hatte er gesagt. Nie mehr.

Er grübelte darüber nach, wie er mit »ihnen« in Kontakt treten könnte, denn er hatte eine Schuld auf sich geladen, für die er Vergebung erbitten wollte – ehe es »zu spät« war, wie er sagte, obwohl er die Worte »bevor ich fahre« benutzte. Fragte ich ihn, wohin er denn fahren wolle, lächelte er nur und sah mich verstohlen an. Er hatte gesagt, dass er »sie« für die Verluste um Verzeihung bitten wolle, die er persönlich ihren Familien und Kindern zugefügt habe. Das sagte er nur, wenn er getrunken hatte, und das hatte er ziemlich oft. Solange er im Gewächshaus blieb, ließ man ihn gewähren, meine Aufgabe war es geworden, ihm an den Tagen, an denen er »die Karaffe leerte«, wie man bei uns daheim sagte, nach fünf Uhr ein Tablett mit Essen zu bringen. Im Laufe der Zeit bildeten diese Tage ein so endloses Band wie die Schlinge im Früchtelager.

Willst du dich nicht setzen, sagte er, und ich reichte ihm das Tablett und er schielte auf den Teller. Vom vielen Arbeiten bekommt man Hunger, erklärte er. Ich sah ihn nur selten sein Essen anrühren, solange ich bei ihm saß.

Er war im Grunde kein Mann des Wortes, er war geschickter mit den Händen und konnte Blumenkränze binden, die in der Abenddämmerung leuchteten, sie routiniert, langsam und mit einer Sorgfalt binden, die er selten an den Tag legte, wenn er Worte benutzte. Wenn er sich genötigt sah zu sprechen, türmten sich die Worte in gezackten Schneewehen auf, die selten von der Stelle kamen. Im Gewächshaus hatte er ein schwarzes Telefon und manchmal wählte er die Nummer der sowjetischen Botschaft in Helsingfors. Wenn sich dort jemand meldete, versuchte er sich zu erklären. Ich bin es, ich rufe an, hier spricht der Mann, der es getan hat.

Ich konnte natürlich nicht wissen, was am anderen Ende der Leitung gesagt wurde, aber lange dauerten diese Gespräche nie. Verstehen Sie, was ich sage, fragte er, aber vermutlich war der Hörer in Helsingfors bereits in die Gabel eingehängt worden. Er schüttelte den Kopf, sah mich mit feuchten Augen an, und es war feucht im Gewächshaus und ich merkte, dass der Nebel auch in meinen Blick hochwallte.

Einmal sagte er, im Frühjahr wolle er für jeden Menschen eine Blume pflanzen, den er zu einem Trauernden gemacht habe. Sieh dir das Frühbeet an, es sind eine ganze Menge. Sie blühen jetzt, sie sind schön. Er zeigte auf die feuchten, fruchtbaren Frühbeete. Unter dem beschlagenen Glas wuchsen die Blumen dicht an dicht. Dünne Rohre führten das heiße Wasser aus dem Gewächshaus zu den Beeten und diese Rohre zischten und spuckten und wir folgten ihnen in den Heizungsraum und die Dunkelheit dort.

Unten in der Grube stand der Heizkessel. Das Feuer, das in ihm wütete, warf rote Schatten auf den Beton, und in der Ecke ragte der riesige Kessel auf, in dem das Wasser brummte und brüllte. Da ist genug drin, um eine ganze Familie zu kochen, hatte Vater einmal gesagt, als er zum Reden aufgelegt war. Mann und Frau und Kinder. Warum sollte man sie kochen, wollte ich wissen, aber daraufhin war er nicht mehr in Redelaune.

Wenn er nicht ganz so oft die Karaffe leerte, ließ er mich entlang der Rohre mitkommen. Wir krochen hinter den Wasserkessel und zwängten uns durch eine Lücke in das eigentliche Gewächshaus, unter die Bänke und Tische, in den Duft aus Staub und trockener Erde, und das war der Weg der Wärme in das Glashaus und durch die Wand zu den Frühbeeten. Er hielt einen kleinen Hammer in der Hand, mit dem er hier und da klopfte, klopfte und mit dem Ohr am Rohr lauschte. Pst. Ich legte das Ohr an. Ein paar Millimeter von der Haut meines Ohrs entfernt rieselte in ihm das Wasser. Es war heiß, und das Ohr wurde heiß. Was hörst du, fragte ich. Er hob die Hand, legte einen Finger an seine Lippen. Hier, sagte er. Komm her. Ich kroch zu ihm und legte das Ohr an der Stelle auf das Rohr, an die er seinen Hammer hielt.

Ich hörte das gleiche Rauschen wie an den anderen Stellen. Was ist los?

Vater erklärte, das Rohr werde an dieser Stelle platzen, entscheidend sei, darauf gefasst zu sein, denn wenn es passiere, während wir schliefen, werde das ganze Gewächshaus überschwemmt. Alles verkocht, sagte Vater.

Aber was ist, wenn es nachts passiert, erwiderte ich. Vater grinste, seine Zähne schimmerten im Zwielicht, ein süßsaurer Hauch schwappte über mein Gesicht. Man muss wachsam sein, erklärte er und legte seine Hand auf meine Schulter. Schläfst du deshalb im Gewächshaus, fragte ich. Vater sah mir in die Augen, blieb jedoch stumm. Wir setzten unseren Weg entlang der Rohre fort und erreichten schließlich dort die Wand, wo die Linie zu den Frühbeeten hinauslief. Es ist alles in Ordnung, sagte Vater. Man muss wachsam sein.

Im September half ich ihm bei den Äpfeln und er und ich waren allein. Vater packte die Bäume und schüttelte sie und daraufhin fielen die Früchte herunter und ich erinnere mich, dass sie mit einem Laut auf dem Boden aufschlugen, der keinem anderen glich. Als falle ein kleiner Körper auf die Erde, sagte Vater manchmal, wenn er die Karaffe geleert hatte, und ansonsten sagte er nichts, sondern hustete und prustete und fasste sich an den Rücken, und ich fand, dass er zu gebrechlich aussah, um die Ernte aus den alten Bäumen zu schütteln. Er rüttelte an einem Baum und ging anschließend zum nächsten und ließ sich, den Rücken an den Stamm gelehnt, schwerfällig nieder. Er trug einen Hut auf dem Kopf und wenn er sich an einen neuen Stamm setzte, sah es jedes Mal so aus, als wäre er kurz eingenickt. Während er sich ausruhte, bestand meine Aufgabe darin, die herabgefallenen Früchte in eine Holzkiste zu legen, und wenn die Kiste voll war, holte ich mir eine neue. Die Holzsplitter stachen in meine Finger, und ich dachte, dass Arbeit wohl etwas war, was ein wenig wehtun sollte.

Nach einem regnerischen Tag auf der Obstwiese hing der Geruch des Obstes schwer im ganzen Gewächshaus. Es lag zum Trocknen auf Tischen und Regalen, zum Trocknen, bevor es den Winter über in jenem Raum eingelagert wurde, in dem Vater nachts schlief. Manchmal lag ich in meinem Zimmer unten im Haus wach und fragte mich, ob Vater fror. Ich fragte mich, ob er mich rufen würde, wenn das Rohr brach.

Um fünf brachte ich ihm das Essen, und die Äpfel glänzten im hellen Licht der Lampen, die über der Weinranke und den matten, eingetopften Palmen leuchteten. Vater hatte den Kopf auf den Tisch gelegt und schnarchte. Hier ist das Essen, Paps, sagte ich und er grunzte, fuhr die Hand aus und richtete sich auf, packte meine Jacke mit beiden Händen und schleuderte mich von sich. Ich krachte mit dem Rücken so gegen das Rohr unter dem Pflanztisch, dass mir die Luft wegblieb und ich spürte, wie mir Tränen in die Augen stiegen. Vater war bereits bei mir und sagte Dinge, er sagte, das habe er nicht gewollt, er habe dort gesessen und geträumt, er sei auf seinem Posten eingeschlafen, und meine Stimme habe ihn überrumpelt. Das war schon einmal passiert, aber damals war er nur aufgesprungen und hatte mich nicht gepackt. Er hatte gesagt, wenn er schlafe, müsse ich Krach machen, dass ich dann nicht zu ihm kommen solle, er hatte gesagt, dass ich auf den Tisch klopfen oder mit dem Spaten auf einen Blecheimer schlagen könne. Mich jedenfalls nicht anschleichen dürfe.

Er hob mich auf unsicheren Beinen hoch, setzte mich auf den Pflanztisch, dort durfte ich sitzen, und er streckte sich nach der Karaffe und schenkte sich etwas in einen eisernen Schöpflöffel ein. Er wischte sich mit dem Hemdsärmel über den Mund.

Dann richtete er eine Bitte an mich. Er brauchte einen Begleiter.

Wir brachen auf, als es schon dunkel war, und der Regen kam aus Richtung der Stadt. Wir schritten schnell aus, Vater war jetzt wacher und ich dachte, das läuft ja richtig gut. Wir hatten nur einen Auftrag auszuführen und danach sollte ich ihn wieder nach Hause begleiten und dafür sorgen, dass er ins Bett kam, noch eine Weile sitzen bleiben und die Äpfel in Kisten packen, dann ins Haus und ins Bett gehen, sobald Vater und auch die anderen im Haus eingeschlafen waren.

Wir gingen über den Steg am Kraftwerk, und zwischen den Wolkenfetzen tauchte kurz der Mond auf, ehe er wieder verhüllt und der Regen stärker wurde. Vater ging zusammengekauert über den Steg, und ich folgte ihm, konnte jedoch aufrecht gehen, der Wind erfasste mich nicht.

Wir huschten am Kraftwerk vorbei, das in der Dunkelheit sirrte, und liefen anschließend durch den Park, in dem die hohen Bäume mit ihren Ästen nach unten ausschlugen und uns zu erreichen versuchten, doch wir eilten weiter und ich dachte, dass wir in eine Geisterstadt gekommen waren und nun wie in den Büchern oder im Fernsehen schreckliche Dinge geschehen würden. Ich war froh, Vater bei mir zu haben.

Wir kamen an der Kirche und der Schule am Marktplatz vorbei und hinter der alten Meierei gab es damals kleine Holzhäuser, in denen sich Vereine trafen. Mehrere dieser Häuschen standen unbeleuchtet im Regen, aber in dem grünen Haus, das dem Fluss am nächsten war, wurde gerade das Licht eingeschaltet, als Vater und ich um die Meierei bogen. Vor dem Haus stand eine Gruppe von Männern. Man hörte keine Stimmen, aber die Glut ihrer Zigaretten war bereits von fern zu sehen. Vater blieb stehen, öffnete den Mantel und zog seinen Flachmann heraus, trank in großen Schlucken, wischte sich über den Mund. Jetzt sollst du mal sehen, sagte er. Jetzt sollst du mal sehen.

Er streckte mir den Flachmann entgegen und ich nahm ihn, spürte, dass er die Wärme von Vaters Händen hatte, hielt ihn wie einen Gegenstand, der Kraft und Mut verströmen konnte, und gab ihn zurück. Vater trank den letzten Rest, tastete nach seiner Manteltasche, nickte und ging los. Ich zögerte, folgte ihm dann jedoch.

Die Männer standen vor Regen und Wind geschützt, sie zogen an ihren Zigaretten und einer von ihnen sagte Vaters Namen und »das ist ja nett«, dass er zum Vereinsabend komme. Vater nickte, blieb jedoch nicht bei ihnen stehen, sondern betrat unverzüglich das Holzhaus, und ich schlüpfte hinterher wie ein folgsames Haustier, ein Hund oder ein zahmes Kaninchen, und fühlte mich wie ein Tier, denn niemand sah mich an, und es hätte sein können, dass mich jemand vielleicht mit einem Abschiedstritt in den Hintern hinausgeworfen hätte, aber keiner nahm mich wahr. Der Kohleofen in der Ecke roch nach Wärme und vorne stand ein Tisch mit Büchern und Papieren und ich dachte, wenn jemand das Fenster geöffnet hätte, als die Tür sperrangelweit offen stand, wäre das alles unter Umständen fortgeweht worden. Vater hatte bereits das Podium erreicht und schaute sich um, als suche er jemanden.

Eine Tür ging auf und dann stand Hiller in der Öffnung und sah zuerst Vater und danach mich an, schätzte uns mit Blicken ab, als nähme er Maß für unsere zukünftigen Särge. Es hieß, Hiller habe ein Auge dafür, denn er nahm sich der Leichen an, legte sie in Särge und vergrub sie anschließend auf dem Friedhof nördlich der Stadt. Ich fand, dass er aussah wie eine Ratte, die Schnauze lang und die Schnurrhaare gespreizt, die Augen eng zusammenstehend. Sein Anzug war braun und er ging auf zwei Beinen, witterte Geschäfte, hatte ein Gespür dafür, wenn der Tod im Anmarsch war. Überall in der Stadt liefen seine Kunden herum.

Herzlich willkommen, sagte Hiller. Vater griff in seine Tasche und nestelte ein Blatt Papier heraus, das er Hiller hinhielt. Setzt euch, sagte Hiller, unser Vereinsabend fängt gleich an.

Im Eingangsflur trampelten Stiefel über den Fußboden, es wurde gehustet und gelacht und ein paar Männer traten mit noch glimmenden Zigaretten ein und setzten sich an Tische und auf Bänke, und es waren sicher nicht viele anwesend, aber in diesem Moment kam einem das Haus voll vor und die Luft füllte sich mit Rauch und flüsternden Stimmen. Das Blatt, das Vater vor sich hochhielt, kam nicht von der Stelle. Hiller sah Vater an und breitete die Arme aus. Du weißt, dass wir es nicht annehmen, sagte er. Darüber haben wir schon so oft gesprochen. Warum nicht, fragte Vater. Hiller ließ den Blick über die Männer schweifen, die sich gesetzt hatten. Wir haben anderes zu besprechen, das gehört hier nicht hin. Warum nicht, wiederholte Vater. Ihr könntet es verschicken. Und an wen, fragte Hiller. An die auf der anderen Seite. Ihr habt doch mit Sicherheit die Adressen. Hiller schnaubte. Für so etwas haben wir keine Adressen. Leg es zu den Akten. Vergiss es.

Vergiss es, wiederholte Vater und seine Stimme war ruhig. Jede Nacht bin ich dort, jede Nacht erinnert sich der Körper. Ich kriege das Blut nicht von den Händen. Vater streckte mit den Handtellern nach unten seine Hände aus. Schau, sagte er. Ja, ja, meinte Hiller.

Das Blatt, das Vater in der Hand hielt, fiel herab und keiner bemerkte es, Vater nicht, Hiller nicht. Ich schnappte mir das Papier vom Fußboden und steckte es unter meine Jacke. Hiller hatte einigen Männern ein Zeichen gegeben, die nun dorthin kamen, wo wir standen. Die Männer grinsten, gingen langsam, aber mit schweren Schritten, der Boden knackte und knarrte, und Vater hob die Hände hoch, er war fertig.

Gehst du von alleine oder sollen wir dich tragen, fragte einer der Männer. Vater antwortete nicht, rührte sich aber auch nicht von der Stelle. Daraufhin nickte Hiller, und der Mann, der die Frage gestellt hatte, lehnte sich vor und packte Vater, warf ihn sich wie einen Sack über die Schulter und ging zur Tür. Vater schloss die Augen und hielt die Hände weiterhin hochgereckt, als wollte er so zeigen, dass er sich der Übermacht gebeugt hatte.

Wir gingen sofort heim und Vater war noch stiller als sonst. Wer hinausgetragen wurde, dem stand vielleicht kein einziges Wort mehr zur Verfügung. Aber den Zettel, den er fallen gelassen hatte, trug ich bei mir, und ich würde ihn aufbewahren. Er hatte mit Bleistift auf kariertem Papier geschrieben.

»An die Finnisch-Sowjetische Gesellschaft, Ortsverein, Vorsitzender Hiller / zur Weiterleitung.

Eigentlich hätte man nicht dort sein sollen, eigentlich gab es für mich keinen Grund, dort zu sein. Man hätte das Schiff nach

Westen nehmen sollen, man hätte den Irrsinn verebben lassen sollen. Aber solange man dort war, kam man nie zum Denken. Sehen meine Hände aus wie die Hände eines Schlächters? Meine Hände verstehen sich darauf, Dinge wachsen und leben zu lassen, meine Hände wollen dem Leben helfen und nicht dem Tod. Niemals habe ich das Gewehr ölen, abdrücken, mit dem scharfen Spaten um mich schlagen wollen. Man kann schätzungsweise davon ausgehen, dass um jeden toten Mann mindestens zehn Menschen trauern, vielleicht auch fünfzehn. Wenn das zutrifft, hat ein gewöhnlicher Frontsoldat, der lebend heimgekehrt ist, eine irrsinnige Menge Trauer verbreitet. Allen, die ich zu Trauernden gemacht habe, allen Müttern und Witwen und Vaterlosen auf der anderen Seite der Grenze möchte ich aus vollem Herzen zurufen: Vergebt mir. Ich habe das nicht gewollt.«

Darunter hatte er ein »Hochachtungsvoll« gesetzt und mit seinem Namen unterzeichnet, und ich überlegte, dass er das Blatt zurückbekommen sollte, beschloss dann jedoch, es zu verstecken. Er fragte nie nach seinem Schreiben, vielleicht hoffte er, Hiller hätte es bei der Versammlung zur Diskussion gestellt.

Als wir zum zweiten Mal an diesem Abend über den Steg gingen, hielt Vater in der Mitte inne. Das Wasser des Flusses floss unter uns, der Damm leckte, und Vater zog den Flachmann heraus, der jedoch leer war, woraufhin er ihn stromabwärts warf. Hiller ist wie Hitler, ein einziger Buchstabe trennt die beiden, sagte Vater, setzte sich wieder in Bewegung und fing an zu lachen. Ich lachte nicht.

Er hob die Karaffe an, schenkte sich in einen Becher ein, dem der Henkel fehlte. Ich musterte seine Hände, er hatte Erde unter den Nägeln, und ich dachte, dass er diese Hände auch in den Kämpfen im Osten benutzt hatte – den harten, ruhmreichen Kämpfen, die in ihm geblieben waren und die er dort eingekapselt, verhärtet behalten würde.

Hatte er sein Bajonett benutzt oder das Messer? Hatte er Hass empfunden? Es genossen? Wie nahe war er dem Menschen gewesen, den er tötete, hatte er das Gesicht des anderen gesehen, war ihm seine Augenfarbe aufgefallen, hatte er seinen Geruch wahrgenommen, seine Stimme gehört?

Er hob mir zugewandt den Becher, führte ihn zum Mund, hielt inne, als hätte er plötzlich einen Fehler bemerkt, und reichte ihn anschließend mir. Willst du mal probieren, Junge, sagte er. Ich lachte und schüttelte den Kopf, aber er lachte nicht und ließ mich auch nicht aus den Augen. Das darf ich doch gar nicht, sagte ich. Wer sagt das, entgegnete Vater. Ich bin dein Vater.

Er klang weder gereizt noch wütend, aber es könnte sein, dass er tatsächlich für einen kurzen Moment fand, ich hätte seine Aufforderung zum Trinken annehmen sollen. Du bist ja noch nicht so alt, meinte er. Neun, erwiderte ich. Ja, ja, sagte Vater, wenn du zehn bist, trinken wir ein Glas.

Wenn Vater sprach, kam es einem manchmal vor, als wären die Worte irrtümlich aus ihm herausgerollt, als hätte er zwar Dinge zu sagen gehabt, aber nicht immer die Fähigkeit besessen, sie zu formulieren. Mir kam einmal der Gedanke, dass die Sprache, die aus ihm herauspurzelte, nicht fließend und geschmeidig, sondern plump und deformiert war. Ich dachte, dass sie an missglückte Kuchen erinnerte, die entweder angebrannt waren oder beim Backen nicht hatten aufgehen wollen.

Ich glaube, das quälte ihn, denn wenn wir im Gewächshaus zusammensaßen, sah er mich manchmal an, sah er mir in die Augen, als wollte er mich festhalten, damit ich nicht fortginge, obwohl er nicht redete. Dann nahm er Anlauf und holte tief Luft, rollte mit den Schultern, focht leicht mit dem Arm, drückte sich mit seinem Fuß vom Boden ab. Er kam auf Touren und die Worte, die er äußerte, waren selten völlig verdreht, aber ihre Zahl blieb stets klein und sie kamen in einer Reihenfolge, die keine Tiefe entstehen ließ. Es waren einfach Worte, und einzelne Worte herauszuholen, war etwas anderes, als sich zu unterhalten oder von sich selbst zu geben, um vom anderen etwas annehmen zu können. Trocken draußen, sagte er etwa, und man sah seinen Augen an, dass er so viel mehr in sich trug, Qualen und Freude, was er gerne mit jemandem teilen wollte; in dieser Hinsicht war für ihn selbst ein Kind ein geeigneter Partner. Ja, sagte ich. Trocken, aber nicht besonders kalt. Vater nickte. Im Radio auf dem Regalbrett lief Musik und danach kamen diese Stimmen, die gewichtige Worte fallen ließen, Worte, die um sich herum ganze Bündel von Wirklichkeit in Zusammenhängen entrollten, die sich viel weiter erstreckten als bis zur Bedeutung einzelner Substantive, Verben und Präpositionen und von allem anderen.

Viel später kam mir der Gedanke, dass Vater ein Dichter war, jedoch ein Dichter, der nicht schrieb. Die Gedichte, die in seinem Inneren Gestalt annahmen, blieben dort, ungeboren, und legten sich Schicht auf Schicht um seine Seele, bildeten Gewebe und Narben, Sätze, die zu einer so dichten Vegetation wucherten, dass ihre Bedeutung nicht mehr erkennbar war.

Was er sagte, blieb schlicht; »Es schneit bald.« »Eins fünfzig.« »Blau mit gelben Rändern.« »Fisch ist lecker.« Und es waren ausschließlich Feststellungen, als hätte er die Fähigkeit verloren, das Unerwartete hervorzuheben und ihm eine Bedeutung zu verleihen.

In seiner Sprache gab es nichts von der Leichtigkeit oder Luftigkeit, die in der Weinranke zu Wort kam, die er dazu brachte, zwei Mal pro Saison Früchte zu tragen, in ihr gab es ebenso wenig die Sanftheit, von der es in der feuchten Erde wimmelte, die zwischen seinen Fingern hindurchrieselte, wenn er umpflanzte oder Samen aussäte, per Versandhandel aus Teilen der Welt bestellt, in die er selbst niemals gelangen würde. Der Rasen grünte, die Sträucher wurden beschnitten und auf der Obstwiese trugen die Apfelbäume Früchte.

Seine Worte kamen immer spärlicher. Eines hier. Ein anderes dort. Kräuter; Asien, sagte er und zeigte auf die Holzkiste, die vor ihm auf dem Tisch stand. Kannst du, sagte er und ich nickte, hob die Kiste an, trug sie zu einem kleinen Kasten hinaus, den er auf der Rückseite des Gewächshauses eingerichtet hatte, ein Heim für die Kräuter, mit denen er so gerne »experimentierte«, wie er sich ausdrückte. Dort standen reihenweise Kisten und noch mehr Kisten auf Regalen, und die Sonne wanderte über den Himmel, und die Glasscheiben des Treibbeets leuchteten auf, wurden hell und glänzend, und die Sonne ging unter und die Scheiben erloschen. Dann sollte die Luke im Dach geschlossen werden. Anschließend würde sich Vater auf seine Pritsche legen.

Er lag da und trank aus seiner Tasse. Er lag da und blinzelte und sah mich an, als hätte er auch in mir ein Kraut gesehen, das er gezogen hatte.

Und viel später wird es geschehen, dass ich in einem Nachlass zwischen Tüten und Schachteln ein Foto von ihm finde. Er lächelt stehend in die Kamera und seine Kleider sehen aus wie die Kleidungsstücke eines bedeutend fülligeren Mannes, die Stiefel sind die eines Riesen, aber es ist Vater, der sie angezogen hat. Er ist jetzt ein Krieger. Ich hatte mir vorgestellt, dass er ein Mann war, der auf seinem Posten saß und mit dem Gewehr in der Faust nach Osten spähte, dass er würzig riechende Zigaretten rauchte und nichts fürchtete. Er saß da und spähte und niemand wagte es, sich gegen ihn zu stellen, denn er war ein Krieger der finnischen Armee.

Wenn ich die Aufnahme aus den Vierzigerjahren des vorigen Jahrhunderts betrachte, sehe ich, dass er ein Junge war, und sein Blick ist offen. Er sieht nicht aus wie jemand, vor dem man sich fürchten muss, und wenn ich das Bild studiere, habe ich das Gefühl, dass er jemandem ähnelt, jedoch nicht dem Mann, der mein Vater war, sondern jemand anderem, den ich kenne. Es dauert eine ganze Weile, bis es mir einfällt. Er sieht aus wie Leo, mein Sohn, und Leo ist noch nicht erwachsen, sondern ein Kind. Und ich frage mich, ob es erforderlich ist, um eine bestimmte Zeitspanne zu altern, bis man allmählich so aussieht, als könne man einem anderen Menschen das Leben nehmen. Und ich frage mich, ob sich mein Sohn vorstellen könnte, dass ich wie ein Mann aussehe, der getötet hat.

Mir fiel ein, dass Vater mir erzählt hatte, wie es sich anfühlte, von einer Kugel getroffen zu werden, dass eine Kraft dahinterlag, eine Schwere, die viel breiter und tiefer war, als man jemals angenommen hätte, wenn man die Kugel in seiner Hand hielt. Wie kann ein solch kleines Ding eine so große Kraft in sich tragen, dass es einen erwachsenen Mann zu Boden streckt? Er wusste nicht, woher der Schuss gekommen war, sie kamen aus allen Richtungen, aber in der Schulter hatte es einen Ruck gegeben und er war halb herumgeworfen worden, bevor er fiel. Er zeigte mir die Narbe an seiner Schulter und ich durfte sie anfassen. Vater nahm meine Hand, führte meine Finger zu ihr. Hier, sagte er.

Die Haut war hart wie Wundschorf. Sie sieht aus wie das Arschloch einer Katze, sagte Vater.

Er hatte gesagt, die Kugel sei seine Eintrittskarte zum Tod, aber die Karte sei noch nicht abgerissen worden.

Wenn er mir das zu erklären versuchte, nahm Vater nicht so

viele Worte in den Mund, meinte aber mit Sicherheit etwas in dieser Art. Er vermied es, über den Krieg zu sprechen, das Einzige, worüber er lallte, wenn er getrunken hatte, war diese ewige Bitte um Vergebung, die er den Menschen überbringen wollte, die auf der anderen Seite der Grenze lebten. Von der Grenze sind wir hier weit weg, sagte ich einmal. Altklug, wie ich war, hatte ich meinen Schulatlas zum Gewächshaus mitgenommen. Hier, sagte ich und zeigte auf die finnische Westküste, weiter kann man gar nicht von der Grenze entfernt sein. Vater schüttelte nur den Kopf. Du sollst mir nichts zeigen, Junge. Ich weiß schon, wo ich gewesen bin.

Ich erinnerte mich an seine Worte und als ich aufwachte, war es dunkel. Draußen raste der Frühling weiter und ich hörte, wie das Wasser am Kraftwerksdamm toste. Ich musste aus dem Bett und der Fußboden war kalt, aber ich ging in die Küche und schaute zum Hügel hinauf. Das Gewächshaus leuchtete wie ein Schiff, das über den Himmel geglitten war, ein Raumschiff, das eben erst gelandet war. Ich hob die Hand, winkte. Ich sah seinen Schatten, der darin umherlief, er ging leicht gekrümmt, als wäre er in Gedanken versunken, und aus der Ferne war er eine Silhouette, ein dunkler Schatten im silbergetränkten Licht, ein Kapitän, der sein Schiff auf einem willkürlich ausgewählten Planeten gelandet hatte.

Ich betrat das Gewächshaus und er war nicht zu sehen. Meine Füße brannten vor Kälte, ich hatte keine Schuhe an und stand vollkommen still und lauschte, aber alles, was ich hörte, war das Feuer, das im Kessel toste, das Wasser, das in den Rohren rauschte. Der Kapitän war nirgendwo zu sehen und ich fragte mich, wie es möglich war, ein solches Schiff durch das Weltall zu steuern, und warum er sich entschlossen hatte, ausgerechnet hier zu landen.

Ich nahm an, dass er in der Grube im Heizungsraum lag,

denn in den frühen Morgenstunden, wenn die Pritsche im alten Früchtelager hart und kalt geworden war, hielt er sich dort oft auf. Hallo, sagte ich, bekam aber keine Antwort. Ich ging den Zementgang hinab und unter den Tischen fauchten die Rohre wie gerade geweckte Untiere; kleine Zähne, rauer Pelz. Auf den Tischen lagen umgekippte Töpfe, als hätte der Mensch, der hier gegangen war, so die Richtung andeuten wollen. Hier entlang, hier!

Paps, sagte ich. Bist du da? Das Feuer in der Heizung brüllte und grollte, im Wasserkessel stieg die Temperatur. Ich schaltete das Licht im Heizungsraum an, ich blickte in die Grube, sie war leer. Die Tür zum Anthrazitlager stand offen. Die Kohle lag in schwarzen Haufen in der Dunkelheit. Ich blieb stehen, ein Augenpaar leuchtete auf. Da drinnen lag etwas auf der Lauer und ich zog mich zurück, wurde jedoch von dem getroffen, was sich auf mich stürzte, und fiel hin, schlug mit den Ellbogen auf den Beton, schützte meinen Schädel, und er war schwerer, als ich erwartet hatte, auch stärker, und ich war neun Jahre alt und er sah mich nicht, seine Augen waren gelb und rot, der Blick einer Katze, wenn die Krallen ausgefahren werden, wenn die Zähne ins Fleisch wollen. Seine Hände griffen ungeschickt um meinen Hals, fanden keinen Halt. Jetzt bombardieren sie uns, schrie er. Jetzt kracht es. Paps, schrie ich, Paps.

Er brach zusammen, fiel schwer auf mich, und ich dachte, dass ich so sterben würde, unter Vater, zermalmt wie eine Fliege. Er war warm und schwer, seine Arme lagen auf dem Boden und ich wand mich heraus und ließ ihn auf der Schwelle zum Anthrazitlager liegend zurück.

Manches von dem, was er in sich barg, aber niemals zeigte, sollte später in mir selbst keimen. Ich fragte mich nie, warum, aber manchmal meinten Leute, es kommentieren zu müssen.

Ich erinnere mich an eine Episode, als ich in das ging, was man die Mittelstufe nannte; sie hatten mich in der Nähe der Fichtenhecke vor dem Fluss umzingelt. Sie wollten wissen, ob ich stumm sei, da ich nie etwas sagte. Stummer Fisch, sagten sie und stießen mich zwischen sich hin und her, von Faust zu Faust durfte ich fahren, ein lustiges Karussell, und das Licht war hellblau und der Himmel hoch und ich hatte keine Angst vor dem Schmerz, er kam nicht an mich heran und ich fürchtete mich vor nichts, aber dann sah ich den Blick bei einem von ihnen, egal wem, und der Hohn, der darin lag, weckte die Glut in meinem Kopf, und ich hielt in der Bewegung inne, drehte mich in die andere Richtung und warf mich auf den Nächststehenden und riss ihn zu Boden und ich bekam einen Ast aus schwerem Holz von den Fichten dort zu fassen und ich hob ihn an und schlug zu. Nasen wurden gebrochen, Zähne flogen. Der Geschlagene lag auf der Erde und schrie, die anderen zogen sich zurück.

Ich kannte deinen Vater, sagte der Pfarrer, der kam, um mit mir zu sprechen. Dein Vater war ein lieber Mensch. Und was willst du mir damit sagen, dachte ich, blieb aber stumm. Wie konntest du nur so etwas tun, sagte der Pfarrer. Ich schwieg, starrte vor mich hin, zu den Bäumen und zum Fluss dahinter, das Wasser glitzerte, der Himmel stand hoch.

Das Sprechen fiel mir schwer, aber die Worte waren trotzdem meine Freunde, zumindest solange ich sie in Gedanken formen, sie auf Papier festhalten konnte. Wenn ich die Dinge schriftlich auf Blätter bannte, war mir alles vollkommen klar. Dagegen vermied ich es, Fragen mündlich zu beantworten.

Meinem Vater hatte das Radio Gesellschaft geleistet, bei mir übernahmen das die Bücher, die ich las, und die Blätter, auf denen ich meine Gedanken notierte. Wozu sollte das Reden gut sein?

Es mag sein, dass er nicht unter dem Schweigen litt, dass er nicht gezwungen war, es zu verdrängen. Mir selbst gelang es, das Ganze in meinem Inneren auf eine tiefere Ebene abzuschieben, in ein Bewusstsein, das nur auf Umwegen geöffnet werden konnte, und es kam vor, dass ich hochschreckte und die Luke dorthin gähnend offen stand, dass ich aufwachte und von der kompakten Stille hinter ihr erschreckt wurde.

Mit heftig pochendem Herzen war ich noch einmal in dem Gewächshaus, aber es war ein Ort ohne Seele, in dem es nur geleerte Tische gab. Die Rohre waren kalt, der Heizkessel lag umgekippt vor der Tür zum Heizungsraum. Eigentlich durfte ich nicht dorthin gehen. Ich dachte, dass es ihm jetzt gut ging, und wir, die wir noch lebten, hatten diesen Ort bereits im Sommer verlassen, alles verlassen, und waren auf die andere Seite des Flusses weitergezogen, zu einer Wohnung mit eckigen Zimmern und elektrischem Herd, und niemandem, der noch die Karaffe leerte.

Er hätte unbemerkt von allem, was draußen lief oder sickerte oder raste, in seinem Nest liegen bleiben können. Er hätte weiter ein Zuhörer sein können, jemand, der in Empfang nimmt, was kommt, ohne gerührt oder verhärtet zu werden. Er hätte das Radio anstellen können. Er hätte hören können, dass die Sowjetunion zusammenbrach, die Europäische Union erweitert wurde, das alte Geld verschwand und neues an seine Stelle trat. Vielleicht hätte er von seiner Tätigkeit aufgeblickt und sich darüber gewundert, wie schnell die Zeit verging. Vielleicht hätte er dann gedacht, dass es die alte Welt, seine eigene, bald nicht mehr geben würde. Anschließend hätte er seine Arbeit fortgesetzt; die Erde befeuchtet, Wurzel von Wurzel, Pflanze von Pflanze getrennt.

Er brauchte nicht viel. Ich hätte bei ihm bleiben können, hätte seine Hände mit dem kratzigen Lappen gewaschen, das

Tablett mit Kartoffeln, Fisch und Brot zu seinem Bett getragen. Ihm etwas zu trinken gegeben. Ihm aus der Zeitung vorgelesen, oder aus dem Buch ›Äpfel im Norden‹, oder aus der Biografie über Olof Palme, oder aus dem Dekameron oder aus etwas von Henry Miller. Er hätte mir die Fotos zeigen können, die ich später ohnehin finden sollte.

Aber schon als ich zehn wurde, war es im Gewächshaus kalt. Ich war da, und es war Sommer. Die Weinranke trug unreife Trauben, als hätte ihnen die Kraft gefehlt, blau und weich zu werden; die Trauben wurden nur härter und heller, sie hatten beschlossen, dass es in diesem Jahr keine Ernte geben würde. Ich versuchte die Ranke zu bewässern, aber es half alles nichts. Die Erde floss auf die Zementgänge im Gewächshaus, das Wasser blieb in dunklen Pfützen stehen, die modrig wurden.

In braunen Töpfen standen stachelige Pflanzen, sie sollten kein Wasser bekommen. Sie holen sich die nötige Flüssigkeit selbst, hatte er mir erklärt. Sie benutzen einen unsichtbaren Saugrüssel. Sie können uralt werden, vertragen nur keine Kälte.

Es gab keine Kälte im Monat Juli. Im Kräuterbeet verbrannten die Pflanzen. Die Sträucher auf dem Hof wurden gelb.

Vater ist nicht da, aber der Tod ist da. Ich bin zehn Jahre alt und erinnere mich, dass er sagte, wir würden »ein Glas trinken«, wenn ich zehn wäre. Wenn ich eines Tages dort umhergehe, im Licht, unter der Sonne, finde ich seine Karaffe, und vermutlich hat sie dort die ganze Zeit gestanden und darauf gewartet, dass der Durstige sie finden würde. Die Karaffe steht hinter einem großen, braunen Topf voller brauner Blumen. Die Karaffe ist staubig und der Glanz auf ihrem Glas müde, matt. Sie ist nicht leer und als ich mich vorbeuge und sie schüttele, glitzert und gluckert es in ihr. Mit schwitzenden Fingern entferne ich den Stopfen, der davonfliegt und auf dem Zementboden landet. Ich rieche an der Karaffe, sie duftet wie Vater, und ich denke, dass Vater in ihr ist, sich irgendwo dort befindet, oder vielmehr nicht Vater, sondern das, was größer ist als Vater, was in seinem Leib eingeschlossen war. Dort ist die Seele und sie muss hinausdürfen. Ich lasse meine Lippen dem warmen, scharfkantigen Glas begegnen, einer Mündung zur Karaffe, einer Öffnung zu der Seele, die in ihr schwappt, die in die Luft hinauswill, die in mich hineinwill. Ich schlucke und es brennt in meinem Inneren, dann wird es warm und in meinem Kopf beginnt etwas zu glühen. Paps, sage ich. Bist du das?

*Aus dem Finnlandschwedischen
von Paul Berf*

Rosa Liksom

Der Jagdausflug

Roni, Juho und ich beschlossen, früh am Samstagmorgen zum traditionellen Jagdausflug aufzubrechen. Wir wollten uns bei mir treffen und noch vor neun in den SUV meines Vaters springen. Es kam aber anders. Roni schickte um halb neun eine SMS, er hätte verpennt und käme ein bisschen später. Aus Erfahrung wusste ich, dass »ein bisschen« bei Roni mindestens zwei Stunden hieß. Ich packte schon mal den Wagen: Essen, Bier, Kameras und Waffen. Dann rief Juho an und meinte, sorry, aber er hätte mit seiner Braut tierischen Stress gehabt und jetzt sticht es ihn höllisch in der Seite. War gerade auf dem Weg in die Ambulanz. Okay. Ich überlegte kurz, zögerte, dann rief ich doch Anton an, den Ex von meiner Schwester, und bat ihn, mitzukommen. War für ihn sofort all right. Er ist immer bereit, wenn es um die Jagd geht.

Gegen Mittag surften wir über den Ring 2. Die Stimmung war astrein. Zwei Stunden später parkte ich das Auto in der Sandgrube, wie immer. Wir schnallten die Rucksäcke um, ich nahm die Waffen, und dann machten wir uns auf den Weg. Übers Wetter nur so viel, dass es ein bewölkter Spätherbsttag war. Der Wald empfing uns kühl, feucht, aber freundlich.

Wir beschlossen, auf der Südseite um den Weiher herumzugehen, obwohl es dort steinig war. Auf der Nordseite liegt ein Sumpf, und keiner wollte sich gleich am Anfang schon nasse Füße holen. Wir gingen gemächlich, ich vorneweg, dann Anton und zuletzt Roni, der wie immer hinterherträumte.

Schließlich kamen wir an die Feuerstelle, die wir kannten. Daneben hat die Forstverwaltung einen geräumigen Unterstand gebaut, in dem offensichtlich jemand übernachtet hatte, denn die Reste eines Lagerfeuers schwelten noch. Wir setzten die Rucksäcke ab, lehnten die Gewehre an eine dicke Kiefer, und Roni weckte das Feuer auf. Dann grub er die Thermosflasche mit dem traditionellen Weinbrandkaffee aus dem Rucksack. Eine Zeit lang wärmten wir uns still auf. Ich betrachtete die Postkartenlandschaft. Am gegenüberliegenden Ufer schwamm ein Stockentenpärchen.

Roni ging ans Wasser, wusch sich das Gesicht und kam wieder zurück. Er sagte, er hätte keine Lust zum Jagen, er würde am Unterstand bleiben und chillen. Ich warf einen Blick auf Anton, der auf die für ihn charakteristische Art lächelte, und nickte ruhig. So typisch Roni, dachte ich. Sein Jagdinstinkt war extrem schlecht ausgebildet. Auf keinem einzigen Jagdausflug hatte er etwas geschossen. Manchmal hatte er eine Waffe in der Hand gehabt, aber die hatte er dann am ehesten als Wanderstab benutzt. Allerdings konnte Roni scheißgut auf dem Lagerfeuer kochen, und darum ist er ein *must*. Und überhaupt. In Ronis Gegenwart beruhigt sich auch der nervöseste Typ. Ich kenne Roni schon ewig. Wir waren zusammen im Kindergarten und in der Schule. Erst nach dem Abi wählte jeder seinen eigenen Weg. Ich ging an die TH, und Roni studierte Sozialpsychologie.

Dann war es Zeit für die Ausgabe der Waffen. Ich wollte Anton schon das Tikka-Gewehr meines Vaters geben, da änderte ich meine Meinung und warf es Roni zu. Er fing es elegant auf und lehnte es an den Unterstand. Ich hielt meine Jaguar-Schrotflinte in der linken Hand, Anton bekam das alte

Mauser-Gewehr. Mit leicht überheblichem Gesichtsausdruck sah er sich die Waffe an und lachte. Es war das Jagdgewehr meines Großvaters gewesen. Nach dessen Tod hatte mein Vater es mir geschenkt. Er hatte gemeint, damit müsse etwas nicht stimmen, denn noch nie habe jemand damit ein Tier erlegt.

Roni blieb beim Feuer, und Anton und ich gingen in die einladende Tiefe des Waldes hinein.

Ich hatte Karte und Kompass dabei. Einige Stunden gingen wir, ohne ein Wort zu reden. Anton hatte ich kennengelernt, als er angefangen hatte, mit meiner Schwester abzuhängen. Ich mochte ihn eigentlich sofort und nicht zuletzt deshalb, weil er auch auf die Jagd ging. Er ist aus ganz anderem Holz geschnitzt als Roni und ich. Er ist in Haukilahti geboren, beste Wohnlage in Espoo am Meer, sein Alter ist ein Boss bei IBM und wohnt halb in den Staaten. Seine Stiefmutter ist eine Schnitte aus Gambia, und Anton behauptet, er hätte sie auch schon gevögelt. Er hat schon vor zwei Jahren seinen Abschluss in BWL gemacht und er besitzt ein fettes Aktienportfolio. Kohle hat er also, aber er schafft es einfach nicht, sich eine eigene Waffe zu kaufen. Zwischen ihm und mir lief alles bestens bis zu dem Punkt, an dem er sich meine Schwester griff. Zwar verstehe ich das als Mann irgendwie, aber danach war unser Verhältnis nicht mehr wie früher. Es hatte einen Riss gegeben, und er schien zu bleiben.

Bevor wir den üblichen Ansitz erreichten, brüllte Anton: »Hähne auf, rums, rums, rums, Hemd aus, Hose runter, bums, bums, bums.« Ich erschrak, weil es in der tiefen Waldstille irgendwie unpassend und grässlich klang. Meine Reaktion amüsierte Anton. Er schlug mir mit voller Kraft auf den Rücken und grinste. Am liebsten hätte ich ihm meine Flinte auf den Arsch gehauen, aber ich beruhigte mich schnell wieder, wie es angeblich auch am besten ist, wenn man mit ihm zu tun hat.

Schließlich waren wir am Ziel. Von dem Ansitz aus hatte ich jeden Herbst einen Hasen oder zwei geschossen. Anton ging hinter einem großen Felsbrocken in Stellung. Ich legte mich hinter eine Kiefer, die im Sturm umgestürzt war. Wir warteten lange und andächtig. Nichts geschah, bis ich den Kopf hob und einen Blick auf Anton warf. Er machte ein sehr seltsames Gesicht und richtete dabei die Waffe auf mich. Ich konnte noch das Knacken hören, bevor ich den Kopf einzog. Die Pisse lief mir am Bein entlang. »Was soll der Scheiß?!«

Anton kam zu mir rüber und lächelte. Er meinte amüsiert, er wisse auch nicht, was da gerade in ihn gefahren sei. Sorry. Ich riss ihm das Mauser-Gewehr aus der Hand, nahm die Patronen heraus und versuchte Anton in die Augen zu sehen, aber er drehte den Kopf weg. Er fand es noch immer witzig. Vor allem natürlich meine nassen Hosen. Ich war so wütend und gleichzeitig so perplex, dass ich zitterte. Ich beschloss, die Jagd hier abzubrechen und zur Feuerstelle zurückzugehen.

Voller Verwirrung, eigentlich sogar voller Horror stapfte ich los. Anton folgte mir, obwohl ich ihm sagte, verpiss dich. Zwei Mal schaute ich auf die Karte – die Richtung schien zu stimmen. Bald wurde es dunkel, und es war kein Weg mehr zu erkennen. Ich peilte mit dem Kompass eine neue Richtung an und studierte die Karte. Anton ging zwanzig, dreißig Meter hinter mir. Bald sah es so aus, als wäre ich zu weit nach Westen abgekommen, obwohl ich Walderfahrung hatte. Ich zog die Stirnlampe aus der Tasche und schlug eine andere Richtung ein. Dabei hörte ich Anton förmlich vor sich hin schmunzeln.

Nach einiger Zeit kam ich an einen kleinen See. Ein Stück entfernt sah ich einen Steg, den steuerte ich an. Dort angekommen, musste ich zugeben, dass ich mich übel verlaufen hatte.

Am Ufer stand ein kleines, altes Wochenendhäuschen mit einer separaten Sauna dahinter. Ich sah Anton das Haus betreten und ging zur Sauna. Unter dem Ofen lag Holz bereit. Wenig später kam Anton herüber und entschuldigte sich irgendwie gekünstelt. Er schlug vor, in dem Häuschen zu übernachten. Es wäre sogar etwas zum Essen im Schrank. Es blieb uns gar nichts anderes übrig. Ich ging nach draußen, um Roni anzurufen. Er meldete sich schläfrig. Ich hörte seiner Stimme sofort an, dass er gebechert hatte, und erzählte ihm, was passiert war. Er hörte geduldig zu, dann sagte er, *no problem*, du kennst Anton doch. Er erinnerte mich an letztes Frühjahr und den Stress auf der Schwedenfähre, an dem Anton Schuld hatte. War auch nur einer seiner Gags gewesen, nichts Ernstes. Zum Schluss versprach Roni noch, ein scheißgutes Frühstück zu machen, wenn wir zurückkamen. Ich legte auf und dachte kurz nach. Auf der Schwedenfähre hatte Anton fünfzig Shots gekippt, war nackt durch die Karaoke-Bar gerannt und schließlich vom Oberdeck ins Meer gesprungen. Wir dachten, jetzt kratzt er ab, aber nichts da. Ein Taucher holte ihn zwischen den Eisschollen raus, und der Kerl grinste nur, von wegen geiles Gefühl. Konnte man einen anderen Menschen wirklich kennen? Kannte ich Anton?

Wir heizten die Sauna. Bis es warm genug war, saß Anton auf der Treppe vor dem Häuschen und pfiff vor sich hin. Ich zog mich im Saunavorraum aus und stieg auf die Pritsche. Anton kam neben mich geschlichen und warf heftigst Wasser auf die Steine. »Aufguss, Aufguss«, flüsterte er. Ich rannte nach draußen und sprang ins herbstkalte Wasser. Als ich wieder auf dem Steg stand, wartete Anton auf mich, wieder mit diesem verdammten Grinsen im Gesicht. Ich haute ihm dermaßen eine auf die Zwölf, dass er ins Wasser fiel und mit dem Kopf gegen den Stegrand prallte. Fluchend rappelte er sich auf. Er blutete. »Jetzt sind wir quitt, du Arschloch«, sagte ich zu ihm. Er nickte und wischte sich das Blut mit dem Handrücken ab.

Ich wachte am Vormittag auf dem Steg auf, von Mücken zerstochen. Mir war extrem übel. Ich wusste noch, dass Anton im Schrank Dosen mit Erbsensuppe, zwei Flaschen Schnaps und einen Zwölferpack Bier gefunden hatte. Wir tranken alles weg. Wir soffen, wir stöhnten, wir lachten, wir rangen im Gras und wir krochen zwischen Mückenschwärmen auf allen vieren. In den frühen Morgenstunden waren wir zu der Vereinbarung gekommen, dass alle Frauen nichts als Fotzen waren, außer meiner Schwester, und dass die Vergangenheit von jetzt an ruhen sollte.

Ich stand auf und rief nach Anton. Keine Antwort. Ich ging ins Haus, in die Sauna, lief die nähere Umgebung ab. Nichts. Ich rief sein Handy an. Keine Verbindung. Langsam machte ich mir echte Sorgen. Ich setzte mich auf einen Baumstumpf und rief Roni an. An dessen Handy meldete sich Anton und meinte lachend, wo treibst du dich rum, Frühstück ist *ready* und auch sonst alles geil hier. Seine Stimme klang irgendwie seltsam. Ich suchte meine Sachen, fand den Rucksack, aber beide Waffen waren verschwunden, ebenso Karte und Kompass. Scheiße! Ich preschte los und rannte wie ein Wahnsinniger eine Ewigkeit von einer Stunde durch den Wald, bis ich an den Unterstand kam. Ich war mir sicher, dass das Schlimmste passiert war. Aber nein. Beide Kerle lagen friedlich am Feuer. Roni rauchte einen Joint und Anton trank in aller Ruhe Kaffee. Und tatsächlich. Außer zwei zufriedenen Kerlen wartete ein prächtiges Feldfrühstück auf mich.

Aus dem Finnischen
von Stefan Moster

Daniel Katz

Grenzbegehung

Der Schriftsteller war gerade erst in die Gegend gezogen. Er hatte sich ein Bauernhaus und einen Streifen Wald gekauft, der zwischen den Waldstücken seiner beiden Nachbarn lag. Im Herbst kam eine Gruppe Jäger zu ihm, Elchjäger, Männer aus dem Dorf allesamt. Sie baten ihn, die Treibjagd auf seinen Wald und seinen übrigen Besitz ausdehnen zu dürfen, falls nötig, also falls sich dort ein Elch aufhalten sollte. Der Vorbesitzer sei damit einverstanden gewesen, sagten sie, und dessen Vater, der inzwischen auf dem Altenteil lebte, ebenfalls. So, wie zuvor auch dessen Vater und so weiter und so fort, oder eigentlich zurück, seit Menschengedenken. Als Entschädigung für die Benutzung von Wald und Ländereien bekomme der Hausherr ein ordentliches Stück noch blutiges Elchfleisch. So sei es Brauch.

Der Schriftsteller versprach, es sich zu überlegen.

Einen Tag vor Beginn der Jagdzeit sprach ein Elch bei ihm vor. Es war ein großer Bulle, bereits in die Jahre gekommen, mit prächtigem Geweih, listig im Charakter, trotzdem von etwas kindlichem Gemüt. Er machte sich Sorgen und zuckte ständig zusammen, behielt die Nerven aber irgendwie unter Kontrolle und trug sein Anliegen beinahe besonnen vor. Er bat den Schriftsteller, nicht auf den Wunsch der Jäger einzugehen, sondern ihm, dem Elch, stattdessen im Wald Asyl zu gewähren. Als Entschädigung versprach er – an dieser Stelle überlegte er lang –, die Apfelbäume des Schriftstellers nicht anzunagen.

»Ich habe keine Apfelbäume«, sagte der Schriftsteller.

»Außerdem werde ich nicht die Triebe der jungen Kiefern und nicht die Wipfel der kleinen Fichten anfressen und mein Geweih nicht an jungen Kiefern reiben und auch sonst keinen Schaden in Ihrem Wald anrichten«, versprach der Elch.

»Wie willst du denn dann in meinem Wald überleben?«, fragte der Schriftsteller eher neugierig als spöttisch.

Ich … werde mich vorzeitig in den Winterschlaf zurückziehen, überlegte der Elch. »Ich werde schlafen und schlafen und erst wieder aufwachen, wenn die Jagdzeit vorbei ist.«

»Aber Elche halten keinen Winterschlaf«, wollte der Schriftsteller schon anmerken, schwieg jedoch, weil er dachte, der Elch werde das wohl besser wissen.

Der Schriftsteller hatte Mitleid mit dem Elch, andererseits empfand er es als unhöflich, den Jägern ein auf uralter Tradition beruhendes Recht zu verwehren.

Der Elch spürte das Zögern des Schriftstellers und wurde noch unruhiger. Er starrte den Schriftsteller mit großen Augen an.

»Sie wundern sich vielleicht, dass ich ausgerechnet Sie mit meiner Bitte behellige«, sagte der Elch. »Sie fragen sich womöglich, warum ich nicht bei anderen Hofeigentümern vorspreche, bei solchen, die größere und dichtere Wälder haben. Der Grund ist offensichtlich: Die meisten anderen Waldbesitzer gehören selbst der widerlichen Mörderbande an. Sie nicht. Dafür bin ich Ihnen dankbar. Es gibt noch einen zweiten Grund, warum ich mich ausgerechnet Ihnen nähere … Ich wende mich an Sie, weil Sie Jude sind.«

»Sieh mal an«, sagte der Schriftsteller, »ich wusste gar nicht, dass das allgemein bekannt ist.«

»Das wissen alle Tiere des Waldes«, versicherte der Elch und fügte hinzu, keiner der Waldbewohner habe darüber etwas Schlechtes zu sagen. Der Elch am allerwenigsten.

»Aber was hat das mit der Jagd zu tun?«, wunderte sich der Schriftsteller.

»Das hat insofern damit zu tun, als Sie nicht gierig nach meinem Fleisch trachten können, da es sich für Sie um verbotenes Wild handelt, eines von der falschen Art und auch noch falsch geschlachtet, also *Trefa*, Unkoscheres. Wie heißt es doch in der Bibel ... ich gelte für dich als ›unrein‹.«

Ob das wirklich stimmt?, zweifelte der Schriftsteller, der mit den Geboten und Verboten im dritten Buch Mose nicht sonderlich vertraut war.

»Hufe scheinst du zu haben und soweit ich weiß, bist du auch ein Wiederkäuer. Macht dich das nicht zum gesetzmäßigen und erlaubten Nahrungsmittel?«, wandte er ein, denn allmählich ärgerte ihn die allwissende Attitüde des Elchs.

»Halten Sie mich etwa für eine Kuh?«, schnaubte der Elch. »Zwar verfüge ich über Hufe und käue gelegentlich auch wieder, aber mein Fleisch wird nicht eher gesetzesmäßig, bevor es nicht mit allen dazugehörigen Riten geschächtet wird, sprich: Die Halsschlagader muss mir aufgeschnitten werden, solange ich noch lebe, und die Gebete müssen gesprochen werden.«

»Das lässt sich machen«, sagte der Schriftsteller, bei dem manchmal die dunkle Seite seines Charakters an die Oberfläche drängte. »Außerdem ist es mir einerlei, ob das Fleisch, das ich esse, den Stempel eines Rabbis trägt oder nicht.«

»Ihre Einstellung bekümmert mich, nicht nur um meiner, sondern auch um Ihrer selbst willen«, sagte der Elch. »Aber bitte, wenn Sie die Traditionen nicht pflegen mögen. Dabei sollte man glauben, dass Sie als Angehöriger eines verfolgten Volkes Mitgefühl mit mir aufbringen müssten, denn auch ich gehöre zu denjenigen, die aus ihrer Urheimat vertrieben, grausam verfolgt und zu Tode gehetzt werden. Nicht von ungefähr nennt man mich den Juden der Wälder!«

Zur Bekräftigung ließ der Elch seine ohnehin schon hängende Schnauze noch länger werden. Mit diesem Gesicht erinnerte er an einen Vetter des Schriftstellers, einen Arzt für Frauenleiden, der einen bemerkenswert großen Kopf und eine spitz zulaufende Nase besaß, die sich gewissermaßen als übermäßig lange Oberlippe fortsetzte. Diese Ähnlichkeit und die pathetische Würde des Elchs erweichten das Herz des Schriftstellers. Er willigte ein und gewährte dem Elch Asyl in seinem Wald.

»Glück und Erfolg und ein langes Leben Ihnen und Ihrem Haus, möge Sie nie der böse Blick treffen«, wünschte der Elch und trottete auf den Wald zu.

»Vergiss nicht: Auch wenn es mein Wald ist, in dem du lebst, so bist du doch auf dich allein gestellt. Ich übernehme keine Verantwortung für dich!«, rief der Schriftsteller dem Elch hinterher.

»Seien Sie unbesorgt«, erwiderte der Elch über die Schulter hinweg, »ich weiß um meine Verantwortung und ich kenne meine Grenzen. Meine Grenzen kenne ich. Und die Grenzen Ihres Waldes auch.«

Der Jagdgemeinschaft gab der Schriftsteller folgenden Bescheid: Es tue ihm leid, aber nachdem er die Angelegenheit von allen Seiten betrachtet habe, sei er zu dem Schluss gekommen, dass er die Jagd auf seinem Grund und Boden nicht gestatten könne, und zwar aus Prinzip.

Der Elch richtete sich im Wald des Schriftstellers ein. Er suchte Schutz in der Spalte zwischen zwei großen Findlingen, legte seine Schnauze ins Moos und versuchte zu schlafen. Bald aber knurrte ihm der Magen.

»Wenn ich nur Schlaf finde, dann verschwindet der Hunger auf der Stelle«, sagte er vor sich hin und schloss die schweren Lider. Aber der Schlaf kam nicht, und der Hunger wurde immer größer. Schließlich kam der Elch aus seinem Schlupfwinkel heraus und sah sich um.

Er erinnerte sich seines Versprechens an den Schriftsteller und fing nicht an, Triebe zu fressen und auch nicht die Wipfel kleiner Bäume oder sonst etwas von dessen Waldbestand. Er fraß Blaubeer- und Preiselbeerzweige, Gras und Heidekraut und Flechten und Sonstiges, was zur Bodenvegetation gehörte und von dem er glaubte – fälschlicherweise allerdings –, es wäre ohne Bedeutung für das Wohlbefinden des Waldes. Schon wenige Tage später bekam er schreckliche Lust auf Wacholderzweige. Nach einem harten inneren Kampf mit sich selbst reckte er den Kopf über den rostigen Stacheldraht und fraß so viel Wacholder aus dem Nachbarwald, wie er kriegen konnte.

So ging es weiter, bis er zuerst die Grenzbestände des einen und dann des anderen Nachbarn abgefressen hatte.

Und wenn ich mir von dem, was etwas weiter jenseits der Grenze steht, etwas abbeiße?, überlegte der Elch und trat über den niedrigen Stacheldraht.

Am nächsten Tag wagte er sich schon ein Stück weiter, und am Tag darauf knabberte er im Namen der Ausgewogenheit am Wald des anderen Nachbarn.

Der Elch fühlte sich nun so sicher, dass er seine Weidegründe immer tiefer in die Nachbarwälder hinein ausdehnte.

Es wird schon nichts passieren, da gestern ja auch alles gut gegangen ist, dachte er bei sich.

Als eine Woche seit dem Einzug des Elchs in den von der Jagd ausgenommenen Wald vergangen war, erschoss einer der Nachbarn, der von Beruf zufällig Polizist war und Karlsson hieß, den Elch unmittelbar neben seinem Haus. Er gehörte der Jagdgemeinschaft an, der die Jagd auf dem Grund und Boden des Schriftstellers verwehrt worden war. Er erschoss den Elch, obwohl es unter den Umständen nicht ganz gesetzeskonform und er eigentlich auch gar kein eifriger Jäger war.

»Er kam ganz unverschämt dicht ans Haus heran«, erklärte Polizist Karlsson dem Schriftsteller, »da konnte ich nicht anders, als ihn auf der Stelle umzulegen.«

Der Elch habe ihn lange angeschaut, bevor er sein Leben aushauchte. Sein Blick habe Erstaunen und die Kränkung von jahrtausendealter Verfolgung und Unterdrückung widergespiegelt, erzählte Karlsson dem Schriftsteller, bot ihm jedoch kein Elchfleisch zum Dank an. Einfach aus Prinzip nicht.

Aus dem Finnischen
von Stefan Moster

Janne Huilaja

Vaters knauseriger Cousin

Einmal war ich gerade zufällig bei meiner Tante, als der schwerreiche, aber knauserige Cousin meines Vaters und meiner Tante mit seiner Frau zu Besuch kam. Am Kaffeetisch sprach er davon, dass er an seinem alten Heimatort eine Strandsauna bauen lassen wolle. Das Holz sei auch schon ausgesucht, er müsse nur noch einen Zimmermann finden, der nicht zu teuer sei.

»Aha, eine Blocksauna etwa?« Die Tante horchte auf.

Vaters Cousin bejahte und die Tante nickte in meine Richtung.

»Da sitzt doch schon einer. Jarno hat Kurse besucht und alles.«

Vaters Cousin sah mich von oben bis unten an, musterte meine Rockermähne und registrierte, wie jung ich war.

»Kurse besagen gar nichts …«, schnaubte er schließlich.

»Jarno hat auch hier im Dorf schon einige Blockhäuser gezimmert«, sagte die Tante. »Und alle loben ihn sehr.«

Ich schwieg. Die Frau von Vaters Cousin ebenfalls. Sie war eine kleine und etwas gebeugte Frau, so erniedrigt und unterdrückt, dass es wehtat. Vaters Cousin schaute mich an, als stünde ich zum Verkauf. Ich hatte Lust, etwas Boshaftes zu sagen, beschloss aber abzuwarten und zu sehen, wohin das Ganze führte. Und ein kleines Zubrot war in meiner unfreiwilligen Freizeit nicht das Schlechteste.

»So, also das könnte was werden mit der Sauna«, sagte Vaters Cousin schließlich.

Ich sagte, das könnte es nicht nur, das würde es auch, wenn wir uns über den Preis einigten.

»Jaa, der Preis«, sagte Vaters Cousin und sein Blick wurde gleich einschmeichelnd. »Das wird sicher günstiger, wenn man miteinander verwandt ist?«

»Ob man eine Sauna bauen sollte, wenn man sie nicht bezahlen kann?«, sagte ich.

Ein anderer wäre jetzt vielleicht wütend geworden – auch meine Tante zuckte kurz zusammen –, nicht aber Vaters Cousin, der in seiner Knauserigkeit so einiges gewohnt war. Als er merkte, dass es sich nicht lohnte, mit mir über solche Dinge zu diskutieren, verschwand alles Wohlwollen aus seinem Gesicht und er kam zur Sache:

»Also, wie viel?«

»Schwarz oder mit Steuern?«, vergewisserte ich mich.

»Das geht bestimmt ohne diese Sesselpupser, die anderen das Geld aus der Tasche ziehen«, sagte Vaters Cousin wie zu einem Ebenbürtigen.

»Fünfunddreißig auf die Hand.«

»Fünf… was?«, fragte Vaters Cousin und ich wiederholte den Preis.

»Pro Stunde?« Vaters Cousin schüttelte den Kopf.

»Nein, pro Meter.«

»Ach ja, bei diesen Dingen wird ja in Metern abgerechnet.« Endlich hatte er es geschnallt. Er lachte ein lange einstudiertes Lachen, räusperte sich und sagte: »So, jetzt hören wir auf mit den Spielchen und kommen zur Sache. Fünfundzwanzig Mark.«

»Dreiunddreißig.«

»Sechsundzwanzig.«

Ich überlegte einen Moment und dachte, dass ich für dreißig ganz gut für ihn zimmern konnte, wenn ich die Steuern obendrauf bekäme. Dann wäre der Lohn gut und die Arbeit auch für den Auftraggeber noch günstig. Für einen richtig guten Bekannten könnte man es für fünfundzwanzig machen, für einen Freund, oder die Tante, aber nicht für diesen Dagobert Duck, nicht einen Pfennig unter dreißig.

»Dreißig«, sagte ich. »Das ist mein letztes Wort.«

»Achtundzwanzig.«

»Such dir einen anderen«, sagte ich und machte Anstalten aufzustehen. »Danke für den Kaffee.«

Vaters Cousin wedelte beschwichtigend mit der Hand und sagte etwas gereizt:

»Nicht doch. Ist die Fräsung inklusive?«

»Selbstverständlich. Und die Dämmung«, sagte ich. »Aber natürlich nur die Rahmenfertigung. Alles andere wird in einzelnen Abschnitten oder mit Stundenlohn gemacht. Das Dach und die Fenster und so.«

Das verstand sogar Vaters Cousin und stimmte zu.

»Also gut, dreißig«, sagte er und streckte die Hand aus. Ich ergriff sie noch nicht.

»Und eine Kleinigkeit wäre da noch: Immer Bargeld parat halten. Ich bin kein Schotte, aber die getane Arbeit muss bezahlt werden, jederzeit, wann immer ich es möchte.«

»Warum?«

»Ich mache das so bei Aufträgen, die an der Steuer vorbeigehen. Das ist am sichersten. Außerdem habe ich schließlich auch Ausgaben.«

»Bist du mal nicht bezahlt worden?«, fragte Vaters Cousin. Ich antwortete darauf nicht, denn ich war nicht der Meinung, dass ihn das etwas anginge. »Bei mir brauchst du davor keine Angst zu haben«, sagte er nach einer Weile beleidigt.

»Trotzdem ist es meine Bedingung.«

»Ist mir gleich.« Vaters Cousin zuckte mit den Schultern und streckte die Hand zum zweiten Mal aus. Ich ergriff sie wieder nicht.

»Und für die Säge fünfzehn Mark pro Meter. Benzin kaufe ich selbst.«

»Für die ... was?« Wieder war Vaters Cousin überrascht. »Für die Säge auch noch ... Nein ...«

»Dann nicht. Aber dann müssen die Säge und das Benzin gestellt werden. Normalerweise heißt es: Säge und Rahmen.«

»Was bedeutet das?«

»Dass die Säge ziemlich am Ende ist, wenn die Balken für den Rahmen fertig sind«, erklärte ich. »Na ja, mit einer Säge kann man vielleicht zwei solcher Saunas machen. Und mit einem altersschwachen Teil fange ich gar nicht erst an. Die Säge muss neu und modern sein, und sie darf nicht mehr als vier Kilo wiegen.«

Ich wusste, dass bei Vaters knauserigem Cousin höchstens ein uraltes rostiges Teil aus dem letzten Jahrzehnt im Schuppen hängen würde. Nachdem er ein paar Sekunden nachgedacht hatte, sagte er dann auch: »Sei's drum. Das sind dann zusammen fünfundvierzig.«

Jetzt ergriff ich die ausgestreckte Hand und wir einigten uns über den Zeitpunkt des Beginns. Vaters Cousin sagte, dann wäre das Fundament fertig, und über den Stundenlohn, die Inneneinrichtung, das Dach und so weiter würden wir reden, wenn es so weit sei. Ich wusste, dass er mir nichts versprechen wollte, bevor er gesehen hatte, wie ich arbeitete, aber ich wusste auch, dass er mir den Auftrag erteilen würde, wenn er meine Fertigkeiten sah.

Ich dankte meiner Tante für den Kaffee und versprach, am verabredeten Tag beim Fundament zu sein.

Vaters Cousin wartete in seiner uralten Lodenjacke auf dem Bauplatz und reichte mir zu Begrüßung die Hand. Der aus Blöcken gemauerte Sockel war fertig und die Baumstämme lagen sachgemäß in mehreren Stapeln darum herum. Weiter weg waren mit Planen abgedeckte Bretter- und Plankenstapel zu sehen. Auch die Dübelstücke waren so, wie sie sein sollten. Die Stämme waren gleichmäßig dick und gerade und sie schienen in ausreichender Menge vorhanden zu sein. Den Grundriss der Sauna hatte ich im Voraus bekommen und ich war bereit anzufangen, sobald ich meine Arbeitsklamotten anhatte.

»Wenn wir die Sauna jetzt auf einen Sockel statt auf Pfeiler setzen, müssen die ersten Stämme gespalten werden«, sagte ich.

»Aber da wird doch die Hälfte des Stamms verschwendet«, schreckte Vaters Cousin auf.

»Natürlich nicht, die andere Hälfte kommt ja an die gegenüberliegende Wand.«

»Ach ja, natürlich«, begriff er. »Da im Schuppen ist eine Kreissäge, falls das die Sache erleichtert.«

Ich wählte einen passenden Stamm aus und trug ihn auf der Schulter zum Schuppen. Die Kreissäge befand sich unter einer Plane und Vaters Cousin enthüllte sie stolz. Die Kreissäge sah noch älter aus als ihr Besitzer. Die Schneide war an einer Stelle von der Mitte bis zum Rand gebrochen und repariert worden, indem man auf einer Seite ein Metallblatt festgenietet hatte. Ich stellte mir vor, was für ein Gefühl es wäre, wenn die Hälfte der Schneide sich mit tausend Umdrehungen in der Sekunde in meinen Hals versenkte, schwang den Stamm wieder auf die Schulter und kehrte zum Fundament zurück.

»Es geht auch mit der Motorsäge.«

Ich machte mich an die Arbeit. Vaters Cousin sah aus einiger Entfernung zu und wirkte zufrieden. Als die erste Runde fertig war, fragte er:

»Für diese erste einfache Runde willst du sicher nicht den vollen Meterpreis.«

»Ein Meter ist ein Meter«, sagte ich. »Und bei der Terrasse dauert die Arbeit dafür länger.«

»Ja, stimmt«, lenkte Vaters Cousin ein.

»Und besorg dir einen Gehörschutz, wenn du den ganzen Tag hier sein willst.«

Vaters Cousin war nicht dumm. Er verstand den Wink mit dem Zaunpfahl und hielt sich zum Teil lange von der Baustelle fern – schaute nur ab und zu vorbei und fragte, was es zu fragen gab. Das Wetter konnte nicht besser sein und ich genoss das einsame Werkeln am See.

Am dritten Tag vergaß ich meine Streichhölzer zu Hause. Als ich Vaters Cousin um welche bat, sagte er, er hätte keine.

»Sauna und Backofen mit Holzfeuerung, aber keine Streichhölzer?«, wunderte ich mich.

Der Hausherr versprach nachzusehen, aber als er zurückkam, behauptete er, er habe keine gefunden. Er meinte wohl, es kämen mehr Meter zustande, wenn ich mir nicht zwischendurch eine drehte. Mir kam der Gedanke, dass er vielleicht einfach nur geizig war, und ich versprach, ihm am nächsten Tag eine volle Schachtel zurückzugeben.

»Wenn ich keine habe, habe ich keine«, versicherte er.

Ein paar Mal zündete ich mir im Laufe des Vormittags die Zigarette an, indem ich den Stöpsel von der Säge zog, einen Holzspan ins Benzin tunkte und an einem Funken ansteckte. Das war mühselig, aber ich wollte auch kein Lagerfeuer entfachen. Als ich den Hausherrn gegen Mittag wieder in meine Richtung kommen sah, zog ich meine Arbeitsklamotten aus.

»Was ist los?«, wunderte sich Vaters Cousin.

»Ich geh nach Hause, die Arbeit ist zu langweilig ohne Zigarette.«

Vaters Cousin tippte an seine Brusttasche und zog eine Streichholzschachtel hervor.

»Hab ich in einem Mauervorsprung gefunden, als ich noch mal richtig gesucht habe«, sagte er und reichte sie mir. »Ich wollte sie dir gerade bringen.«

Ja klar, dachte ich. Ich zog mich nicht weiter um und drehte mir eine. Vaters Cousin sah mir einen Moment beim Rauchen zu, tätschelte einen Holzbalken und machte sich auf den Weg zum Haus zurück. Nach ein paar Schritten drehte er sich noch einmal um:

»Ach ja. Brauchst mir die Schachtel nicht zurückzugeben.«

Ich antwortete nicht. Am Abend gab ich ihm fünfzig Pfennig.

»Für die Streichholzschachtel.«

»Das ist doch nicht …«, sagte Vaters Cousin, steckte aber das Geld in die Tasche, obwohl damals die Schachtel nur fünfundzwanzig Pfennig kostete. Ich bat ihn, die bis dahin fertiggestellten Meter zu bezahlen, und nannte die Summe.

»Jetzt?«, fragte er.

»Jetzt.«

»Ich hab jetzt kein Geld hier. Außer diesen fünfzig Pfennig …«

»Als wir ins Geschäft gekommen sind, haben wir abgemacht, dass bezahlt werden muss, wann immer ich möchte«, unterbrach ich seine Erklärungen. »Die fertiggestellten Meter müssen täglich bezahlt werden, wenn's sein muss.«

»Ja, aber …«

»So war es ausgemacht.«

Er machte noch immer keine Anstalten, in seinen Taschen zu kramen. Ich ging zum Auto und fuhr nach Hause.

Am nächsten Tag faulenzte ich, obwohl perfektes Arbeitswetter war. Erst am Tag darauf ging ich wieder zur Baustelle, aber später als gewöhnlich. Vaters Cousin erwartete mich schon mit dem Portemonnaie und bezahlte die getane Arbeit.

»Ich hätte ja gestern schon …«, sagte er.

»Aber nicht vorgestern.«

»Man muss ja nicht so kleinlich …«

»So ist es nun mal. Oder gibt es an meiner Arbeit etwas zu bemängeln?«

»Nein.«

»Also. Wir sollten uns beide an die Abmachung halten. Ich kümmere mich um meinen Teil und du dich um deinen.«

Die Arbeit ging über eine Woche ohne Zwischenfälle weiter.

Während der gesamten Bauzeit beobachtete ich, wie Vaters Cousin das übrig gebliebene Holz abends zusammensammelte. Eines Tages, als ich gerade mit einer Zigarette im Mundwinkel die Säge schärfte, kam er zu mir.

»Ich habe die Holzreste für die Sauna zusammengesammelt und jetzt, wo ich das Treiben eine Weile beobachtet habe, bin ich zu dem Schluss gekommen, dass du Holz verschwendest.«

Ich sah ihn verständnislos an.

»Ja, ja«, setzte er zu einer Erklärung an. »Schau mal, wenn du aus dem Holz die Endstücke sägst, dann machst du das zwei Mal und kriegst zuerst das Stück, das du willst, und dann Abfall. So welchen.« Er trat gegen die Kante des Rahmens. »Aber wenn du das Stück auf einmal abnehmen würdest, dann würde mehr Brennholz entstehen.«

»Brennholz?«

»Ja«, sagte Vaters Cousin. »Geht das so etwa nicht?«

»Doch schon, aber ...«

»Na, dann machen wir es ab jetzt so.«

»Aber es ist kompliziert«, beendete ich meinen Satz.

»Wir machen es trotzdem, weil auf diese Weise nicht so viel Holz verschwendet wird.«

Vaters Cousin ging. Ich sah ihm nach, zündete die Zigarette wieder an, die zwischen meinen Lippen ausgegangen war, und schärfte die Säge zu Ende. Den nächsten Stamm nahm ich mir so vor, dass ich das Stück auf einmal absägte. Das war gleich schon beim Anzeichnen kompliziert und mitten im Sägen schreckte ich wie aus einem Traum hoch. Was zum Kuckuck tat ich da? Ich sah zum Haus hinüber, legte einen Stamm zurecht und ging zu Vaters Cousin.

»Das Geld für die getane Arbeit«, sagte ich.

»Mitten am Tag«, sagte Vaters Cousin und warf einen Blick auf die Uhr. »Es ist erst halb zwei.«

»Mach mal halblang«, sagte ich.

Der korrekte Herr hatte seine Lektion gelernt. Nachdem wir die Arbeit, die seit der letzten Abrechnung getan worden war, abgemessen hatten, bekam ich das Geld. Vaters Cousin wunderte sich etwas, als ich ihm die Hand gab. Er hob das größere Endstück auf und drehte es in den Händen.

»Geht doch«, sagte er mit einem Schmunzeln und ging mit dem Holzstück in der Hand zum Haus zurück.

Ich sammelte meine Sachen ein und machte mich auf den Heimweg.

Danach sah ich Vaters Cousin nicht wieder. Die Sauna habe ich mir ein Jahr später angeschaut, als ich wusste, dass gerade niemand dort war. Sie war fertiggestellt worden, aber es gab einen gewaltigen Unterschied in der Qualität von dem Zeitpunkt an, nachdem ich die Baustelle verlassen hatte. Wahrscheinlich hatte Vaters Cousin selbst die Arbeit beendet. Ich fand es schon ein bisschen schade, dass der gut begonnene Rahmen so verhunzt worden war. Aber er hatte sein Brennholz bekommen und benutzen konnte man die Sauna wohl.

Als ich wegfuhr, fiel mir auf einmal ein, dass ich gar nicht wusste, wie mein Auftraggeber hieß. Aber spielte das denn eine Rolle? Trotzdem fragte ich meinen Vater später danach. Wir hatten denselben Nachnamen.

*Aus dem Finnischen
von Henriikka Riedl*

Taina Latvala

Der Lagerarbeiter

Es ärgert mich, dass ich nicht mehr über ihn in mein Tagebuch geschrieben habe. Ich würde jetzt gern nachlesen, worüber wir damals auf dem Balkon eigentlich sprachen, als er seine Zigarette wie ein Kunstwerk anzündete und interessiert in die Wohnzimmer der Leute schaute.

Er war Lagerarbeiter bei Kesko. Mir gefielen seine Lachfältchen und wie seine Finger nach Tabak rochen. Den ganzen Tag lang trug er schwere Senfkisten. Wenn er seine Hand auch nur ein wenig krümmte, wölbte sich sein Bizeps. Das hatte eine unmittelbare Auswirkung auf meinen Unterleib – gerade so, als ob man zwischen uns ein Stromkabel gespannt hätte.

Er fand mich kurz vor Schankschluss in einem billigen Pub. Ich hatte meine Augen auf fröhlich geschminkt, doch es gelang mir nicht, ihn zu täuschen. Er hatte etwas von einem Dichter, und er war betrunken.

»Du bist auf eine reine Art schön und auf eine schöne Art rein.«

Noch nie zuvor hatte ich ein so kompliziertes Satzgefüge aus dem Mund eines Mannes gehört. Ich willigte ein, langsam mit ihm zu tanzen. Ich wollte vor allem ein guter Mensch sein.

Später begleitete er mich zum Nachtbus. Die Augustnacht war kühl, und er trug keine Jacke. Sein Gang war gut. Das konnte man nicht von allen Männern sagen. Einige knickten beim Gehen die Knie ein, andere stürmten los wie Stiere auf ein rotes Tuch. Wir gingen an einem polnischen Straßenmusikanten und seinem fast leeren Hut vorbei. Er spielte Mutters und Vaters Hochzeitswalzer auf dem Akkordeon. Ich hätte gern mitgesungen, aber ich machte den Mund nicht auf.

In der darauffolgenden Woche holte er mich mit einem braunen Datsun ab, der genauso alt war wie ich. Ich hatte große, grüne Kreolen gewählt, die im Licht der Stadt funkelten. Wie beim Frühlingsfest sähe ich aus, meinte er. Er sang ein bekanntes Lied von Céline Dion mit und erkundigte sich nach meiner ersten Woche an der Universität. An der Ampel nannte er den Fahrer vor uns lautstark einen verdammten Idioten. Er war im Verkehr aufmerksam wie ein Vogel.

Aus dem Autofenster wirkte Helsinki anders als vom Bus aus. Alles war niedriger. Er wollte mich festlich ausführen. Nur das Café Fazer war gut genug für mich. Er trug einen grauen Fleecepullover und grüne Trekkinghosen. Der Kuppelsaal hatte eine gute Akustik und es duftete nach Backwaren und Schokolade. Er bestellte an der Theke Pfefferminzkakao mit Schuss und scherzte mit der Bedienung. Wie wollte er hinterher noch Auto fahren? In Gedanken rechnete ich die Promille und die Anzahl der Minuten durch. Ich wollte lebendig nach Hause kommen.

Er wählte einen Tisch am Fenster, auf dem eine Kerze stand. Tanten in Wollmänteln hörten uns heimlich zu. Er hatte die Abendschule abgebrochen und sein Stiefvater war Türke und fuhr in der Wohnung auf einem Heimtrainer. Er wollte bald ausziehen. Ich wärmte meine Hände an der Teetasse. Eine Oma lächelte uns an, als hätten wir uns schon ineinander verliebt.

Er erriet, dass ich eine gute Schülerin gewesen war und für verschiedene Fächer Stipendien erhalten hatte. Das erkannte er daran, wie aufmerksam ich ihm zuhörte. Als Teenager hatte er sein gesamtes Taschengeld vertrunken. Nach der Mittelstufe hatte er als Reinigungskraft im Kaufhaus Stockmann gearbeitet und in der Herrenabteilung Strümpfe und bei den Delikatessen Marzipan geklaut.

Bei Kesko fühlte er sich wohl. Während der Essenspausen war er für die Frauen dort als Therapeut tätig. Er verstand sie, weil er zwei Schwestern hatte. Die verstopften die Toilette mit Make-up-Entfernungstüchern und drehten sich endlos die Haare ein. Jetzt wollte er seine Prinzessin finden. Er war sechsundzwanzig Jahre alt, und das Leben raste dahin wie ein Schnellzug.

Er streichelte meinen Daumen. Ich erzählte ihm von den Traktoren, die in unserem Dorf herumfuhren, und vom Aussichtsturm, von dem aus man bis zur Stadt sehen konnte. Die Jungs, die vor der Bingo-Bar herumlungerten, bemerkten mich erst, als ich wegzog. Auf der Terrasse fragten sie, wo ich all die Jahre gesteckt hätte. Manchmal hatte ich Heimweh. Die Kassiererinnen wussten von meinem Schmerz. Die Haare des toten Mannes anzufassen hatte mir Angst gemacht. Der Simpsiöberg war der stillste Ort der Welt. Mutter ging jeden Tag zum Friedhof, bis sie es müde wurde.

Er holte für mich Servietten, auf denen in goldenen Lettern »Fazer« gestickt war. Es war mir peinlich, mir vor ihm die Nase zu putzen. Zur Aufmunterung kaufte er mir Schokolade. Wenn er lächelte, wirkte er um Jahre älter. Bevor wir gingen, bat er den Kellner um Wasser und trank es direkt aus der Kanne.

Das nächste Mal trafen wir uns auf dem Marktplatz von Hakaniemi. Ein Freund hatte Schulden bei ihm und sollte jeden Augenblick dort auftauchen. Er presste die Kiefer zusammen und trommelte auf das Lenkrad. Der Typ ließ sich nicht blicken. Dann klingelte sein Handy. Eine gewisse Jutta am anderen Ende empfahl ihm, sich auf Chlamydien testen zu lassen, sie waren zur gleichen Zeit auf Gran Canaria gewesen. Seine Falten wurden tiefer. Ich nahm ihn mit nach Hause und machte ihm einen Vanilletee. Er mochte die Haferkekse, Chopins Musik brachte ihn zum Weinen. Nachdem er gegangen war, wusch ich seine Tasse sehr lange ab, googelte Chlamydien und konnte nicht schlafen.

Seine Wochenenden verbrachte er in Billard-Bars in Pohjois-Haaga oder im Lady Moon. Er wollte sich vom Staub des Warenlagers und dem Gerede der Leute freimachen. Wenn die Bars schlossen, rief er mich an. Er hätte mich den ganzen Abend vermisst, hätte andere nicht einmal anschauen können. Ich sei der Technobeat, der in seinem Kopf schlage, ich sei die Frau, für die er an der Volkshochschule einen Gitarrenkurs belegen und die Rockmusik reformieren würde.

Als seine Mutter und Kemal mit der Fähre nach Tallinn fuhren, nahm er mich mit zu sich nach Hause. Wir lagen auf seinem grün bezogenen Bett, aßen Ananas und schauten uns seine Kinderfotos an. Er hatte schon als Baby so ausgesehen wie jetzt. Im Kindergartenalter hatte er in gelben Samthosen, die unten breiter wurden, eine Modelleisenbahn gebaut. Auf seinem Konfirmationsfoto trug er einen Pagenkopf und ein türkisfarbenes Sakko. Das war die Zeit gewesen, als er mit dem Rauchen angefangen und ein Plakat der Band Hausmylly an seiner Wand aufgehängt hatte.

Abends kam er zu mir. Er zog mich nie ganz aus, wir warteten auf das Testergebnis. Er begnügte sich damit, meinen Slip zu streicheln und zu horchen, wie ich stoßweise atmete. Wir schauten Naturdokumentationen und sprachen über die Drogen, die er mal ausprobiert hatte. Mein Exfreund ging ihm nicht aus dem Kopf. Er fragte, was Simo für Haare gehabt habe und ob wir gemeinsam im Kino gewesen seien. Im Stundentakt ging er mit einer Zigarette auf den Balkon. Zu seinem

Schutz ging ich mit. Ihm wurde schwindlig, wenn er hinabschaute und die kleinen Leute mit ihren Einkaufsbeuteln sah.

An einem Wochenende im November lud er mich in ein Ferienhaus in Kerava zum Trinken ein. Ich blieb daheim und las ›Die Elchjäger‹. Die Ausgabe war von 1876, die Seiten brüchig und vergilbt. Ich blätterte sie vorsichtig um, damit sie nicht einrissen. Er sagte, ich solle mir in der Bibliothek einen Mann suchen, der mit dem Finger im Arsch dort sitzt und Präsident werden will, aber ich wollte keinen, der von früh bis spät Strafrecht paukte. Im Ferienhaus sollten auch ein paar Frauen dabei sein. Sie würden in die Sauna gehen und sich anschließend kichernd in einer Schneewehe wälzen. Ich schlief mit dem Gedichtband auf der Brust ein. Als ich aufwachte, wurde mir klar, dass er mich die ganze Nacht lang nicht vermisst hatte.

Unsere Beziehung dauerte zwei Monate. Er hatte Haarwachs, Hausschuhe, eine Zahnbürste und einen Aschenbecher zu mir gebracht. Jedes Mal war in seinen Taschen ein Mitbringsel gewesen: Ich bekam ein Lesezeichen aus Alanya, einen Porzellanhund aus einem Geschenkeladen, eine Seelsorgekassette des Predigers Niilo Yli-Vainio, Senf, Shampoo und Minnas Halskette. Minna war ein ehemaliger One-Night-Stand und keinen Gedanken mehr wert. Am letzten Abend steckte er mir einen Trauring an den Finger, den seine Mutter vor Jahren auf der Aleksanterinkatu gefunden hatte. Darauf war eingraviert: Riitta und Juhani, 13.6.1970.

Am nächsten Morgen wusste ich, dass er nicht wiederkommen würde. Er trank keinen Kaffee, obwohl ich seinetwegen die Kaffeemaschine hervorgeholt hatte. Ich war Jungfrau, er nicht. Aber das war nicht der entscheidende Grund. Vom Fenster aus sah ich zu, wie er in sein Auto stieg und davonfuhr.

Aus dem Finnischen von Franziska Fiebig

Päivi Alasalmi

Aktiver Autourlaub

Seine Frau war zum verabredeten Zeitpunkt nicht zurückgekommen.

Sie wanderten den Bärenrundweg entlang, und seine Frau wollte einen Abstecher zur Oulanka-Schlucht machen. Er sagte, er werde bei der Abzweigung warten, während seine Frau sich vom Gipfel des Felsens aus rasch die Stromschnelle ansah. Er würde sich eine drehen und rauchen, während er auf sie wartete; wenn die Zigarette aufgeraucht war, würde seine Frau, leicht verschwitzt, mit geröteten Wangen und vor Begeisterung sprudelnd, zurück sein, sich über die Schönheit der Gegend verbreiten und ihren Mann schelten, weil er sich nicht die Mühe gemacht hatte, den Felsen zu erklimmen, um sich die prachtvolle Landschaft anzusehen.

Dem Mann lag der schwere Proviant im Magen, den sie vorhin bei der Rasthütte zubereitet hatten. Er hätte lieber ein Schläfchen gemacht, als zum Rand der Schlucht hinaufzuklettern, war aber seiner Frau zuliebe bis hierher mitgekommen. Weiter würde er nicht gehen, auch wenn seine Frau den Pfad hinanstürmte wie ein Elch – und das, obwohl sie in gleichbleibendem Tempo auch das in sich hineingegabelt hatte, was er von seiner Mahlzeit übrig gelassen hatte.

Und jetzt ließ sie sich weder sehen noch hören. Er begann die Stromschnelle zu beobachten. Trieb dort zwischen den Steinen etwa die rote Fleecejacke seiner Frau, zerrissen, die Frau selbst zerschmettert, mit blutigem Kopf oder schon leblos dümpelnd, der Rücken ihrer Jacke zum Himmel hin aufgebläht? Vom Rand der Schlucht stürzte der Fels mehrere Dutzend Meter steil in die Tiefe, und der Pfad verlief direkt am Rand entlang. Ein unvorsichtiger Blick hinunter, ein Schritt zu weit – und das Gesträuch würde vom Fels hinabrutschen und ihn zum Witwer machen.

Er hob den Kopf, als er sie rufen hörte. Seine Frau winkte ihm aus einer völlig anderen Richtung zu, als er es erwartet hatte. Sie war auf dem Weg ein ganzes Stück weitergegangen und hatte sich schon mehrere Hundert Meter entfernt. Er wollte ihr zurufen, sie solle zurückkommen, aber da war sie schon irgendwo zwischen den gebeugten Kiefern verschwunden.

Der Mann warf die Kippe in den Strom, stand von dem Stein auf und stieg den Pfad hinan. Oben stellte er fest, dass dort, wo er gesessen hatte, nur der Eingang zur Schlucht war und die eigentliche Schlucht sich erst jetzt in ihrer ganzen Pracht vor ihm öffnete – überschäumend und reißend wie die Victoriafälle. Er setzte sich auf eine Preiselbeerbülte, um darauf zu warten, dass seine Frau zurückkäme, obwohl er aus Erfahrung wusste, dass dies eine vergebliche Hoffnung war. Immer musste er sie holen, sie selbst konnte nie genug bekommen.

Er hob den Schneeteller eines Skistocks vom Boden auf. Irgendein Verrückter hatte sich also im Winter mit seinen Skiern bis hierherauf gekämpft. Und war vermutlich auch von hier abgefahren, wobei er die Kiefernstämme als Slalom-Torstangen betrachtete. Der Mann überlegte, ob der Skiläufer noch etwas anderes als den Schneeteller verloren haben mochte und ob außer seinem Skistock auch seine Knochen zu Bruch gegangen waren.

Was es nicht alles für Leute gibt, dachte er.

Ein paar Tage zuvor waren sie am Fuß des Koli gewesen. Sie machten die Superpatriotische Autotour, auch die Straße nach Raate hatten sie von Anfang bis Ende abgefahren und vor dem Grenzschlagbaum angehalten, um ehrerbietig die Weidenröschen, das Geröll und die Baumstümpfe der Grenzzone zu betrachten. Sie hatten sich die Zehntausende von Männern vorgestellt, die dort in ihren Rucksäcken schon die Fanfaren und Spruchbänder für die Parade in Oulu getragen hatten.

»Hier wurde der wohl stolzeste militärische Sieg Finnlands errungen, hier kamen dreißig Russen auf einen finnischen Soldaten«, belehrte er seine Frau.

»Weil Hunger und Kälte als Knappen mitwirkten«, ergänzte sie.

Den Koli erreichten sie mit dem Ruderboot über den Pielinen. Sie mieteten das Boot für zwei Stunden, aber diese Zeit ging schon für die Hinfahrt drauf. Am Ziel angekommen, kletterten sie von der Seeseite her hinauf, krochen auf allen vieren die glatte Kralle des Pahakoli entlang und robbten im Liegen an den Rand heran, um von dort einen Blick auf die typisch finnische Landschaft zu werfen.

Auf dem Rückweg über die weite Seefläche des Pielinen braute sich ein Sturm zusammen. Der Mann ruderte, und seine Frau wirkte endlich einmal irgendwie klein. Sie betrachtete den Boden des Bootes, und ihr Gesicht war grau. Die Wellen sprangen schon mit Schaumkronen um sie herum, und er hatte alle Hände voll zu tun, die leichte Nussschale wenigstens an der Stelle zu halten, damit der Gegenwind sie nicht auf die andere Seite des tobenden Sees nach Lieksa warf.

Wir hätten am Ufer entlangfahren sollen, fluchte der Mann im Stillen.

»Wir hätten am Ufer entlangfahren sollen«, sagte seine Frau, ohne den Blick vom Boden des Bootes zu heben.

»Was?«, brüllte der Mann.

Seine Frau faltete die Hände.

Jetzt ist der Ehekrach nicht mehr fern, spürte er und entlud seinen Ärger in so heftigem Rudern, dass er Blasen an den Händen bekam.

Als sie in den Schutz einer Halbinsel gelangten, hatte er schon drei Stunden gerudert, aber sie hatten noch nicht einmal die Hälfte des Weges zurückgelegt. Sie tauschten die Plätze, und seine Frau übernahm die Ruder. Gleichzeitig deutete sich ein Nachlassen des Windes an, und es waren keine weißen Schaumkronen mehr zu sehen. Sie nahm Kurs auf die Spitze der nächsten Halbinsel, stemmte die gespreizten Beine fest gegen die Stützen am Boden und begann zu rudern.

»Kannst du überhaupt rudern?«, fragte der Mann, denn sie hatten noch nie zusammen eine Bootstour gemacht, obwohl sie verheiratet waren. Am Morgen hatte er die ganze Strecke allein bewältigt.

Sie antwortete nicht, sondern ruderte in langen Zügen. Ihr Oberkörper legte sich abwechselnd fast in die Waagerechte, dann wieder berührten ihre Brüste die Oberschenkel. Der Mann brach in Gelächter aus.

»Du ruderst ja, dass dir der Kopf zittert!«

»Wir müssen schließlich von der Stelle kommen«, sagte seine Frau in einem gewissen Ton.

Da trat der Ehekrach wieder einen Schritt näher, blieb auf der vorderen Ducht des Bootes sitzen, bekam jedoch, als nichts geschah, das Warten satt, sprang in die vom Ruderblatt aufgerührten Wirbel und tauchte ab bis auf den Grund. Die Sonne trat hinter den Wolken hervor, und das Ufer mit den Zelten kam in Sicht. Auch die Frau hatte schon Blasen an den Händen, und lachend verglichen sie ihre Blessuren, nachdem sie, die Städter, das Boot auf den Sand gezogen hatten. Seine

Frau war in dem kühlen Wasser schwimmen gegangen, er nicht.

Er warf den Schneeteller in die Stromschnelle hinunter und trat an den Rand der Schlucht, um nach seiner Frau Ausschau zu halten. Er rief sie beim Namen, bekam aber keine Antwort.

Sie wird doch wohl nicht schwimmen gegangen sein da unten, dachte er erschrocken. Oder vor lauter Begeisterung ausgerutscht und hineingefallen sein.

Er begann, immer wieder ihren Namen zu rufen, bis er sie schwach antworten hörte:

»Hier ...«

»Unten oder oben?«, rief er so, dass seine Stimme brach und es schmerzhaft und trocken in seiner Kehle rasselte.

»Hier«, antwortete seine Frau von der nächsten Landzunge her; von der, auf der er sie vorhin gesehen hatte.

Sie war zurückgekommen, um ihn zu holen. Kurz darauf trafen sie sich in der Senke zwischen den Landzungen und küssten sich.

»Diese Aussicht ist noch gar nichts, dort weiter hinten ...«, erklärte sie, sich vor Begeisterung überschlagend, und er ließ sich dazu verlocken, ihr zu folgen. Er war froh, sie heil und lebendig zu sehen.

Er folgte ihr auf den höchsten Gipfel der Schlucht und war auch selbst bezaubert von der Landschaft, aber als der Pfad immer weiter und weiter und anscheinend sogar hinunter zur Stromschnelle führte, forderte er seine Frau auf, allein zu gehen.

Sie zog ihn an der Hand.

»Ich bleibe hier«, sagte er, setzte sich auf die Erde und lächelte seiner Frau zu. »Ich könnte eine rauchen, während ich auf dich warte.«

Aus dem Finnischen von Angela Plöger

Joel Haahtela

Zaia

Eines Tages verschwand sie, und mir blieb nichts als ein düsteres Zimmer und ein schmales Bett. Sie hatte beinahe schwarze Haare, die weit den Rücken hinunterreichten, dunkle Augenbrauen und einen breiten Mund. An ihrem langen Hals gab es einige Muttermale, für die sie sich insgeheim schämte. Sie war weder groß noch klein, die Narbe an ihrer Schläfe kaum wahrnehmbar.

Das Fenster war so breit wie der Raum, vom Rahmen blätterte die Farbe ab. Sie saß oft auf dem Fensterbrett und ließ einen Fuß gegen die Heizung baumeln. Im Hof standen eine Schaukel und Bäume mit schattigen Plätzen darunter. Zwischen den Wolken konnte man die Flugzeuge sehen, doch wenn der Wind sich drehte, flogen sie ihren Bogen über die andere Seite der Stadt.

Nach und nach kam ihr Gesicht zum Vorschein. Früh am Morgen saß sie auf einem Stuhl, ganz reglos, nur das Licht glitt über ihr Antlitz, ihren Hals. Die Sonne ging spät auf, schon wieder hatte sie nicht geschlafen. Starr saß sie da, die Hände auf den Knien. Es war schwer zu sagen, ob sie lächelte oder ob ihr Ausdruck etwas anderes bedeutete.

Die Geräusche im Zimmer: ein pfeifender Teekessel, das Brummen eines Autos auf der Straße, Wasserrauschen im Bad. Das Rascheln der Zeitung. Manchmal brachte sie ihren Fotoapparat mit und machte Bilder von uns beiden. Sie stapelte Bücher auf dem Fußboden und stellte den Apparat obendrauf. Wenn das rote Licht blinkte, blieben uns zehn Sekunden Zeit, um auf unseren Platz zu huschen, plötzlich innezuhalten und so auszusehen, als wären wir immer dort gewesen. Ein Foto zeigte mich am Fenster und am Horizont eine Rauchfahne, ganz still. Sie selbst kniete auf dem Teppich, die Augen geschlossen. An einem anderen Tag saß ich auf der Bettkante, mit dem Rücken zur Kamera. Wegen der langen Belichtungszeit wurde die Aufnahme schon bei der geringsten Bewegung unscharf.

Es war Anfang Februar, kalt und dunkel, vielleicht auch Januar. Schwarze Schornsteine ragten aus schneebedeckten Dächern. Abends gingen in den Fenstern Lichter an, Leute hantierten in der Küche, lasen Zeitung oder telefonierten. Manchmal war der Himmel klar und es sah aus, als würde er in kleine Splitter zerspringen. Wenn sie das Zimmer betrat, dann immer überraschend, nie hörte ich Schritte. Sie ging barfuß, auch auf kaltem Boden. Andere träumten von einer Reise in den Süden, sie wünschte sich Stromausfälle, die möglichst lange anhalten sollten.

Sie hatte eine merkwürdige Art sich auszuziehen. Es dauerte lange, als hätte jedes Kleidungsstück eine geheime Bedeutung und als würde sie sich damit von etwas verabschieden. Ich war schon fertig und wartete, betrachtete ihre schmalen Schlüsselbeine, den verschütteten Kaffee auf dem Tisch. An den Wänden hingen Bilder, die sie aus Zeitungen ausgeschnitten hatte: eine Straßenbahn, ein Telefon, ein Berg. Unmöglich zu sagen, was sie miteinander verband. Ein Foto zeigte ein jüdisches Mädchen, das 1943 gestorben war. Im Küchenschrank klebten Anzeigen von Wahrsagern und Fernheilern mit ihren Glücksversprechen.

Sie lag auf dem Bett, schlank, die Beine leicht geöffnet, die Schenkel weiß und fest. Wenn es sehr kalt war, ließ sie das Hemd an. Ihre Haare fielen auf das Laken. Die Minuten kamen und gingen. Sie ließ die Augen offen und blinzelte langsam, wie die Blende einer Kamera. Zu dieser Zeit des Winters bemerkt man im Licht kaum einen Unterschied zwischen Tag und Abend, Abend und Nacht. Ihre Muskeln spannten sich, an ihrem durchgestreckten Rücken konnte ich jeden Wirbel einzeln zählen. Unter ihr knitterte das Laken, ein Kissen fiel zu Boden. Später lag sie auf ihrer Bettseite und ich streichelte ihren Bauch. »Als Kind«, sagte sie, »hat mir meine Mutter geraten, keine Obstkerne zu essen, damit in meinem Bauch kein Baum wächst.«

Manchmal sagte sie gar nichts. Sie ordnete Matrjoschkapuppen zu Familien an, baute Streichholzschachtelhäuser, einen schiefen und wackeligen Turm. Sie las Gedanken, etwa die eines Passanten auf der Straße. Ich fragte sie, woran er wohl gerade dachte, und sie antwortete, an ein Foto, das er heute Morgen gefunden hat; es ist vor Jahren hinters Regal gerutscht.

Vom Fenster aus reichte der Blick bis weit in die Stadt hinein und man hörte das Rauschen der Autobahn. Der Weg dorthin führte endlos über Brücken hinweg und unter Brücken hindurch, an Betonwänden entlang. Manchmal knipste sie eine kleine Lampe an und las mir etwas vor. Sie konnte stundenlang in Büchern wie ›Die Geschichte der Menschheit‹ oder ›Gesichter Europas‹ schmökern. Sie erzählte vom Plattensee, der nur wenige Meter tief sei im Gegensatz zum Gardasee, der mehr als hundert Meter in die Tiefe reiche, vom Schwimmen im Gardasee, das sich anfühle, wie im Weltraum zu schweben oder mitten in Pohjanmaa zu stehen. Biarritz sei der schönste Badeort der Atlantikküste und die Frauen dort einfach hinreißend. Auf der langen hölzernen Promenade von

Deauville lasse es sich schön spazieren, erklärte sie, besonders im Herbst, wenn auf dem Meer die Schiffe zu sehen seien, auf ihrem Weg zu den Häfen entlang der Themse oder nach Le Havre.

Ich nannte sie Zaia, nach einem Lied, doch in ihrer Todesanzeige steht Taimi. Das ist ihr richtiger Name. Taimi Maria. Sie wurde 1975 geboren, ihr Todestag war der fünfundzwanzigste August. Jetzt ist September und die Ferien sind unwiderruflich vorüber. Unter dem Datum stehen einige Namen, wahrscheinlich die ihrer Eltern. Der Vers darunter passt nicht besonders gut zu ihr.

Als meine Frau fragt, ob etwas nicht stimmt, schlage ich die Zeitung zu. Es ist halb acht, und draußen scheint die Sonne.
»Alles in Ordnung«, sage ich.
»Sicher?«
»Ja.«
»Denkst du an Lauris Geschenk?«
»Ja.«
»Wer fährt die Kinder?«
»Ich.«
»Dann leg einen Zahn zu.«
Ich packe meine Aktentasche und ziehe den Schlips fest, schnappe mir die Schlüssel vom Tisch im Flur und stecke sie in die Tasche. Meine Tochter will die rote Jacke anziehen. Die Kinder sitzen auf dem Rücksitz und wir fahren über die Ampel. Mein Sohn hat ein schönes Gesicht, noch ganz verschlafene Augen. Der September ist kühl, keine Wolke am Himmel. Es ist einer dieser Tage, an denen man nicht zur Arbeit fahren will oder überhaupt irgendwohin. Es sei denn, mit den Kindern zum Sportplatz, die Vogelbeeren anschauen, Hochsprung üben oder mit dem Kleinen um die Wette rennen.

Am Schultor setze ich die Kinder ab und sehe ihnen nach, wie sie loslaufen. Die Bücher werden in den auf und ab hopsenden Rucksäcken leiden. In diesem Alter lernt man nichts mehr. Sie sind schon fort, und ich warte auf eine Lücke im Verkehr. Es dauert, denn gleich an der Ecke ist ein Unfall passiert, der die Straße blockiert. Weiter vorne stolpert eine Frau, doch ihr kommt schnell jemand zur Hilfe.

Vor zwei Jahren stand Taimi vor meiner Tür, am Mittsommerabend. Die anderen waren über das Wochenende aufs Land gefahren. Ich weiß nicht mehr, warum ich damals daheimgeblieben war, wahrscheinlich um zu arbeiten, auch wenn das an Mittsommer natürlich niemand tun sollte. Jedenfalls saß ich zu Hause, als es klingelte. Es war acht Uhr, die Stadt ganz leer, alles still.

Sie stand vor der Tür und bat mich um Hilfe, sie wusste nicht, wo sie die Nacht verbringen sollte. Ihre Haare waren nass, obwohl es den ganzen Tag nicht geregnet hatte. Natürlich erschrak ich, denn ich erkannte sie kaum wieder. Als ich mich umsah, fragte sie, ob ich allein sei. Ich nickte und überlegte, was zu tun sei. Ich konnte sie nicht bei mir aufnehmen, aber auch nicht vor der Tür stehen lassen. Also schlug ich vor, einen Ausflug zu machen.

Ich fuhr aus der Stadt heraus, und bald waren wir auf der Autobahn. Sie saß stumm neben mir. Als ich sie fragte, wie es ihr ergangen sei, wo sie herkomme und so weiter, erklärte sie nur, sie sei müde und habe einen weiten Weg hinter sich. Also stellte ich das Radio an und wir hörten Musik, Mittsommerhits. Sie lehnte sich zurück, schloss die Augen und schlief ein.

Es war noch sehr hell, hinter den Feldern begann der Wald. Nach einer halben Stunde Fahrt bog ich in eine kleine Straße ein, an der ein Schild auf eine Rennbahn hinwies. Als ich das Auto auf den Parkplatz lenkte, öffnete sie die Augen und fragte, wo wir seien. »Zu dieser Bahn wollte ich immer schon mal fahren«, erklärte ich ihr.

Das Tor stand einen Spaltbreit offen, und wir gingen hinein. Die Sonne versank hinter den leeren Rängen, unter den Bänken hatten sich Wettcoupons, Zigarettenstummel und Zeitungsausrisse gesammelt. Die Rennbahn lag verlassen da, ich lief ein Stück weit über den Schotter. Beinahe konnte ich die Hufe trommeln hören, das Tempo der Pferde spüren. Am Rand der Bahn wuchs Gras. Ein vergessener Wimpel hing in der Windstille trostlos am Fahnenmast herunter. Mir war, als hörte ich aus dem Lautsprecher die seltsamen Pferdenamen: Jude, Silver, Rival, Crazy for Cash, Miss Taylor ...

Etwas weiter hinten lagen die Ställe, in denen die Jockeys ihre Pferde zäumten und an ihrer Taktik feilten. Es roch nach Mist. Ich kehrte zu Taimi zurück, die sich inzwischen auf eine Bank gesetzt hatte.

»Schön hier«, sagte ich.

»Mein Vater hat mich manchmal zu Pferderennen mitgenommen, auch wenn er normalerweise alles verspielte.«

»Hier verlieren viele.«

»Er immer.«

»Gehen wir?«

»Ich höre Stimmen.«

»Stimmen?«

»Die ganze Zeit«, sagte sie. »Sie hören nicht auf.«

Ich sah sie an und versuchte Spuren der früheren Zaia zu entdecken. Es fiel mir schwer. Ein paar Wolken zogen langsam über den Himmel und ich dachte daran zurück, wie sie mich sitzen gelassen hatte. Jetzt wusste ich, dass sie mich hatte schützen wollen und mehr sich selbst als mich alleingelassen hatte. Einmal hatte ich sie im Krankenhaus besucht, doch da war sie schon unerreichbar weit weg gewesen. Ein weiteres Mal hätte ich das nicht ertragen.

Später hielt ich an, um zu tanken. Sie schlief wieder. Ich trank eine Tasse Kaffee und aß ein Käsebrötchen. Sie wird hungrig sein, dachte ich und füllte eine Papiertüte mit Brötchen und Gebäck. Als ich zurückkam, hatte sich ihr Kopf leicht geneigt, das Gesicht lag halb im Schatten. Sie sei weit gegangen, hatte sie gesagt, vielleicht war sie irgendwo ausgerissen. Es war kurz nach Mitternacht, und ich fuhr ziellos weiter, um ihren Schlaf nicht zu stören.

Ich nahm kleine Straßen und fuhr zwischen Feldern hindurch, von denen Nebel aufstieg. Etwas abseits der Straße gab es einen Tanzplatz, am Straßenrand parkten Autos, Mopeds und ein Traktor. Ich hielt kurz an und öffnete das Fenster. Vom Fest wehte Musik herüber, durch die Bäume hindurch sah ich tanzende Paare und Lichterketten. In einigen Autos erkannte ich Menschen, Bewegungen im Dunkeln.

Die Nacht war warm, und ich wusste nicht, wohin ich Zaia bringen sollte. Am Morgen würde ich sowieso nach Hause zurückkehren müssen. Also fuhr ich weiter, bis wir in eine Küstenstadt mit schönen Holzhäusern kamen. In den Fenstern brannte Licht und die Veranden waren voller feiernder, lachender Leute. Ich hielt am Strand an, stellte das Radio aus und deckte sie vorsichtig mit meiner Jacke zu. Sie regte sich nicht, obwohl ich sie berührte.

Die weißen Badehäuschen schimmerten hell in der dunkelsten Stunde der Nacht. Als ich über den Sand ging, spürte ich den Wind, der vom Meer her wehte. An einem der Häuschen klapperte die offene Tür. Ich zog die Schuhe aus und watete ins seichte Wasser. Warme Wellen umspülten meine

Knöchel. Der kommende Tag, die blauen Morgenstunden, bei denen man das Gefühl hat, man falle durch sie hindurch, lagen noch in einiger Ferne. Bis der Horizont wieder hell wurde, blieb ich dort stehen. Ich hätte zu dem Felsen schwimmen können, weit draußen im Meer, hätte sie retten können, möglicherweise. Das Licht schimmerte so schön, dass ich wünschte, sie würde es sehen. Dann wären die Stimmen vielleicht für einen Augenblick verstummt. Doch als ich zum Auto zurückkehrte, war sie weg. Die Jacke lag auf der Rückbank, und der Beifahrersitz war leer.

Aus dem Finnischen
von Sandra Doyen

Sari Malkamäki

Die kluge Ehefrau

Die Einladung war an die Adresse von Markus' Büro gekommen, so wie es gang und gäbe war. Ich hatte mir bequeme Sachen angezogen und streifte gerade Wollsocken über, als er es erwähnte. Es seien sieben Fotografen, erklärte Markus, während er mir in die Küche folgte, lauter Männer unterschiedlichen Alters aus verschiedenen Teilen Europas, einer posthum vertreten. Mag sein, dass er auch Namen nannte, aber die rauschten an mir vorbei: Ich hatte das Mittagessen ausgelassen und brauchte dringend etwas, das nach Salz und Fett schmeckte.

Erst beim Thema der Ausstellung stutzte ich: »Die Schönheit der Natur im männlichen Blick«. Du lieber Gott, dachte ich, was soll das denn, ist bestimmt so ein pathetisches und aufgeblasenes gesamteuropäisches Projekt.

Mein Blutzucker war eindeutig im Keller.

»Also morgen, ja?«, sagte ich zum Kühlschrank, Markus bestätigte mit einem Hm.

Seit Langem schon folgten wir bei unseren gegenseitigen Vorschlägen einer gemeinsamen Linie: Wenn dem anderen das Angebot nicht total zuwider war und die Umstände kein Hindernis darstellten, willigte er ein. Das machte das Leben offener und leichter, unnötige Machtkämpfe blieben aus. Ich briet mir Halloumi-Käse in Nussöl und verschlang die Scheiben zusammen mit Tomate. Markus wartete immer noch mit so hoffnungsvoller Miene auf meine Antwort, dass ich beschloss, der Ausstellung die Chance zu geben, mich zu begeistern.

Wir vereinbarten, hinterher essen zu gehen, in ein Restaurant, das einer meiner Arbeitskollegen empfohlen hatte. Markus strich mir über die Wange und versprach, einen Tisch zu reservieren.

Am nächsten Tag glaubte ich Jan vor mir zu sehen. Manche Leute reden von Vorzeichen, aber ich begnüge mich mit Zufällen. Ich bin es gewohnt, dass mir das Leben seine Launen präsentiert, kleine oder große.

Auf der Arbeit herrschte wieder Hektik, dennoch beschloss ich, vernünftig zu sein und eine Mittagspause einzulegen. Ich wollte in der Markthalle ein Lachsbrot essen und mir auf dem Rückweg in einem nahe gelegenen neuen Café einen Espresso gönnen. Das Lokal war fast voll, nur an einem Ecktisch gab es noch einen freien Platz. Neben mir lärmte eine größere Gesellschaft, und der Mann, der mir am nächsten saß, erregte durch irgendetwas meine Aufmerksamkeit, sodass ich genauer hinsah.

Kaffee schwappte mir auf den Schoß, mir entfuhr ein »Scheißdreck«, und der Mann drehte sich rasch um, so als hätte jemand nach ihm gerufen. Ich antwortete mit einem Lächeln. Ein Unbekannter, nichts mehr von Jan, alles weg.

Was hatte den Zeitsprung nur verursacht? Im Café erinnerte nichts an den Ort, an dem wir uns damals getroffen hatten. Später saßen wir sowieso nicht mehr in Cafés, liefen nicht durch die Stadt, aßen nicht zusammen in hell erleuchteten Einkaufszentren zu Mittag. Wir hatten unsere eigene heimliche Welt, in der es immer dunkel und immer ein bisschen kalt war: Jans Wohnung.

Der Herbst und der Winter waren damals außergewöhnlich nass und windig, in der Wohnung zog es. Da eine Fenstererneuerung bevorstand und Jan sowieso bald ausziehen würde, lohnte es nicht, dass er noch selbst Hand anlegte. Jan wusste stets genau zu begründen, warum es müßig war, in die Dinge einzugreifen. Manchmal kam mir allerdings der Gedanke, dass er damit möglicherweise nur seine Faulheit kaschierte.

Wir froren also. Eigentlich sahen wir uns kaum jemals bekleidet, unsere ganze Beziehung spielte sich zwischen ungeduldigem Entkleiden und Anziehen in letzter Minute ab. Wenn wir nicht ineinander versanken, ging ich durch die großzügig eingerichtete Wohnung, um die Schultern eine ausgeblichene Decke und an den Füßen Wollsocken, gestrickt von Jans Mutter. Sie schickte sie zusammen mit ausführlichen Briefen vom anderen Ende Europas in Paketen, die in dickes Packpapier eingeschlagen waren.

Zu Frühjahrsbeginn zog Jan um, danach hatten wir keinen Kontakt mehr. Vielleicht las ich mal seinen Namen in der Zeitung, aber ich verfolgte sein Leben und seine Arbeit nicht. Ich war bereits einen Schritt weiter.

Ich rief von unterwegs an, weil die Straßenbahn feststeckte und ich mich verspäten würde, und Markus, der vor der Galerie wartete, sagte, er werde schon hineingehen. Als ich schließlich eintraf, waren die Reden gehalten und die Gäste hatten sich auf die verschiedenen Räume verteilt. Ich griff mir das letzte Glas Sekt vom Tablett und hielt in der Menschenmenge Ausschau nach Freunden, aber zumindest auf den ersten Blick konnte ich niemanden entdecken. Also beschloss ich, zunächst Markus zu suchen, ehe ich mich mit den Bildern befasste.

Ich machte mir nicht viel aus Vernissagen. Das Gedränge machte ein ruhiges Betrachten der Exponate unmöglich, und im schlimmsten Falle reduzierte sich der ganze Besuch darauf, dass man sich zeigte. Oft kehrte ich ein paar Tage oder Wochen später in die Galerie zurück, allein und mit genügend Zeit.

Manchmal geschah es dann, dass ich eine Arbeit, die auf den ersten Augenschein den stärksten Eindruck auf mich gemacht hatte, gar nicht mehr so großartig fand und stattdessen von einem Werk gefesselt wurde, das mir zunächst überhaupt nichts gesagt hatte. Markus führte es darauf zurück, dass ich gern dem Herdentrieb folgte: Bei kulturellem Stau ließe ich mich von dem beeindrucken, was auch alle anderen anstarrten, erst wenn ich für mich allein war, vermochte ich zu erkennen, was gerade mich am meisten ansprach. Markus hatte eine Menge solcher spitzfindigen Theorien über mich und meine Art, die Dinge zu erleben, auf Lager.

In diesem Moment entdeckte ich meinen Mann ganz hinten im Raum. Er schien in ein Bild versunken, das ich auf die Entfernung nicht erkennen konnte, er wechselte das Standbein, ging näher heran, schob die Hände in die Hosentaschen, blickte zwischendurch nach oben, so als suchte er dort Ruhe für seine Augenmuskeln, damit er dann wieder genau hinschauen konnte.

Der Anblick amüsierte mich, denn normalerweise schlenderte er herum, auch dann, wenn wir auf seine Initiative hin gekommen waren, ließ unbekümmert den Blick schweifen und gähnte ab und zu herzhaft, als wäre er gezwungen worden mitzukommen und als würde seine Selbstachtung verlangen, dass er völlige Gleichgültigkeit demonstrierte. Hinterher revidierte er allerdings stets den Eindruck, den er vermittelt hatte, indem er so fundierte Kommentare und Ansichten äußerte, dass man denken konnte, er hätte die Ausstellung selbst initiiert und organisiert – und auch ich hatte meine Theorien beizusteuern.

Ich ging zu ihm und berührte seinen Arm. »Hallo, Schatz«, sagte ich, und meine Stimme klang in meinen Ohren so sorglos, wie ich mich fühlte.

Markus sah mich an und erwiderte: »Da bist ja du!«

Ich lachte, denn ich glaubte, er hätte sich in der Betonung geirrt und die Worte versehentlich verkehrt herum gesagt, ein bisschen wie ein Musiker, der sich in den Noten irrt und – hoppla – rasch korrigiert.

Aber Markus korrigierte sich nicht, und da streifte mein Blick zufällig das Foto, das er so hingebungsvoll bewundert hatte.

In jenem Sommer, in dem ich Jan begegnete, machte Markus keinen Urlaub, weil er, wie er erklärte, mit seinen Terminen im Verzug war und den Herbst in seinem Büro nicht mit Finanzierungsproblemen und liegen gebliebenen Arbeiten beginnen wollte.

Ich hingegen nahm meinen ganzen Urlaub am Stück und verbrachte fast fünf Wochen mit Tuukka im Sommerhaus unserer Familie; auch Paula, meine um ein Jahr ältere Schwester, kam mit ihrem Sohn Miikka dorthin. Er war nur ein paar Monate jünger als Tuukka, und so tauchten die beiden bereits der Pubertät zuneigenden Halbwüchsigen in einen letzten Kindheitssommer ab, sie badeten, spielten Krocket und bauten sich Hütten, machten Bootsausflüge zu den benachbarten Inseln oder saßen bei uns auf dem Steg, aßen Butterbrote und lasen Comics.

Paula und ich brauchten nichts weiter zu tun, als ein Auge auf sie zu haben und dafür zu sorgen, dass genug zu essen da war. So konnten auch wir in unsere Jugend zurückkehren, in eine Zeit, da wir uns in unserem gemeinsamen Zimmer alle unsere Gedanken und Erfahrungen zugeflüstert hatten, taufrisch, kaum dass sie entstanden waren. Am Ende des Urlaubs wurden wir sogar wieder zu kleinen Mädchen und kramten im Schuppen die Promi-Anziehpuppen hervor, die wir einst aus Illustrierten ausgeschnitten hatten, wir liefen wie damals bis zum Nachmittag in Marimekko-Nachthemden herum, aßen Knäckebrot mit Salami, tranken Erdbeermilch dazu und versuchten, unseren Papier-Promis schicke Outfits fürs abendliche Halligalli zu verpassen.

Als Tuukka und ich wieder nach Hause kamen, waren wir beide braun gebrannt und gut gelaunt und der Wirklichkeit ein bisschen entrückt. Markus musterte uns, als versuchte er sich in Erinnerung zu rufen, wer wir eigentlich waren; er selbst war sichtlich zufrieden, dass er sich in Ruhe auf seine Zeichnungen und Modelle hatte konzentrieren können. Tuukka wollte die letzten Wochen vor Schulbeginn damit verbringen, seinen urbanen Status zu aktualisieren, ich wiederum hatte mir noch ein freies Wochenende reserviert, bevor ich mich wieder in die Arbeit stürzen würde. Ich fuhr nach Stockholm, um meine Patentante zu besuchen, die ich seit Jahren nicht gesehen hatte, lernte dort auch die anderen agilen Achtzigjährigen kennen, mit denen sie eine Seniorenkommune bewohnte, und lachte so viel wie schon lange nicht mehr.

Auf der Rückfahrt genoss ich sogar die Fahrt mit der Fähre. Ich kaufte ein bisschen ein und beschloss, an der Bar ein Glas Wein zu trinken, ehe ich mich in meine Kabine zurückzog, weg von dem ganzen angetrunkenen Feiervolk und den übermüdeten Kindern. Jan saß auf dem Nachbarhocker, drängte sich nicht direkt auf, fragte mich aber irgendetwas, das meine gute Laune noch steigerte.

Es entspann sich eine Unterhaltung. Innerhalb von drei Stunden hatte ich ihm Zugang in meine Welt gewährt und war in sein Leben eingetaucht.

Zu Hause erschien es mir unbegreiflich, dass ich mich auf diese Weise mit einem unbekannten Mann eingelassen hatte, schließlich hatte ich mich stets für jemanden gehalten, der keine spontanen Bekanntschaften schließt, weder in öffentlichen Verkehrsmitteln noch in Kneipen und erst recht nicht an Schiffsbars; ich war einfach nicht so gestrickt.

Ich brauchte ein paar Wochen, um das Ganze sacken zu lassen, dann rief ich die Nummer an, die Jan mir gegeben hatte, und sagte ihm, ich müsse immer noch an ihn denken. Es kam zu weiteren Treffen, bei denen ich merkte, dass ich durchaus für eine Affäre bereit war, wach und gespannt wie eine frisch ausgebildete Undercoveragentin. Eine gewisse Rolle spielte wohl auch die Tatsache, dass Jan für mein gestiegenes Interesse so empfänglich war.

Dennoch trug ich fast zu schwer an dem Geheimnis. Ich war Markus während unserer ganzen Ehe treu gewesen. Nicht wegen des Drucks der Konventionen, nicht auf Verlangen meines Partners, nicht wegen fehlender Gelegenheiten, nicht einmal wegen eines moralischen Entschlusses, sondern in erster Linie, weil es mir leichtfiel und echt war, und in den letzten Jahren auch, weil ich mich hartnäckig weigerte einzusehen, wie schal unsere Ehe geworden war.

Trotzdem zog ich nicht einmal in Erwägung, mich meinen besten Freundinnen anzuvertrauen, auch nicht meiner Schwester, der ich sonst fast alles erzählte, was in meinem Leben passierte. Meine Untreue war etwas, über das ich mit niemandem reden konnte. Ich befand mich auf einer privaten Entdeckungsreise, ich wollte ergründen, wie ich es empfand, meinen Mann zu betrügen, und wie sich das auf mein Leben auswirken würde.

Positive Auswirkungen gab es erstaunlich viele.

Am banalsten war wohl die Tatsache, dass ich mir meiner selbst so stark bewusst wurde. Alles in mir schien anders angeordnet und beleuchtet zu sein als vorher, sogar im Traum wohnte ich in Häusern, in denen ich ständig neue Räume entdeckte.

Die zweite Wirkung betraf den Alltag. Alles, was ich tat, war ein wenig überhöht; sogar, wenn ich dem Jungen die Essensreste vom Vortag aufwärmte oder den Wäscheberg bügelte, empfand ich das nicht als bloße Routine, schließlich war da eine Frau am Werke, die noch Stunden zuvor einen ganz anderen Blick auf die Welt gehabt hatte.

Die dritte Auswirkung war die grundlegendste. Wie eine frisch Verliebte dachte ich oft und intensiv an Markus, mein Interesse an ihm kehrte zurück, je weiter die Beziehung mit Jan fortschritt.

Steckte Schuldbewusstsein dahinter? Ich weiß es nicht. Ich vermied Grübeleien und Deutungsversuche, wollte das Rätsel nicht lösen. Ich hatte einfach einen Trick gefunden, der wie die ultimative Wundermedizin wirkte, und ich nutzte ihn.

Als aus dem Winter Frühling wurde, änderte sich die Situation. Jans Arbeiten hatten immer mehr Beachtung gefunden, aber der Erfolg wirkte nicht entspannend auf ihn, sondern eher zerstörerisch. Er wurde unruhig, dann verschlossen, zum Schluss war unser Zusammensein nur noch bemüht. Als er wegzog, erst aus seiner zugigen Wohnung und bald schon aus dem Land, war ich außerstande, Sehnsucht zu spüren. Ich hatte bereits begriffen, dass der Anlass meines Handelns nicht die Auffrischung meiner Ehe gewesen war, auch nicht Verliebtheit. Wichtiger als der Grund oder das Objekt war die Tat an sich.

Und so ging ich weitere unerlaubte Beziehungen ein, eine nach der anderen, vom Frühling bis zum Herbst, vom Herbst bis zum nächsten Frühling. Nette, patente Männer, ebenfalls gebunden, die sich an die gemeinsamen Vereinbarungen hielten – die ich entworfen hatte, da ich nun mal professionelle Vertragsberaterin war: Wir respektieren die selbst gesteckten Grenzen und den Vorrang unserer Familien und bilden uns nicht ein, einander besitzen zu können.

An einem klaren Sonntagmorgen, als ich noch im Bett lag und Markus bereits in der Küche pfeifend das Frühstück zubereitete, fiel mir ein, wie er mir einst in jungen Jahren beigebracht hatte, mit Pfeil und Bogen zu schießen. Ich hatte mich anfangs sehr bemüht, alles richtig zu machen und zu treffen, aber allmählich hatte ich gelernt, mich auf den Augenblick zu konzentrieren, die einzelnen Phasen zu genießen, sodass ich das Ziel vergaß.

Während ich nun dalag, überkam mich ein ähnliches Gefühl: Ich hatte das Ziel erreicht, ich hatte meine Rolle als Ehebrecherin verinnerlicht!

Diese Erfahrung war so stark, dass sie das Bedürfnis weckte, wieder zur treuen Ehefrau zu werden. Damit begann die beste Zeit unserer Ehe, es war, als hätten wir einander neu gefunden.

Warum war Markus nie hinter mein Doppelleben gekommen? Sicherlich schützten mich meine enorme Vorsicht und Markus' natürliche Fähigkeit, bestimmte Dinge auszublenden, vor allem aber wohl die Tatsache, dass er so fest von meinen besonderen Qualitäten überzeugt war. Ich war stets über jeden Zweifel erhaben gewesen – eine ziemliche Last übrigens, und zwar für jeden Menschen. Ethisch gesehen war die Sache kompliziert, aber ... nun ja. Klingt es sehr kühn, wenn ich sage, dass ich das Gefühl hatte, mir selbst geholfen, also scharfsinnig wie eine kluge Ehefrau gehandelt zu haben?

Freiwillig hätte ich Markus niemals anvertraut, mit welchen Methoden ich Kontinuität für uns geschaffen hatte. Das hätte ich gehässig oder zumindest außerordentlich egoistisch gefunden.

Nach der Ausstellung gingen wir essen, so wie ursprünglich vereinbart. Wir unterhielten uns, plauderten über unsere Arbeit, über Quantität und Qualität der Pilzernte, über die bevorstehende Sanierung der Wasserrohre, und schließlich über Joannas und Tuukkas Problem. Meine Schwiegertochter war schon eine Woche über den errechneten Geburtstermin hinaus, was mich veranlasste, Tag und Nacht das Handy eingeschaltet zu lassen für den Fall, dass eine Nachricht aus Toronto kam.

Über das Foto sprachen wir nicht. Als ich begriffen hatte, worum es sich handelte, hatte ich zunächst aus purer Verblüffung angefangen zu lachen, danach nur noch mit glühenden Wangen irgendetwas gestammelt. Markus hatte abwehrend die Hände gehoben und sich dann mit steinerner Miene die ganze Ausstellung von vorn bis hinten angesehen, als rechnete er damit, mich auf jedem Foto zu entdecken.

Jetzt war der Vorfall zwischen uns wegretuschiert wie eine in Ungnade gefallene Person aus einem Dokument zu Sowjetzeiten. Markus war außer sich und zugleich extrem konzentriert, ich erkannte es an seiner Stimme und daran, wie formell und höflich er war, wie er mich hinter seinem Weinglas musterte. Ich zerlegte meinen Zander, als wäre in seinem Inneren ein Code versteckt, der die gestörte Stimmung lösen konnte.

Als die Nachspeise bestellt war, hatte ich das dringende Bedürfnis, einen Moment für mich zu sein. Ich ging auf die Toilette und zog das zerknitterte Informationsblatt aus der Handtasche, das ich von der Ausstellung mitgenommen hatte. Die Fotografen wurden in der Reihenfolge ihres Alters vorgestellt, mit Ausnahme von Jan, der den Schluss bildete. Von einem kleinen Porträtfoto lächelte ein Mann, der mir entfernt bekannt vorkam. Lebte in Stockholm, Helsinki, Berlin, Rom, starb vor ein paar Jahren in Bratislava, seiner Geburtsstadt – er war am Ende also doch nach Hause zurückgekehrt, vielleicht

um zu sterben, der unruhige, suchende Geist. Gezeigt wurden Aufnahmen aus drei Jahrzehnten, insgesamt neun schwarzweiße Frauenfotos. Titel und Preise ... da: »Dreaming Lady«, Helsinki 1995.
Achthundert Euro.
Alles klar. Etwas billiger als »Smiling through the tears«, Rom 2002, aber auch etwas teurer als »Try me again«, Stockholm 1997.

Wer würde Jans Anteil am Verkaufserlös bekommen? Hatte es in seinem Leben noch andere Konstanten als seine Mutter gegeben? Und wessen genialer Schädel hatte ersonnen, dass Jans Frauenfotos zum Naturthema passten?

Während unserer Affäre hatten wir lediglich eine einzige Nacht bis zum Morgen zusammen verbracht, und auch da war ich wach geblieben, weil mir die Situation so fremd gewesen war. Ich musste also bei einem unserer abendlichen Treffen so fest eingeschlafen sein, dass er, ohne mich zu wecken, die Aufnahme vorbereiten, das Licht einstellen, auf den Auslöser drücken konnte. Wann mochte das gewesen sein?

Es erschien mir unfassbar. Dennoch bestand kein Zweifel daran, dass ich die Frau auf dem Foto war.

Es war müßig, sich jetzt noch darüber aufzuregen, aber ich musste gestehen, dass ich wütend war – nicht auf den toten, sondern auf den lebenden Jan, auf jenen Jan, den ich zu kennen geglaubt hatte. Ich konnte nicht akzeptieren, was er getan hatte. Diese »Dreaming Lady« war wie ein eigenmächtig aufgenommener Kredit, auf dessen Rückzahlung niemand wartete.

Als ich an den Tisch zurückkehrte, sah Markus mich an, als hätte er mit sich selbst gewettet, dass ich nicht wiederkomme. Oder interpretierte ich ihn die ganze Zeit falsch? Dichtete ich mir alles Mögliche zusammen? Ich holte Luft und schlug vor, dass wir mit dem krampfigen Getue aufhörten und nach Hause gingen. Markus schien erleichtert. Die Kellnerin eilte mit der Apfeltorte herbei, wir kippten unseren Calvados hinunter und legten das Geld auf den Tisch.

Am nächsten Tag fuhr ich nach der Arbeit noch einmal in die Galerie.

»Möchtest du es haben?«, hatte Markus nachts im Bett gefragt, als wir beide schon ermattet waren von den Überraschungen, vom Reden und von der Nähe, von den Gefühlen, die wir innerhalb kurzer Zeit hin- und hergeschoben hatten wie schwere Möbel, im Bemühen, gangbare Wege zu schaffen.

»Hier, zu Hause?«, hatte ich in seine Armbeuge gemurmelt, ehe die Erkenntnis mich abrupt wachgerüttelt hatte. »An der Wand, meinst du?«

»Nun, vielleicht nicht direkt an der Wand, aber ... sozusagen als Erinnerung.«

»Erinnerung woran?«

Markus antwortete nicht, vielleicht war er wirklich eingeschlafen, oder er war nicht imstande, seine Worte so sorgfältig zu setzen, wie es gerade jetzt erforderlich gewesen wäre.

Ich hatte lange an der Grenze zum Schlaf verharrt, hatte die Fotokollektion vor Augen gehabt, die bei uns im Flur hing, die Perlen der Aufnahmen, die Markus im Lauf der Jahrzehnte rund um unser Sommerhaus gemacht hatte, ich selbst in der obersten Reihe, zwischen einer in der Sonne tanzenden Libelle und dem vom Morgennebel umhüllten See, als unwiderlegbarer Beweis für die Schönheit der Natur.

In der fast leeren Galerie trat ich vor mein Bild. Meine Miene war darauf nicht zu erkennen, Jan hatte wohl das Gesicht vorsorglich mit meinem Haar bedeckt. Mein Hals war nackt, meine Arme vor dem Oberkörper verschlungen. Man konnte beide Brüste sehen, die linke hinten, weil ich auf der linken

Seite lag, und die rechte, auf die ich vor fünf Jahren hatte verzichten müssen, im Vordergrund. Der Ausschnitt erfasste so viel vom Körper, dass auch das Muttermal an meinem Oberschenkel noch zu sehen war, es wirkte wie von der Haut getrennt, als hätte jemand ein großes, geschwärztes Fingerprofil auf das Foto gedrückt.

Ich trat näher heran, sah so scharf hin, dass ich kaum mehr das Ganze erkennen konnte. Am liebsten hätte ich mir befohlen: Du da, wach auf, öffne die Augen!

(Und im selben Moment, gleichsam meinen Gedanken gehorchend, erwacht die Frau aus dem Schlaf, bemerkt, wo, bei wem, in welcher Situation sie sich befindet, erschrickt trotzdem nicht, braust nicht auf, eilt nicht fort, rekelt sich nur wie eine aus ihrem Nickerchen erwachte Katze, lächelt, schaut den konzentriert arbeitenden Mann an, das vertraute Gesicht, die Kamera, die bereitwillig selbst die gewagtesten Bitten des Mannes erfüllt –)

Ich trat zurück, meine Schultern bebten vor Kälte. Das Fenster stand einen Spalt offen, es dämmerte bereits. Ich hörte das Rauschen des Regens, den Verkehrslärm, die Geräusche vermischten sich nicht, es war, als zöge jedes seine eigene Bahn.

Wie oft kann man seine Unschuld verlieren? In den Augen anderer, oder vor sich selbst?

In meiner Handtasche piepte es, ich holte das Handy hervor und schaute nach: Die ersehnte Nachricht landete weich in meinem Bewusstsein, wie ein Boot, das eine Welle an den Steg spült.

An der Tür drehte ich mich noch einmal um. Das Foto schien genau am richtigen Platz zu hängen.

Aus dem Finnischen
von Regine Pirschel

Zinaida Lindén

Die Seiltänzerin

Dies würde unser letztes Treffen sein. So hatte er es beschlossen.

Ich teilte seine Entscheidung nicht, aber was konnte man gegen die finnische Sturheit schon ausrichten?

Im Grunde kannte ich ihn kaum. Zweimal war er mein Bettgefährte gewesen, dann bereute er es. Plötzlich fand er die ganze Sache falsch. Er hielt mir einen langen Vortrag darüber, wie falsch das gewesen sei. Im Bett. Vor einer halben Stunde.

Ich muss eines gestehen: Ich bin verheiratet. Mit einem anderen. Mit einem, der sich jetzt gerade auf Geschäftsreise in Shanghai befindet.

Ich bin es schon seit jeher gewohnt, parallele Leben zu führen. Als ich fünfzehn war, lebte ich das eine Leben für meine Mutter und meine Großeltern: mit guten Noten und einer stets ordentlich gebügelten Schuluniform. Das andere Leben, mit Zigaretten und einem geheimen Tagebuch, lebte ich für mich.

Deshalb ist Fremdgehen in der Ehe für mich kein Problem. Oder doch, es ist ein Problem – aber kein moralisches, sondern ein organisatorisches. Immer muss man sich merken, was man gesagt hat und zu wem. Damit keine Widersprüche entstehen.

»Ihr seid so gehemmt hier«, seufzte ich, während ich aus dem Bett aufstand. »Wenn zwei Menschen sich mögen, sollten sie das ausleben, anstatt sich zu kasteien.«

»Vielleicht hast du recht«, erwiderte er nachdenklich. »Aber manchmal zerstört es ...«

Er verstummte, als wagte er es nicht, seinen Gedanken zu Ende zu führen.

»Zerstört was?«

»Es verätzt die menschliche Seele. Es bilden sich Wunden darauf. Und bei manchen heilen sie nur schwer wieder.«

»Aber was sollte man deiner Meinung nach stattdessen tun?«

»Wenn es Liebe ist, dann ist es vielleicht besser, sich scheiden zu lassen, als den anderen zu betrügen. Das ist ehrlicher.«

Ich nickte schuldbewusst. Was er und ich miteinander teilten, war keine Liebe, da war ich mir sicher.

»Verstehst du, als ich klein war, gab es in unserem Land so viele, die sich aus Karrieregründen nicht scheiden ließen«, begann ich ihm plötzlich zu erklären. »Wir hatten die kommunistische Partei, die sozialistische Moral und so weiter ... wonach wir uns richten mussten. Aber Untreue war nichts Dramatisches. Sie war etwas Alltägliches, Banales.«

Er hörte neugierig zu.

»Wir kommen aus verschiedenen Welten, du und ich«, sagte er schließlich.

Seine Stimme war so warm wie ein gefütterter Fäustling.

»Hältst du mich für zynisch?«

Er schüttelte den Kopf.

»Dieses Wort würde ich nicht mit dir assoziieren.«

»Welche Worte assoziierst du denn mit mir?«

»Du bist unberechenbar. Manchmal niedergeschlagen. Und furchtlos.«

»Furchtlos?«

Er nickte grinsend. Anscheinend dachte er an etwas Nettes.

»Ganz genau.«

Plötzlich war mir, als würde ich mich an etwas Wichtiges erinnern, was ich vor langer Zeit vergessen hatte. Etwas, was ich selbst erlebt hatte – oder in einem meiner Kinderbücher gelesen.

Noch nie hatte mich jemand furchtlos genannt. Konnte man das tatsächlich von mir behaupten? Furchtlos sind Helden, die Menschen aus einem brennenden Haus retten. Furchtlos sind Kleinkinder, die in einem Roggenfeld direkt am Steilhang spielen.

Jetzt fiel es mir wieder ein. Es ging um Kinderakrobaten. Kamen sie in einer Zirkuserzählung von Alexander Kuprin vor?

Kinder sind gute Akrobaten, weil sie keine Furcht kennen. Sie haben nicht genug Lebenserfahrung. Sie glauben nicht an das Böse. In ihren Augen ist das Böse etwas Abstraktes, das sie nicht betrifft.

Furchtlos gehen sie ihrem Schicksal entgegen. Sie tanzen ohne Auffangnetz auf einem Seil, um es den Erwachsenen recht zu machen. Den Erwachsenen, die unten stehen.

»Aus dir könnte sicher eine gute Akrobatin werden«, hörte ich ihn plötzlich sagen.

Offenbar hatte ich laut gedacht.

Mein Liebhaber betrachtete mich interessiert.

»Hast du dich nicht vor dem Tod gefürchtet, als du klein warst?«, fragte er.

»Na doch. Aber ich habe immer gewusst, dass es sinnlos war. Wenn Kinder weinen und ihre Furcht zeigen, brauchen sie ein Publikum, nicht wahr? Und das hatte ich nicht. Auch kein Auffangnetz unter mir. Das Fahrradfahren habe ich mir zum Beispiel ganz allein beigebracht. Niemand ist nebenhergelaufen und hat den Gepäckträger festgehalten.«

»Warum nicht?«

»Mein Vater ist abgehauen, als ich zwei Jahre alt war. Wer hätte da neben meinem Fahrrad herrennen sollen? Mein Opa war zu alt für so etwas.«

»Sicher.«

»Schwimmen habe ich auch auf eigene Faust gelernt.«

Er saß auf dem Bett und starrte zu Boden. Als er den Kopf hob, bemerkte ich zu meiner Verwunderung, dass seine Augen feucht waren.

Er versuchte doch tatsächlich nicht einmal zu verbergen, wie gerührt er war! Wir kamen wirklich aus zwei verschiedenen Welten.

Ich liebte ihn nicht, wie eine Frau einen Mann lieben sollte. Dass ich mich mit ihm traf, war allein meiner Langeweile geschuldet. Ansonsten kannte ich ihn kaum – vom biblischen Sinn des Wortes abgesehen. Doch in diesem Moment verspürte ich plötzlich einen starken Drang, ihm alles zu erzählen. Zum Beispiel von jenem Sommer, in dem ich von einem fremden alten Kerl – unrasiert, zahnlos und mit geklebter Brille – begrapscht wurde. Es geschah in einem Park in Pawlowsk, direkt vor der Nase meiner Großeltern, mit denen ich mich dort sonnte.

Spielkameraden hatte ich keine im Sommer. Der Alte schlug vor, wir könnten zusammen Badminton spielen. Aus irgendeinem Grund ließen meine Großeltern ihm freie Hand.

Wir waren nur dreißig Meter von der Decke entfernt, auf der die Großeltern saßen und Erdbeeren verspeisten. Jedes Mal, wenn er mir den Badmintonball reichte, steckte er seine andere raue Hand in meine Unterhose und fummelte dort herum.

So ging das ungefähr vierzig Minuten lang. Am Ende

trottete der Alte davon, während ich weiter fröhlich meinen Federball in die Luft warf und mit dem Schläger auffing.

Diese Geschichte habe ich noch keinem erzählt. Ich wusste auch nicht, ob es meine Aufgabe war, sie zu erzählen, und wenn ja, wem. Außerdem fühlte ich mich schuldig und schmutzig. Viele Jahre lang.

»Spielst du gern Badminton?«

Diesmal hatte ich offensichtlich nicht laut gedacht – und er war über meine unvermittelte Frage verwundert.

»Ja, tatsächlich. Warum fragst du?«

»Vielleicht könnten wir mal einen Badmintonplatz mieten?«

»Du bist wirklich unberechenbar!«, rief er erfreut aus.

Bald darauf wurde er ernst. Anscheinend bereitete er sich auf den Abschied vor.

Himmel, das hätte ich beinahe vergessen. Er hatte ja beschlossen, Schluss zu machen. Die finnische Sturheit. Die puritanische Moral. Davor sollte man Respekt haben.

Und den hatte ich wahrhaftig. Ich trennte mich auf die gleiche Weise von ihm wie er sich von mir: leicht und reibungslos. An unsere Abschiedsworte erinnere ich mich nicht, aber sie waren sicher freundlich.

An der Ecke beim Kiosk sagten wir einander Lebwohl – gewöhnlich wie zwei Geschäftsfreunde.

Es gab dort auch einen Bankautomaten. Ich könnte etwas Bargeld gebrauchen, dachte ich und öffnete meine Handtasche.

Ein Regentropfen fiel schwer wie ein Vorwurf auf meine Stirn.

Ich drehte mich um, weil ich sehen wollte, ob er sich umgedreht hatte.

Aus dem Finnlandschwedischen
von Ursel Allenstein

Pasi Lampela

Der Ring

Die Tatsache, dass sie den Scheidungsantrag an ihrem zehnten Hochzeitstag unterschrieben, während der Juli in seiner schönsten Pracht glühte und die Urlaubszeit die schlimmste Bedrängnis gemildert hatte, war purer Zufall, aber man konnte auch darin eine eigene Ironie erkennen. Die Entscheidung war schon im Winter gefallen. Ein Telefongespräch, das sie während der Arbeitszeit geführt hatten, wuchs sich zu dem üblichen Streit über irgendeine Bagatelle aus, und plötzlich brach die Eiterbeule auf, die jahrelang gereift war. Er hörte jemanden mit seiner eigenen Stimme sagen, dass er seine Frau nicht mehr liebe, dass er sich scheiden lassen wolle und dass dieser Beschluss endgültig sei. Über seine damalige Beziehung zu einer zwanzigjährigen Studentin, die an Botticellis Venus erinnerte, meinte er niemandem Rechenschaft zu schulden.

Das Frühjahr verbrachte er im Zeichen völliger Verrücktheit und Verzweiflung. Seine Frau stand unter Schock und drohte ihm mit den absurdesten Einfällen. Falls er sich weigern sollte, eine Paartherapie zu machen, und seinen Beschluss, sich scheiden zu lassen, tatsächlich umsetzen sollte, würde sie mit den Kindern ins Ausland ziehen, und er würde sie niemals wiedersehen. Oder sie würde eines Nachts, da er im Wohnzimmer auf der Couch schlief, aus ihrem ehemaligen gemeinsamen Schlafzimmer herauskommen, aus der Küche ein Messer holen und es ihm ins Herz stoßen, wenn er denn eines hatte. Er bemühte sich, einen kühlen Kopf zu bewahren, obwohl er nachts selbst bei dem kleinsten Geräusch immer wieder hochschreckte.

Die Dunkelheit in den Augen seiner Frau war ihm von all den Fällen, die er bei Gericht vertreten hatte und von denen einer trostloser war als der andere, nur allzu bekannt. Dieselbe Dunkelheit erkannte er auch in sich selbst. Die Nacht hatte sie beide verschluckt, sie fanden einander nicht mehr. Sie fanden nicht einmal sich selbst. Er hatte sich bei seiner Arbeit aufgerieben, denn nachdem seine Frau mit den Kindern zu Hause geblieben war, hatte er es nicht gewagt, Aufträge abzuweisen aus Angst, er könnte womöglich eines Tages keine mehr bekommen. Als seine Frau schließlich eine Stelle gefunden hatte, erwies sich der Alltag einer akademischen Projektmitarbeiterin als so ungewiss, dass seine Last kaum leichter wurde.

Als Höhepunkt des Frühjahrsirrsinns erwies sich die Reise nach Lanzarote, die sie schon im Herbst gebucht hatten. In all dem Chaos hatte er die ganze Sache vergessen, und als seine Frau sie vor den näher rückenden Osterferien zur Sprache brachte, weigerte er sich entschieden, auch nur darüber nachzudenken. Wie üblich reagierte seine Frau auf die Absage der Reise wie auf den Weltuntergang. Ihre Hysterie hielt tagelang an: Wie konnte er nur ihr und den Kindern so was antun, sie hatten den ganzen Winter auf diesen Urlaub gewartet, er hatte nicht das Recht, ihn ihnen zu nehmen. Er entgegnete, diese Reise würde für sie alle nichts anderes als eine reine Tortur werden. Und wenn seine Frau unbedingt fahren wollte, warum konnte sie dann nicht ohne ihn fahren, wo die Situation nun einmal so war, wie sie war? Weil ich allein dort verrückt werde, lautete die Antwort, und wie wird es dann den Kindern ergehen?

Und so fügte er sich in sein Schicksal, beschloss aber zugleich, sich nach dem Urlaub als Erstes um eine günstige Mietwohnung zu bemühen.

Im Flugzeug las er in einem Boulevardblatt einen Artikel über einen bekannten Politiker, der sich während seiner dritten Scheidung darüber wunderte, wie die Liebe zwei Menschen krank machen kann. Falsch, dachte er. Nicht die Liebe macht krank, sondern der Mangel an Liebe.

Eine zehn Meter hohe Mauer aus Lavastein trennte die Straße vom Sandstrand. Die Wellen des Atlantiks rauschten im Dunkeln, am Himmel stand ein Beinahe-Vollmond. Sonnenschirme und Liegen waren am Fuß der Mauer vor der Flut in Sicherheit gebracht worden, die Palmen raschelten. Er wanderte ziellos auf der Uferstraße umher. In den Restaurants beendeten die letzten Familien mit Kindern – vor allem Briten und Schweden – ihr Abendessen. Die Terrassen nahmen so große Teile des Bürgersteigs ein, dass ihn die Entgegenkommenden immer wieder zwischen die am Straßenrand geparkten Autos abdrängten. Durch den kühlen Abend, die vom Meer herüberziehende Feuchtigkeit, das Stimmengewirr und die Musik waberte der Geruch von gebratenem Fleisch.

In der Bar beobachtete er die an der Theke herumalbernden, mit den Kellnern flirtenden, sehr gewagt gekleideten Teenies. Er war auf die Mädchen schon am Schwimmbecken des Hotels aufmerksam geworden, wo sie mit ihren Eltern in der Sonne liegend und im chemisch blauen und gleißend funkelnden Wasser tauchend den ganzen Tag verbrachten. Dabei war seine Begierde so heftig entflammt, dass ihm schwarz vor Augen geworden war, aber wenn er jetzt diese schrillen Kombinationen von Unschuld und Degeneration betrachtete, empfand er nur Irritation. Oder etwas noch Schlimmeres. Er hätte die Mädchen bestrafen mögen, für irgendwas, wahrscheinlich dafür, dass sie zufällig Spaß hatten in dem Moment, da er die größte Verzweiflung seines Lebens erlitt.

Ins Hotel zurückgekehrt, setzte er sich vor den Fernseher und naschte Oliven. Er öffnete die Tür zum Schlafzimmer und hörte aus dem Dunkel die Stimme seiner Frau. Sie forderte ihn auf, das zweite Schlafzimmer zu nehmen; sie selbst würde mit den Kindern in diesem nächtigen. Die Schlafzimmer sollten eigentlich zwischen Erwachsenen und Kindern aufgeteilt werden, aber seine Frau hatte ihre Entscheidung getroffen, und er musste sich seine Erleichterung darüber eingestehen, als er sich auf das einsame Doppelbett warf.

Nach zwei Tagen hatten sie es satt, zwischen Hotel, Strand und Restaurants hin und her zu trotten, und so mieteten sie einen Wagen, um etwas mehr von der Insel zu sehen. Im Nationalpark Timanfaya nahmen sie an einer Busrundfahrt teil; mit dem eigenen Auto kam man nicht bis zu den Kratern der Vulkane, die im 18. Jahrhundert ausgebrochen waren. Die zerklüftete Landschaft flimmerte in der Hitze und war so bedrückend, dass er lachen musste. Nicht ohne Grund war ein Teufel, der den Feuerhaken schwenkte, zum Symbol der Gegend gewählt worden: Dies war das Werk des Teufels. Er hielt es für durchaus denkbar, dass aus den jenseits der Busfenster steil abfallenden Schluchten jeden Moment Flammen schlagen konnten. Die Geschichte der Landschaft ertönte in drei Sprachen vom Band, begleitet von der ›Also sprach Zarathustra‹-Musik mit ihren bombastischen Kesselpauken, die in dem vollen Bus so laut dröhnten, dass die Kinder sich die Ohren zuhielten.

Wie würde er dies alles überstehen? Wie die Kinder und seine Frau? Wie würde es ihnen ergehen?

Zurück im Hotel quengelten die Kinder, sie wollten baden gehen, und als seine Frau sich zu ihrem obligatorischen Mittagsschlaf zurückzog, nahm er ein Sixpack Bier unter den Arm und ging mit den Kindern an den Strand. Seine Tochter spürte die Bedrücktheit ihrer Eltern und reagierte darauf mit unleidlichem Verhalten. Er verlor die Beherrschung und brüllte sie so an, dass sich sogar noch auf der Uferstraße alle Köpfe nach ihnen umdrehten. Seine Tochter brach in Tränen aus, er nahm sie in die Arme und bat um Verzeihung. Das Baden munterte die Kinder auf, obwohl das Wasser nicht gerade warm war. Er trank sein Bier und beobachtete ihr Toben, die armen Kinder. Ehepaare mittleren Alters mit ihren Scharen von Kindern faulenzten auf den Liegen, die auf dem grauen vulkanischen Sand aufgestellt waren, und die Sonnenschirme schwankten im Wind. Ein Brite pflegte seine Psoriasis, eine schläfrig wirkende ehemalige Schönheit nahm die Sonnenbrille ab, blickte sich um, als hätte sie sich einen Augenblick lang besorgt gefragt, wo sie sich wohl befand, setzte die Brille wieder auf und döste weiter.

War es dies, was er erleben sollte – wenn nicht als Erfüllung seines Lebens, so doch zumindest als eine Art Belohnung, die er sich zweimal im Jahr dadurch verdiente, dass er wie bekloppt schuftete und sich selbst und seine Angehörigen quälte? Ihr Leben, die ganze westliche Lebensweise erinnerte ihn an Geiselhaft. Sie bezahlten Lösegeld für ihre Freilassung, die niemals kommen würde. Dies war der Endpunkt im Lebensstil der Mittelklasse, das letzte Ufer der Entfremdung.

Ohne dass die Kinder es sahen, drehte er den Ehering vom Finger, der von der Hitze geschwollen war, betrachtete den Ring einen Augenblick lang und vergrub ihn dann im Strandsand.

In der Nacht fand er keinen Schlaf. Er verhedderte sich in dem verschwitzten Bettzeug, hatte das Gefühl, zu zerfallen. Durch die Dunkelheit trieben Bilder aus der Vergangenheit, von all dem, was nicht beigelegt worden war, Vater und Mutter und das ganze, von Generation zu Generation weitergereichte Erbe, das schon vor Urzeiten zu einem Fluch geworden war. An die Zukunft wagte er gar nicht zu denken. Er richtete sich auf und setzte sich auf den Bettrand, und erst da bemerkte er es: Seine Frau stand im Nachthemd und mit verstrubbelten Haaren in der Tür. Der Steinfußboden unter seinen Füßen strahlte Kälte ab, die roten Digitalzahlen im Display des Radioweckers glühten, als würde jemand die Szene beobachten. Sie konnten nichts sagen, es gab einfach keine Worte, alles erschien unmöglich und übermächtig.

Im Licht der Straßenlaternen blitzte etwas auf, und er begriff sofort. Er sprang aus dem Bett, ergriff den Stuhl und schützte sich damit. Seine Frau fuchtelte mit dem Küchenmesser, sie zitterte am ganzen Körper, in den Augen der blanke Wahnsinn. Er versuchte zu sprechen, Kontakt mit ihr aufzunehmen, aber sie war nicht mehr von dieser Welt. Es gelang ihm, ihr mit dem Stuhl das Messer aus der Hand zu schlagen, die Klinge fiel klirrend auf den Steinfußboden. Seine Frau kreischte auf und stürzte sich auf ihn. Er musste sie so heftig von sich stoßen, dass sie gegen die Wand flog und sich den Kopf stieß. Die Kinder waren von dem Lärm erwacht und in der Tür erschienen, jetzt schrien sie vor Angst. Er schickte sie zurück ins Bett. Seine Frau kauerte am Boden – mit blutendem Kopf, aber bei Bewusstsein. Über die Hotelrezeption konnte er einen Arzt rufen, der sie erst musterte und dann seiner Frau den Kopf mit vier Stichen nähte.

Er beruhigte die Kinder, bis sie einschliefen, und schloss die Tür. Seine Frau saß in der Küche und weinte lautlos. Er lehnte sich gegen die Tür und spürte, dass jetzt eine Grenze überschritten war. Seine Gefühle entluden sich durch die Müdigkeit und die Angst hindurch, seine Frau kam in seine Arme, und er drückte sie an sich so wie damals, vor Jahren, als zwischen ihnen noch die Leidenschaft loderte.

Sie waren wie zwei Schauspieler nach der letzten Vorstellung der Saison, in den Kulissen eines Stücks, das aus dem Repertoire genommen wird. Durch die angelehnte Balkontür drang Musik herein. Das vertraute Lied versetzte sie für einen Augenblick in die fantastische Zeitlosigkeit der Jugend, aus der sie allzu schnell, wie aus dem Schlaf, aufgeschreckt waren; davon hatten sie sich niemals erholt. Diese Frau hatte er geheiratet und sich vorgestellt, er werde sein ganzes Leben mit ihr teilen. Mit dieser Frau hatte er die dunklen Seiten seiner Sexualität entdeckt, und er würde niemals die Glut ihres Körpers im Mondlicht vergessen. Mit dieser Frau war er einen Augenblick lang jenem Etwas so nahe gewesen, das man als den Menschen in sich selbst bezeichnet.

Diese Frau würde er niemals wieder erreichen.

Als die Sommerferien begannen, schien es, als habe seine Frau die Realität der Scheidung und die Unwiderruflichkeit des Ganzen akzeptiert. Nach der Lanzarote-Reise hatten sie praktisch schon getrennt gelebt, obwohl die Wohnungssuche sich verzögerte, weil er sehr viel zu tun gehabt hatte. Seine Frau gestand, dass ihre Gefühle schon vor Jahren abgestorben waren, und erklärte ihr chaotisches Handeln mit der Angst davor, wie sie alle das überstehen würden. Es war traurig, aber wahr, dass das Bekenntnis seiner Frau für ihn eine ungeheure Erleichterung bedeutete.

Er hatte im Leben und bei seiner Arbeit alles Mögliche gesehen, doch noch nie hatte er so etwas erlebt wie den Moment, da sie den Kindern von der Scheidung erzählten. Die Illusion der Kinder von einer heilen Welt zerbarst ebenso, wie einst seine eigene durch den Alkoholismus des Vaters zerborsten war in der endlosen Spirale von Versprechungen und Enttäuschungen, in Angst und Sorge. Unter Schluchzen bemühte sich seine Tochter, tapfer zu versichern, dass sie sich jetzt nicht mehr diese schrecklichen Auseinandersetzungen anzuhören brauche. Sie saß auf seinem Schoß, er spürte den knochigen Körper des Mädchens, spürte, wie er pulsierte, um sein Leben kämpfte.

Am Abend des Umzugstages, kurz bevor die Arbeit im August wieder beginnen sollte, stand er in der Tür zum Zimmer seines Sohnes. Die Tochter war bei ihrer Freundin, seine Frau rumorte in der Küche. Er setzte sich aufs Bett und nahm den Jungen auf den Schoß. Weltraumspielzeug aus Plastik lag auf dem Fußboden verstreut, und er hörte jemanden durch seinen eigenen Mund sprechen: Er sagte, er wolle seinem Sohn etwas schenken. Gespannt wartete der Junge. Der Mann zog ein unsichtbares Schwert hervor. Es war ein Zauberschwert. Damit würde der Junge sich in einer schwierigen Lage selbst verteidigen können und daraus Kraft und Kampfeswillen beziehen. Er überreichte das Schwert seinem Sohn, der es, zunächst ein wenig irritiert, entgegennahm, dann aber damit einem Feuer speienden Drachen den Kopf abschlug.

An einem Oktobermorgen blätterte er in seiner Zweizimmermietwohnung in der Tageszeitung, bevor er zur Arbeit aufbrach. Ein Starjurist, der dank seines bedeutenden Vermögens schon vor langer Zeit seine aktive Laufbahn beendet hatte, wurde aus Anlass seines 60. Geburtstags interviewt. Der charmant ergraute Gentleman behauptete, seiner Generation sei es zu verdanken, dass Finnland eine internationale Erfolgsgeschichte geworden sei und dass die nachfolgenden Generationen es dadurch leicht gehabt hätten. Die Juristen seiner Altersklasse mit ihren Sprachkenntnissen und ihrem Lernhunger seien der entscheidende Faktor gewesen; der habe den Durchbruch des finnischen Know-how auf den Märkten ermöglicht, die sich im Dickicht der internationalen Gesetze und Verträge öffneten. Seine Generation habe Finnland so gelenkt, dass das Land von einer düsteren Regulierungswirtschaft zu einem Teil Europas, einem Teil der Welt geworden sei.

Er konnte nicht anders, er musste einfach lachen über die Selbstgefälligkeit des älteren Kollegen, der sich der Realität vollkommen entfremdet hatte. Hätte er nur mal aus dem Fenster geschaut, dann hätte er den Wirbelsturm bemerkt, in dem die jüngeren Generationen ihre Arbeit tun und um ihren Platz kämpfen mussten. Sie lebten ständig wie kurz vor dem Weltuntergang. Von Jahr zu Jahr schwollen die Verträge zu immer gewaltigeren Sachkomplexen an, und die Prozesse wurden immer komplizierter. Die Arbeit des einzelnen Juristen verlor immer mehr an Bedeutung, aber zugleich nahmen der Stress und die Anforderungen zu. Er musste noch mit vierzig in der Angst leben, dass er nicht wirklich etwas konnte oder wusste, dass er ein Niemand und ein Nichts war. Dass ihn früher oder später jemand durchschauen, sein Innerstes sehen und ihn entlarven würde. Insgeheim erwartete er das vielleicht und schwelgte in schwachen Momenten in dem Gedanken, dass er sich wahrscheinlich als noch erbärmlicher erweisen würde, als er selbst befürchtet hatte.

Er hatte immer sein Bestes gegeben, und was war aus ihm geworden? Ein moderner Mensch, ein Jedermann, ein wandelnder Aktenkoffer.

Aber nach der Auseinandersetzung, die er zugunsten seiner Frau und der Kinder berechnet hatte, war er frei. Er boxte die Routinesachen durch, die ihn nicht weniger interessieren konnten, kam aber überraschend schnell über das Schlimmste hinweg und fühlte sich mutiger und stärker denn je. An den leeren, einsamen Abenden vertiefte er sich in seine Arbeit, um gegen die Angst vor dem Alkoholismus anzukämpfen, wühlte sich durch Paragrafen und Verordnungen, las Ermittlungsakten, Gutachten, Buchführungsunterlagen und Berichte. Gewöhnlich zahlte sich das bei Gericht aus; was gewonnen werden konnte, das gewann er meistens auch.

Nicht immer brachte das Abreagieren seiner verdrängten Überlegungen durch Arbeit ebenso ehrenvolle Ergebnisse. Ein paar Mal reichte der von den Fakten gebotene Beweis nicht aus, und sein Auftreten artete in persönliche Demütigung des Gegners und blutgierigen Siegeswillen aus. Hinterher schämte er sich deswegen, nicht zuletzt deshalb, weil er schon immer Schwierigkeiten damit gehabt hatte, die weniger edlen Züge seines Berufsstandes zu ertragen, etwa das Berechnende und das Sichbereichern an der Not anderer.

Der Herbst verging, er besuchte Fitnessstudio und Schwimmhalle und bemühte sich, möglichst viel Zeit mit den Kindern zu verbringen. Die schienen sich mit der Situation abgefunden zu haben, zumindest kamen sie in der Schule ganz löblich zurecht. Manchmal drängte es ihn, zu seiner Frau zu rennen und zu sagen, es tue ihm leid, er sei ein Monster und an allem schuld. Er hätte ihr gern versichert, dass alles ein einziger großer Irrtum gewesen sei und sie noch einmal versuchen sollten, einander zu finden. Dass er allein es nicht schaffen werde. Niemand schaffe es allein.

Aber er schaffte es. Er beschloss, es zu schaffen. Er durchschritt seine Einsamkeit, kam auf der anderen Seite heraus und erkannte mit beängstigender Klarheit nicht mehr und nicht weniger als den Sinn seines Lebens.

Aus dem Finnischen
von Angela Plöger

Tuuve Aro

Taxi Driver

Als die Eier fertig waren, schreckte Simo sie mit kaltem Wasser ab. Die heiße Schale brannte trotzdem an den Fingern. Die Brotscheiben bestrich er mit Pfefferfrischkäse, legte sorgfältig geschnittene Eierscheiben drauf. Dann streute er Salz und Dill drüber und wickelte das Ganze in Butterbrotpapier. Blieb nur noch, den Kakao zu kochen.

Simo kämmte sich die Haare. Er legte den Hemdkragen über den Wollpullover, steckte ihn kurz darauf wieder zurück. Er rieb Schmutz von den Schuhspitzen, blickte auf die Uhr, legte den Hemdkragen wieder über den Pullover und ging zwei Mal zum Küchenfenster. Er drehte den Verschluss der Thermoskanne fester und packte den Proviant in seinen grünen Rucksack.

Die niedrige Januarsonne warf helle Flecken auf das gegenüberliegende Dach. Regungslos stand Simo in der Küche und verfolgte ihr Schwinden. Unmerklich wechselten das Dach und die Schornsteine ihre Farbe, bis von der Sonne nur noch ein gelblicher Schimmer übrig war. Dann verschwand auch der, und das ziegelrote Dach war von Dunkelheit umhüllt.

Simo kontrollierte sein Handy – keine Nachrichten. Er richtete den Schallplattenstapel; die Platten bräuchten ein neues Regal. Er setzte sich aufs Sofa und begann zu schreiben. Als er den Kopf hob, sah er vor sich die Fensterreihen der Häuser, wie tausend Augen.

Drinnen war es schon dunkel. Der Laptop surrte leise, in der Nachbarwohnung betätigte jemand die Klospülung. Ansonsten herrschte Ruhe.

Der Kakao in der Thermoskanne war kalt geworden. Keine Nachrichten auf dem Handy. Da klingelte es. Simo ging ran, meldete sich aber nicht.

»Es tut mir leid«, tönte Helinäs Stimme. »Ich hab's vergessen, ich hab's einfach vergessen. Können wir den Ausflug ein anderes Mal machen?«

»Nein.«

»Wie, nein?«

»Es gibt kein anderes Mal. Der Ausflug war heute.«

Damit beendete Simo das Gespräch und schaltete das Handy auf lautlos. Sein Magen fühlte sich hohl an; er wickelte ein Eierbrot aus und aß es. Dann schrieb er weiter.

Irgendwas im Polster des Sofas drückte, aber es war weder eine Fernbedienung noch ein Kinder- oder Hundespielzeug. In der Wohnung einer anderen Person wäre das gut möglich gewesen, dachte Simo und betastete den Gegenstand durch den Polsterstoff hindurch. Er war hart und hatte eine undefinierbare Form.

Kurz darauf war vor dem Haus ein Motorengeräusch zu hören. Simo hob den Kopf, stand auf und trat ans Fenster.

Unten ließ ein Taxi den Motor laufen, noch war niemand zu sehen. Schließlich öffnete sich eine der hinteren Türen, und Helinä stieg aus. Auf dem schneebedeckten Eis geriet sie kurz ins Rutschen, blieb dann steif stehen. Ihr Atem bildete weiße Wölkchen.

Simo wich vom Fenster zurück.

Unten schlug die Autotür zu, kurz darauf klingelte es. Simo

regte sich nicht. Das Klingeln hielt an, mehrmals kurz, dann beharrlich lang.

Irgendwann verstummte der Lärm. Simo trat wieder ans Fenster. Die Abgasschwaden am Heck des dunkelgrünen Fahrzeugs wirkten in der Straßenbeleuchtung gelblich. Helinä ging zurück zum Taxi, rutschte aus und machte eine Bauchlandung. Die Vordertür öffnete sich, und eine Frau in Lederjacke eilte herbei. Sie war blond und schlank, hatte jedoch breite Schultern. Mit ihrer Hilfe rappelte sich Helinä wieder auf.

Kurz darauf fuhr das Taxi mit den beiden Frauen davon. Simo sah die Scheinwerfer über die parkenden Autos am Straßenrand, über Häuserwände und Fenster wischen, die noch immer wie tausend Augen starrten.

Am nächsten Morgen war das Wetter milder. Draußen schienen weniger Menschen unterwegs zu sein. Ein Mann führte seinen schmuddelig aussehenden Hund Gassi, über seine Wange lief eine lange Narbe.

Simo betrat einen Friseursalon. Er setzte sich auf einen Kunstlederstuhl und bekam ein Plastikcape umgehängt, unter dem er schwitzte. Vor dem Schaufenster wurde renoviert, es krachte und dröhnte. Die junge Friseurin trug eine schwarze Stachelfrisur, die an eine Fakirmatte erinnerte, und schwere Ohrringe, die unentwegt baumelten.

»Mal ein bisschen was anderes? Eine kleine Abwechslung?«
»Nein. Den Nacken kurz.«

Das Dröhnen ging weiter. Simo schwitzte. Er hatte Mühe still zu sitzen, spannte unter dem Umhang die Beinmuskeln an. Die Schere schnippte in Ohrläppchennähe.

»Gerade im Urlaub?«
Simo schwieg einen Moment.
»Nein. Gibt keinen Urlaub. Oder doch, wenn man so will,

aber nicht im eigentlichen Sinne. Ich bin Schriftsteller, also immer am Arbeiten. Und irgendwie auch immer im Urlaub.«
Er wollte weitersprechen, doch der Lärm draußen nahm zu, und so schwieg er.
»Das ist sicher spannend.«
»Was?«
»Na ja, so frei zu sein.«
»Nein. Ist es nicht.«
Das Mädchen straffte die Schultern.
»Den Scheitel rechts?«
Draußen auf der Straße stand ein Mann auf einem Baugerüst. Er war groß und kräftig, seine Muskeln traten sogar unter dem blauen Arbeitsanzug hervor. Er bearbeitete etwas mit dem Hammer und riss Blechbahnen ab, Genaueres konnte Simo von unten nicht sehen. Er versuchte, zwischen Gerüst und Hauswand hindurchzugehen, doch der Weg wurde ihm von einem Stapel Rohre versperrt. Als er kehrtmachte, ließ der Mann ein Blechstück herunterfallen. Mit einem Knall landete es vor Simos Füßen.
»Verdammt!«, brüllte der Mann, »das war knapp!«
»Aber daneben«, sagte Simo.
»Ich hab auch nicht gezielt«, entgegnete der Mann, jetzt grinsend, und stützte sich mit beiden Armen aufs Gerüst.
»Hör mal«, fuhr er fort und pulte Kautabak unter seiner Oberlippe hervor, »jetzt, wo du da unten stehst und ich hier oben, könntest du mir vielleicht das Zeug anreichen? Dann muss ich nicht immer rauf- und runterklettern.«
Mit dem Kopf im Nacken sah Simo zu dem Mann hoch. Dann auf die neuen Blechstücke am Straßenrand. Groß und rotbraun. »Klar«, sagte er.
Er bückte sich. Das Blech war überraschend schwer und ließ sich nur zehn Zentimeter anheben. Simo ächzte, griff er-

neut zu, spannte alle Muskeln an und drückte – das Blech nun schon auf Brusthöhe – den Rücken durch. Als er versuchte, es über den Kopf zu heben, ging es nicht mehr höher. Stattdessen schwankte es bedrohlich hin und her.

Der Mann machte keine Anstalten ihm zu helfen, lehnte nur an seinem Gerüst und pulte unter der Lippe. »Geht wohl nicht höher?«

»Doch, doch.« Simos Stimme war rau.

»Jawoll, jawoll!«, feuerte der Mann ihn an.

Doch Simos Kräfte versagten, das Blech fiel polternd auf den Asphalt.

Ohne etwas zu sagen, spuckte der Mann seine Kautabakreste über die Schulter und stieg vom Gerüst. Er schnappte sich das Blech, als wäre es ein schlappes Plastikteil, und war mit einem Satz wieder oben.

Simo stand einen Moment unschlüssig herum; in seiner rechten Handfläche schmerzte noch die scharfe Blechkante. Dann machte er sich auf den Heimweg.

Am Taxistand beim Marktplatz sah er die Frau mit der Lederjacke. Sie telefonierte und sog beim Rauchen die Wangen ein. Simo verlangsamte den Schritt und ging näher heran. Die Frau rief: »Alles klar!«, drückte die Zigarette an der Taxirufsäule aus und war mit zwei schnellen Schritten in ihrem Wagen. Simo sah noch kurz ihr blondes Haar aufleuchten, dann war das Taxi fort.

Zu Hause begutachtete er seine Frisur. Die Seiten und der Nacken waren kurz, doch an der Stirn hatte das Mädchen ein paar überflüssige Zentimeter stehen lassen. Simo wollte sie abschneiden und hatte die Schere schon aus dem Spiegelschränkchen genommen, als er es sich wieder anders überlegte. Er entdeckte ein paar Haare auf seinem Kragen. Also zog er das Hemd aus und legte es in die Wäsche.

Dann rief er Helinä an. Ihre Stimme klang weit entfernt.

»Entschuldige wegen gestern«, sagte er. »Ich hatte mich nun mal mental drauf eingestellt und war fertig vorbereitet. Und dann.«

»Was, und dann?«

»Dann war ich enttäuscht und konnte das nicht sofort überwinden. Aber jetzt ist es in Ordnung. Hast du meine Nachricht bekommen? Wegen der Vorstellung heute Abend?«

»Ja.«

»Soll richtig toll sein, wird sehr gelobt. Und die Plätze sind auch gut, zweite Reihe Mitte.«

»Also, ich weiß nicht.«

»Zur Versöhnung, dachte ich.«

Helinä war einen Moment still. »Okay. Halb sieben vorm Savoy-Theater.«

Unter der Dusche trällerte Simo vor sich hin. Dabei verschluckte er Wasser und bekam einen Hustenanfall.

Nass sahen seine Haare richtig gut aus. Er trocknete sich ab, zog ein sauberes Hemd und die graue Hose an. Er suchte Charlie Parker aus dem Schallplattenstapel hervor, blies etwas Staub vom Vinyl und legte die Platte schon mal auf, abspielen würde er sie jedoch erst nach dem Theater. Auf dem Esstisch stellte er eine Rotweinflasche und zwei Gläser bereit. Die Zutaten für einen Salat lagen im Kühlschrank. Sollte er ihn schon vorbereiten? Nein, er würde nur in sich zusammenfallen.

Vor dem Savoy hielten Taxis mit festlich gekleideten Leuten, die Fahrer waren stets Männer.

Simo stand unter der Überdachung und sah den Straßenverkehr vorbeiziehen, nass glänzende Motorhauben und Scheinwerfer, die über Schaufensterscheiben glitten. Auf der Rückbank eines Mercedes küsste ein großer Bärtiger eine zierliche

Frau im Pelz. Der Mann hielt sie mit beiden Händen umfasst und begrub sie beinahe unter sich. Die Frau zappelte, auf der Wange des Bärtigen leuchtete hellroter Lippenstift. Dann fuhr der Mercedes weiter.

Zwei Frauen fielen einander in die Arme.

»Wie schön, dich zu sehen!«

»Absolut! Und toller Schal!«

»Danke, grade erst gekauft!«

Von weiteren Frauen in Stöckelschuhen gefolgt, betraten sie das Foyer. Simo stand als Einziger vor der Tür.

Drinnen gaben die Leute ihre Mäntel an der Garderobe ab, umarmten sich und stießen hier und da mit Kognak an. Ein weiteres Taxi hielt vor Simo, aber die Frau, die ausstieg, war nicht Helinä, sondern eine stämmige Ältere mit Haarteil, die an einer Pfütze ihren Rocksaum hob. Simo hielt ihr die Tür auf; ohne ein Wort des Dankes eilte die Frau ins Foyer.

Dort leerte es sich allmählich, und die Vorstellung begann. Die Männer von der Garderobe lehnten sich auf die Theke und lachten über etwas. Einer zeigte in Simos Richtung, doch Simo wusste, dass nicht er gemeint war.

Er sah an sich herab: Seine Schuhe waren schneematschbesprenkelt, auch die Umschläge der grauen Hose waren schmutzig.

Vor ihm zog weiter der Verkehr vorbei. Am Himmel glomm, von Wolken leicht verhangen, eine schmale Mondsichel. Simo stellte seinen Kragen auf.

Wieder drückte etwas im Sofa. Simo tastete und knetete, konnte den Gegenstand im Polster hin- und herbewegen. Gedankenverloren strich er über den Knubbel.

Der leere Bildschirm starrte ihm entgegen, das Surren des Geräts schien die ganze Wohnung zu erfüllen. Simo schrieb ein paar Sätze, löschte sie wieder. Er stand auf, ging einmal im Kreis und stellte das Radio an. Eine Frau, die Gedichte schrieb, erzählte von den Narben auf ihrem Körper. Sie reichten vom Bauch bis zu den Knien und waren körperlicher wie seelischer Natur. Simo verließ die Wohnung für einen Spaziergang.

Am Taxistand ging er langsamer und blieb schließlich stehen. Der erste Fahrer in der Schlange blickte ihn fragend an. Simo schüttelte den Kopf, wühlte in seiner Jackentasche und holte das Handy hervor, tat, als würde er eine Nachricht schreiben. Als das erste Taxi davonbrauste, rückte das grüne Fahrzeug mit der blonden Fahrerin auf. Simo steckte das Handy wieder ein.

Er setzte sich auf die Rückbank. Die Frau schien nicht auf Anweisungen zu warten, wühlte stattdessen im Fußraum vor dem Beifahrersitz. Simo sah ihre lederumspannten Schultern und den schmalen Nacken, an dem links und rechts ihre blonden Haare hinabfielen.

Der Motor lief im Leerlauf. Die Frau wühlte weiter. Schließlich richtete sie sich mit einer Banane in der Hand wieder auf.

»Tschuldigung, das muss jetzt sein.« Sie wandte sich Simo zu. »Mein Blutzuckerspiegel.«

Ihre Stimme klang überraschend zart. Sie lächelte und schälte dabei die Banane, ihre Hände zitterten leicht.

»Eigentlich wollte ich schon vor dieser Tour aufhören und was essen gehen, aber dann bin ich doch noch mal hergefahren«, erklärte sie kauend. »Der Taxameter ist aus, hoffentlich haben Sie es nicht allzu eilig.«

»Hab ich nicht.« Simo spürte, wie seine Gesichtszüge sich entspannten. »Ich kenne das Problem.«

Die Frau sah ihn im Rückspiegel an. »Blöd, man weiß es nie im Voraus. Plötzlich wird einem schwarz vor Augen.«

»Ganz genau.«

»Wo soll's hingehen?«, fragte sie nach einer kurzen Pause, jetzt mit kräftigerer Stimme.

»Ich muss ... was holen.« Simo zögerte. »Kasarmikatu 34.«

Die Frau stopfte die Bananenschale in einen kleinen Plastikbeutel und tippte die Adresse ins Navigationsgerät.

Sie fuhren durch die nächtliche Stadt. Rechts und links zogen die Fensterreihen entlang, fast jedes Fenster dunkel, die Ampeln waren schon auf Blinklicht geschaltet. Die Frau regelte die Innentemperatur.

»Gut so?«, fragte sie mit einem Blick in den Rückspiegel.

»Ja.«

Simo lehnte sich zurück und schaute aus dem Fenster, das von ersten Regentropfen besprüht wurde. Als sie durch eine große Pfütze fuhren, spritzten Wasser und Eisstückchen auf. Die Frau lenkte den Wagen routiniert. Ihre Finger waren schmal und unberingt, die Nägel nicht lackiert.

Simo schloss die Augen. Er vernahm das sanfte Brummen des Motors, das Auto fuhr sicher und beruhigend. Als die Bewegung stoppte, schreckte er auf.

»Eingeschlafen?«, fragte die Frau. Simo blinzelte. Sie waren in der Kasarmikatu. Die Frau hatte sich ihm halb zugewandt, ihr lederbedeckter Arm lag auf der Lehne.

»Hmm, nein.« Simo räusperte sich. »Könnten Sie kurz hier warten? Ich hole nur eben was.«

Simo stieg aus und ging auf Kaukos Haustür zu. Die Klingelanlage war abgeschaltet. Er rief Kauko mit dem Handy an, doch der antwortete nicht. Nieselregen fiel auf Simos Haare und Schultern. Er tat, als würde er telefonieren, konnte jedoch nicht sehen, ob die Frau ihn beobachtete. Schließlich sagte er laut »Tschüss« und lief zum Auto.

»Mein Freund war doch nicht zu Hause«, erklärte er, plötzlich außer Atem. Er fummelte am Sicherheitsgurt, der zu klemmen schien. »Zurück nach Hause also.«

»Und wo ist das?«

»Ach so, am Marktplatz Hakaniemi, ganz nah an Ihrem Taxistand.«

Die Frau griff zur Gangschaltung, das Taxi setzte sich in Bewegung.

»Ich wollte eigentlich einen Roman abholen«, erklärte Simo. Sein Atem wollte sich nicht beruhigen. »Meinen eigenen. Er ist vergriffen, und ich habe selbst kein Exemplar mehr, aber ich brauche ihn.«

Die Frau schwieg.

»Ich frage mich, ob das überhaupt mein Ding ist. Ob ich mich da nicht sinnlos abstrample, mir umsonst die Ärmel hochkremple. Obwohl, die Ärmel muss man sich in diesem Job ja nicht mal hochkrempeln.« Nach einer Weile setzte er noch ein »Tja« hinterher.

Vor ihnen zog ein alter Mann mit Schirmmütze einen Schlitten voller Zeitungen. Das musste schwer sein; Simo konnte sich das Kratzen der Kufen auf dem gestreuten Gehweg vorstellen.

»Wie wär's mit Radio?«, fragte er.

Die Frau drückte auf die Armatur. Das Nachtprogramm des Jazzsenders, träge strömte »Body and Soul« in den Innenraum. Im Rückspiegel sah Simo die braunen Augen der Frau, die ruhig den spärlichen Verkehr im Blick behielten.

Im Auto perlten die Rhythmen, an der Windschutzscheibe die Regentropfen. Die gelben und neonblauen Lichter draußen verschwammen zu vibrierenden Bändern.

Der Mann mit dem Schlitten war stehen geblieben. Eine Hand hielt das Schlittenseil, die andere lag auf seiner Brust, als würde er sich ans Herz fassen.

Simo ließ den Blick weiterwandern, spürte dabei das Gewicht seiner Arme und Beine. Dann blickte er auf den Nacken der Frau und schluckte dreimal.

»Ich war ganz in die Musik vertieft«, sagte er, »Charlie Parker ist mein Lieblingsmusiker.«

»Wer?«

»Charlie Parker. Ein Saxofonist. Wie der gespielt hat, das ist wie Fliegen.«

Die Frau kniff ihre braunen Augen zusammen und legte lauschend den Kopf schräg.

Frühmorgens stand Simo vor dem Kühlschrank und betrachtete die Salatzutaten. Er versuchte zu essen und schaffte eine Tomate.

Er setzte sich aufs Sofa und tastete nach dem seltsamen Klumpen. Hart und undefinierbar.

Simo holte das Brotmesser aus der Küche und schlitzte das Sitzkissen auf. Nichts zu sehen. Er schlitzte auch das andere Kissen auf, holte die flockige Füllung heraus, mit demselben Ergebnis.

»Dann nicht«, sagte er laut, dazu entschlüpfte ihm ein Kichern. Mit einer zackigen Bewegung warf er das Messer auf den Boden. Leicht federnd blieb es mit der Spitze im Holz stecken.

Er legte eine Parker-Platte auf und verfolgte das regelmäßige, verlässliche Kreisen des Vinyls. Die alte Diamantnadel fuhr langsam die Rillen ab, wanderte unaufhaltsam auf die Mitte zu.

Simo machte ein paar Tanzschritte, bewegte die Finger, als würde er Saxofon spielen. Als er nach draußen blickte, sah er die tausend Augen wieder zu normalen Hochhausfenstern werden. Simo trat an seines.

Er öffnete es und sog die kühle Nachtluft ein. Leicht und sauber fühlte sie sich an. Unten auf dem Hof erkannte er das grüne Taxi, aus dem soeben die Frau stieg, die blonde Frau mit der schlanken Silhouette und den breiten Schultern. Sie schaute herauf und winkte ihm zu.

Simo schnappte die Rotweinflasche vom Tisch und hechtete mit ihr aus dem Fenster. Er landete weich auf dem feuchten Rasen und rannte zu der Frau hinüber, die ihre Arme weit ausbreitete. Sie küssten sich gierig und setzten sich ins Taxi. Simo als Fahrer, der mit den Zähnen die Weinflasche öffnete, die Frau auf dem Beifahrersitz.

THE END

*Aus dem Finnischen
von Elina Kritzokat*

Eeva Tikka

Langsame Leidenschaft

Ich will natürlich nicht stören. Wenn etwas kommen soll, dann wird es auch kommen. Man darf die Zeit nicht stören, nicht das Schicksal, auch nicht einen anderen Menschen. Die Zeit lässt die Dinge schon von selbst heranreifen; das Schicksal betrachtet das Leben aus einem viel weiteren Blickwinkel als das Auge des Menschen, und der Mensch, ich und der andere, hat für jedes Ding seine Zeit, wie es schon in der Bibel im Buch der Prediger heißt.

Dieses Sommerhäuschen im Schrebergarten ist ein guter Ort, um in aller Ruhe zu beobachten; ein Logenplatz für einen Menschen, der sich nicht zu Tode hetzen will. Die Kartoffel blüht, wenn es Zeit für sie ist zu blühen, abhängig vom Verlauf des Sommers, vom Wetter und vom Zeitpunkt der Aussaat; sie blüht mit weißen und bläulich roten Blüten, die man gerne bewundern darf, denn auch die Kartoffelblüten sind ja Blumen. Aber wenn die Blüten sich öffnen, darf man noch nicht die Kartoffelpflanze mitsamt den Wurzeln aus der Erde reißen; man muss sich gedulden, bis die Knollen herangewachsen sind. Man muss warten, bis die Zeit der Blüte vorbei ist und statt der Blüten die grünen, giftigen Beeren zwischen den Blättern baumeln, wobei allerdings nicht alle Kartoffelarten Beeren bekommen. Aber wenn es jemanden zu sehr in den Fingern juckt, kann er diese auch etwas vor der Zeit in die dunkle

Gartenerde hineinstecken und tasten: Ob die Fingerspitzen wohl die eine oder andere Knolle finden, die man vorsichtig von den Wurzeln lösen könnte, behutsam, ohne die anderen, kleineren beim Wachsen zu stören? Wenn das Tasten erfolgreich ist, darf man beinahe heimlich davon naschen, aber man muss noch warten, bis man die Kartoffelpflanze mitsamt den Wurzeln herausziehen kann, sodass die schönen, glänzenden Knollen einem geradezu entgegenkullern wie auf das Tablett des Lebens. Dann braucht man sich bloß zu bedienen: Es ist angerichtet. Aber es braucht seine Zeit. Ungeduld kann viele gute Dinge verderben.

Außerdem, sie ist ja da. Da drüben sind ihr Sommerhäuschen und ihr Beet. Uns trennt nur eine Weißdornhecke, eine dichte und gepflegte natürlich; die habe ich schließlich eigenhändig fleißig zurechtgestutzt. Dahinter befinden sich ihre Apfelbäume, ihr Kartoffelbeet, ihre Blumen; Rosen, die nirgendwo so herrlich blühen wie dort, unter ihrer meisterlichen Hand. Die weiße Kletterrose heißt Polarstern.

So nah ist sie, in derselben Welt wie ich, und die Hecke ist unser gemeinsamer Zaun; ein Zaun, der nicht trennt, sondern verbindet. Wenn ich mich recke und hinüberblicke, kann ich ihre Rosen sehen. Uns verbindet all dieses Wachstum, das Grüne, der Duft nach Gartenerde und den Blättern der Schwarzen Johannisbeere. Wir atmen dieselbe Luft. In allem ist sie nah, und ich genieße das, so wie ich es genieße zu wissen, dass auch in diesem Augenblick die runden, glatten, kleinen Kartoffeln in der Erde wachsen. Sie sind noch nicht reif genug, um ausgegraben und gegessen zu werden, aber das Warten ist mir nicht zuwider, sondern ein Teil des Genusses, lebendig zu sein.

Und wer würde schon einen halb reifen Apfel essen wollen? Wenn ich am einzigen Apfelbaum in meinem Garten vorbeigehe, erkenne ich am Duft, wann die Zeit der reifen Äpfel ist. Jetzt noch nicht.

Warten zu können gehört zur Weisheit des Menschseins.

Sie kommt nicht jeden Tag in ihr Sommerhäuschen. Ich finde es nicht schade und bin dann auch nicht enttäuscht, denn auch an diesen Tagen ist ihre Anwesenheit spürbar. Wenn ich ihren Garten betrachte, betrachte ich sie. Sie selber könnte ich ja gar nicht so freimütig betrachten; es wäre sicher peinlich. Manchmal wechsele ich über die Hecke hinweg das eine oder andere Wort mit ihr, sehe sie bei den freiwilligen Arbeitseinsätzen der Schrebergartengemeinschaft und anderen Anlässen, und dann sehe ich sie an, so wie man andere Menschen eben ansieht, aber ein intimes, persönliches Betrachten, das ist etwas ganz anderes. Diesen Grad hat unser Beisammensein noch nicht erreicht, kann es noch gar nicht erreicht haben; die Zeit ist noch nicht reif. Aber in ihren Garten blicke ich, als blickte ich in ihre Augen und ihre Seele; er ist so schön, dass ich verlegen werde, als stünde ich vor ihr, und das ist eine glückliche Verlegenheit. Sie hat in ihrem Garten mehr Blumen als ich, auch alte, traditionelle Sorten: tief blaurote Akeleien, süß duftende Seifenwurz, Brennende Liebe. Welche dieser Blumen entspräche ihr wohl am besten? Sicher nicht die Seifenwurz; zu gewöhnlich.

Ich warte und beobachte und könnte mich fast glücklich nennen. Später regnet es etwas; es tröpfelt auf die Blätter meines Apfelbaums. Heute kommt sie sicher nicht mehr. Ich verspüre einen Anflug von Wehmut, aber dann fällt mir wieder ein, dass morgen ein neuer Tag ist, und übermorgen auch, und immer so weiter, bis der Winter erreicht ist. Aber so lange werde ich nicht warten, sondern nur, solange sich das Warten gut anfühlt. Dieser Tag ist bald vorbei; er neigt sich schon der Dämmerung entgegen. Der Igel krabbelt unter dem Spierstrauch hervor und hastet zu seinem Futterplatz, trinkt erst Wasser und frisst dann. Ich habe ihm ein paar kleine Heringe bereitgelegt; wenn ich den Igel zufriedenstellen kann, wieso sollte ich es dann nicht tun? Ich habe ihm einen Winterschlafkasten gebaut, hinter dem Sommerhäuschen, an der Wand des Gartenschuppens, an einem geschützten Ort. Wenn der Igel ordentlich frisst, gelingt sein Winterschlaf besser, und ich möchte, dass er erfolgreich auf meinem Grundstück überwintert.

Doch meine Gefühle werden keinen Winterschlaf halten müssen, darauf vertraue ich. Der Mensch ist kein wechselwarmer Igel. Gefühle brauchen Brennstoff, um am Leben zu bleiben, und es wäre hart, den Winter über zu warten.

Jetzt fährt das Paar aus dem Nachbarhäuschen auf der anderen Seite heim; sie übernachten nie hier und wissen deshalb auch nicht, wie die Nacht im Garten ist; sie wissen nichts von den Pfaden der Schnecken und dem Rascheln der Igel; sie haben den Flug der Eule nicht gesehen und den Ultraschallruf der vorbeihuschenden Fledermaus nicht erahnt.

Dann, als ich auf gar nichts mehr warte, höre ich sie kommen. Der Sand des Weges knirscht unter ihrem Rad, das Tor wird aufgeschoben, und dann höre ich ihre Schritte hinter der Hecke. Sie kommt; warum kommt sie so spät? Vielleicht hat sie Gäste, die über Nacht bleiben; sie hat den Abend mit ihnen verbracht und will nun hier übernachten, damit die Gäste Platz haben. Wie auch immer, sie ist gekommen; sie hat keine Angst davor, über Nacht in ihrem Sommerhäuschen zu sein. Vielleicht macht es ihr Mut, mich schlafend im Nachbarhäuschen zu wissen. Sie fühlt sich sicher, wenn ich da bin.

Ich bin auch ganz Ohr, wenn ich schlafe; die ganze Nacht lang höre ich sie atmen. Ich werde oft wach, alles in mir ist wachsam, und irgendwann möchte ich gar nicht mehr einschlafen. Der Schlummer reicht mir weiche Ohrstöpsel, aber ich nehme sie nicht an: Wieso sollte ich wollen, dass die Nacht so schnell vergeht, wenn ich doch sie in meiner Nähe habe? Uns verbindet das schummrige Dunkel des Gartens, um die zehn Meter freundliche Dämmerung von ihrem Bett bis hinein in meines. Das ist ein starkes Band, stärker als das Licht. Ich liege bis zum Morgen wach. Das also ist Leidenschaft?

Am Morgen sehe ich sie vor ihrem Sommerhäuschen, und sie sieht aus wie eine ganz normale Frau, nicht unbedingt wie ein Objekt der Begierde. Ich verstecke die vergangene Nacht, lasse sie ein Geheimnis bleiben. Über die Hecke hinweg wünsche ich ihr einen guten Morgen und sehe sie an, wie man einen Menschen für gewöhnlich ansieht, aber in meinem Innersten sehe ich sie auf eine andere Weise an. Noch ist es nicht an der Zeit, mich und sie zu offenbaren – wenn ich mich ihr offenbare, wird auch sie offenbart. Das macht mir ein wenig Angst. Es ist noch nicht an der Zeit.

Aber die immer dunkler werdenden Abende sind ein Zeichen, und eines Tages gehe ich zu meinem Kartoffelbeet, bündele die Stängel einer Kartoffelpflanze in der Hand und ziehe einmal kräftig. Ein Teil der Knollen kommt mit den Wurzeln heraus, den Rest klaube ich aus der Erde: Sie sind groß genug, um gegessen zu werden, und es sind viele. Keine Spur von Kraut- und Knollenfäule an den Blättern; es war ein guter Sommer für die Kartoffeln. Geregnet hat es zwar, aber nicht zu viel. Ich nehme so viele, wie ich heute brauche, den Rest werde ich dann im September ernten. Bis dahin wachsen die restlichen Kartöffelchen weiter, werden auch diese Kügelchen noch zu richtigen Knollen. Wenn die Wühlmäuse mir beim Ernten keine Konkurrenz machen.

Einer Person reichen diese Kartoffeln über den Winter. Im Moment sehe ich mich noch als einsamen Esser. Sie hat auch ein Kartoffelbeet, aber viel kleiner als meines. Ich habe dann und wann einen Blick darauf geworfen und bin zu dem Schluss gekommen, dass die Ernte bei ihr ohnehin nicht besonders üppig ausfallen wird. Sie hat kein Händchen für Kartoffeln, aber dafür umso mehr für ihre Blumen; die blühen prächtig. Ich konzentriere mich auf Kartoffeln, Zwiebeln und Karotten. Augenschmaus gibt es in meinem Garten nur spärlich, aber dafür kann ich einen solchen heimlich über die Hecke hinweg genießen, schauen, so viel mein Herz begehrt: geheimnisvoll blaue Akeleien, Brennende Liebe.

Diese Kartoffeln reichen sicher auch für sie. Sie sind schön wie Äpfel, helle Kugeln, obwohl sie in der Erde gewachsen sind: Es sind ja Erdäpfel. Ich glaube, sie sind in diesem Sommer sogar zu schön, um Kartoffeln zu sein; sie sind fast schon poetisch, aber das ist wohl kein Omen. Ob glattwangig oder runzelig, es sind Kartoffeln. Und wenn die Schale dicker und die Knolle größer wird, sehen sie auch nicht mehr so zart aus wie jetzt. Ich beschließe, ihr erst im September welche zu geben, am eigentlichen Kartoffelerntetag. Man muss die Eigenschaften der Dinge erspüren und danach handeln.

Ich bleibe die meiste Zeit über im Sommerhäuschen, meine Wohnung betrete ich nur, um die Kleidung zu wechseln und die Wäsche zu waschen, um die Balkonpflanzen zu gießen und ab und zu auch die Kakteen auf der Fensterbank. Die Augustnächte werden dunkler und sie übernachtet nicht mehr hier. Hat sie am Ende doch Angst vor der Dunkelheit? Ich würde ihr gern sagen, dass sie keine Angst zu haben braucht, weil auch ich hier übernachte. Ich würde ihr gern sagen, dass sie nicht allein ist. Aber sie könnte das als Andeutung missverstehen.

Eine Amsel erscheint, um den Garten nach Brauchbarem zu durchsuchen. Der pummelige Igel wuselt etwas schwerfällig unter den Büschen umher. Im Frühsommer waren es zwei Igel, einer war kleiner, ein Weibchen. Ich beobachtete belustigt ihr Balzverhalten: Sie schienen nicht über den Anfang hinauszukommen. Das Männchen lief dem Weibchen hinterher, die Nase an ihrem Hinterteil; sie drehten schier endlose Runden auf dem Rasen. Das alles gehörte wohl zur Vorbereitung, aber den eigentlichen Paarungsakt sah ich nicht, weil ich vom überlangen Vorspiel genug hatte und schlafen ging.

Dann kommt eine Vollmondnacht im August, und ich mache fast kein Auge zu. Sie müsste jetzt hier sein, denke ich, dies wäre die richtige Nacht, um gemeinsam wach zu bleiben. Der Mond scheint hell auf den Rasen, aber unter dem Apfelbaum liegt ein undurchdringlicher Schatten. Wenn ich dort sitzen würde, wäre ich ein Teil des Schattens und des Nichtexistierens, leicht, unbekümmert, würde mir keine Gedanken machen um das, was vielleicht geschieht. Oder nicht geschehen wird.

Die Mondscheinnächte vergehen, und die Äpfel reifen. Einer ihrer Apfelbäume streckt einen Ast über die Hecke hinweg auf meine Seite. Es ist ein Roter Sommerzimtapfel, und es ist, als wolle er meinen Klarapfelbaum berühren. Er reicht seine Äpfel herüber und ich strecke die Hand nach einem von ihnen aus; ich möchte ihn nur halten. Ich biege den Zweig gerade weit genug herunter, um am Apfel schnuppern zu können; er duftet reif; ich drücke meine Lippen darauf, widerstehe aber der Versuchung, hineinzubeißen. Ich umschließe den Apfel mit der Hand. Da löst er sich.

Ich erschrecke und lasse den Ast los; der Apfel bleibt in meiner Hand zurück. Da stehe ich nun verwirrt und spüre, wie der abendkühle Apfel sich in meiner Hand erwärmt. Er scheint sich dort wohlzufühlen; anscheinend ist er für mich bestimmt. Trotzdem beschließe ich, ihn zurückzugeben, morgen, wenn sie hier ist.

Ich halte an meinem Entschluss fest. Sie ist gerade mit irgendetwas in ihrem Garten beschäftigt, als ich sie über die Hecke hinweg anspreche und ihr den Apfel zeige.

»Den hat Ihr Apfelbaum hier drüben verloren«, sage ich. Das stimmt zwar nicht ganz, aber ich kann ihr schließlich nicht erzählen, dass der Apfel in meine Hand gefallen ist.

Sie lacht und kommt zur Hecke.

»Behalten Sie ihn ruhig«, sagt sie. »Was ist schon ein Apfel; behalten Sie ruhig alle, die bei Ihnen runterfallen, und pflücken Sie ruhig diesen kleinen Ausreißer von einem Ast leer. Äpfel sind ja mehr als genug da; bald komme ich zu nichts anderem mehr als zum Marmelade- und Saftkochen.«

Sie spricht über die Hecke hinweg, und plötzlich kommt mir der Gedanke, dass die Hecke vielleicht schon bald weichen muss; dass zwei kleine Gartenparzellen sich zu einer einzigen, größeren, vereinigen werden. Meine Hand schließt sich fest um den Apfel, ich bedanke mich und beiße hinein.

Es kommt der Tag der Kartoffelernte: kühl, klar, ein frischer Wind. An so einem Tag ist es leicht, Entscheidungen zu fällen. Ich schwinge die Gartenhacke und summe ein Liedchen. Die Ernte ist durch und durch reich und von guter Qualität. Keine einzige Kartoffel ist grün geworden; ich habe sie alle sorgfältig mit Erde bedeckt. Die Äpfel im Apfelbaum neben dem Kartoffelbeet strotzen vor Reife; ich habe viele Tage lang davon gegessen und Marmelade gekocht, denn der Weiße Klarapfel schmeckt nur für kurze Zeit richtig gut. Der Herbst ist die Zeit der Stärke und des Wollens, und ich weiß schon längst, was ich will. Ich höre meinen Wunsch im Rauschen des Windes, aber ich bin allein. Es ist schon wieder einer dieser Tage, an denen sie nicht in ihr Sommerhäuschen kommt.

Andererseits ist das gut: Ein so klares Gefühl kann man nur selten genießen. Diesen Tag widme ich ganz den Kartoffeln. Die Einsamkeit hat viele Vorteile, und einer davon ist, dass kein anderer Mensch gerade dann in der Nähe ist, wenn man froh ist, allein zu sein. Gerade jetzt vermisse ich sie nicht besonders; Tage wie diesen verbringt man am besten allein, randvolle Tage, genussvolle. Deshalb ist es besser, dass sie erst morgen kommt und dass ich erst morgen meinen Entschluss einlösen muss, denn das will und werde ich tun. Heute Abend, so glaube ich, wird meine Sehnsucht zu keimen beginnen und bis morgen früh wachsen und wachsen, bis sie stark genug ist, sogar während ich schlafe, und dann, mitten hinein in meine Sehnsucht, kommt sie, morgen, im passenden Moment. Dann lade ich sie zum Erntekaffee ein. Dann rede ich. Und schenke ihr eine Schüssel neuer Kartoffeln als Entschädigung für ihre klägliche Kartoffelernte. Das ist mein Entschluss, und an dem halte ich fest.

Am nächsten Morgen ernte ich die restlichen Kartoffeln. Der Himmel ist nicht mehr klar, aber es regnet auch nicht. Ich arbeite in gemächlichem Takt, und gleichzeitig lausche ich, und endlich höre ich ihr Rad auf dem Sandweg heranrattern. Sie kommt, aber ich springe nicht sofort auf, um sie zu begrüßen, sondern versenke mich tiefer in meine Arbeit. Da, was für ein prächtiger Regenwurm, lang und dick wie eine kleine Schlange. Ich hebe ihn auf und werfe ihn zur Seite, damit er nicht der Gartenhacke zum Opfer fällt. Die Erde braucht ihre Regenwürmer.

Sie macht sich in ihrem Gartenschuppen zu schaffen, hat wohl vor, ihre eigenen Kartoffeln zu ernten. Richtig geraten: Wenig später erscheint sie an ihrem Beet und beginnt zu graben. Ich trete an die Hecke heran, genau auf der Höhe ihres Kartoffelbeets, und begrüße sie. Sie antwortet fröhlich: gut gelaunt, obwohl ihre Kartoffeln nur traurige Runzelchen sind, wie ich es mir schon gedacht habe. Während ich die Kartöffelchen so betrachte, rufen sie in mir ein beinahe zärtliches Gefühl hervor.

Sie ist auch klein, aber alles andere als ein trauriges Runzelchen. Sie hackt munter drauflos, ist an solche Arbeit gewöhnt. Sie hat nichts Bemitleidenswertes an sich, und Äpfel hat sie ja außerdem viel mehr als ich. Sobald ich meine eigenen Sachen fertig habe, werde ich ihr die Einladung zum Kaffee überbringen; Gebäck steht bereit, und auch alles andere ist mit vorausschauender Präzision bedacht. Sogar die letzten Furchen enthalten noch reichlich Kartoffeln, ein Grund für mich, nicht knauserig zu sein: Statt einer Schüssel wird sie einen Eimer voll bekommen. Nachdem meine Arbeit getan ist, fülle ich einen Eimer mit ausgewählt schönen Kartoffeln von angemessener Größe und schaue dann nach, wie weit sie mit ihrer Ernte ist. Dunkle Wolken ziehen auf und der Wind riecht regenfeucht; ich verschwende keine Zeit mit Überlegungen, sondern nehme meine Gartenhacke und gehe zu ihr hinüber.

Sie richtet sich auf, scheint sich erschreckt zu haben; ich habe mich ihr wohl zu schnell genähert. Aber nicht alle Angelegenheiten kann man über die Hecke hinweg regeln, und diese Angelegenheit ist so eine. Über die Hecke hinweg ist es leichter, ein Hilfsangebot abzulehnen, aber wenn ich mit meiner Gartenhacke auf ihrem Grundstück auftauche, kann ich nicht ohne Weiteres zurückgewiesen werden.

»Ich komme Ihnen helfen. Meine Kartoffeln sind schon geerntet, jetzt habe ich Zeit«, verkünde ich.

»Oh, wie freundlich von Ihnen, aber das ist doch nicht nötig, bei den paar mickrigen Knollen hier.«

»Aber gleich wird es regnen, fürchte ich.«

»Na ja, da haben Sie recht – dann dürfen Sie gern helfen.«

Schnell haben wir alles aus der Erde geholt. Es ist gar nicht schwer, sich in ihrer Nähe aufzuhalten; meine Gedanken sind klar und flink, und sogar das eine oder andere Wort wird gewechselt. Ich überlege, was es wohl sein könnte, was mit ihrem Beet nicht stimmt. Vielleicht hatte sie schlechte Saatkartoffeln? Ich behalte diese Überlegungen für mich, um sie nicht zu kränken, und dann sind wir auch schon fertig, kurz bevor der Regen einsetzt.

»Pünktlich wie bestellt«, bemerke ich.

»Ja, genau, stimmt«, lacht sie. »Und noch mal vielen Dank für die Hilfe.«

»Wie wäre es mit einem Kartoffelerntekaffee? Ich lade Sie ein.«

Ich sage es ganz locker, als würde ich die natürlichste Sache auf der Welt vorschlagen. Aber sie scheint zu zögern.

»Eigentlich müsste ja ich den Kaffee kochen, als Dank für die Hilfe«, sagt sie. »Aber gerade jetzt habe ich gar nichts im Haus.«

»Trinken wir ihn drüben bei mir, es ist alles da.«

»Na dann, gern!«

Sie sagt es schnell, leicht, als wäre ein Schmetterling aufgeflattert und verschwunden. Aber sie ist nicht verschwunden. Sie kommt, kommt zu mir. So stehen die Dinge jetzt.

Das Gebäck habe ich gut gewählt: Es ist knusprig und nicht zu zuckrig wie so oft. Einen starken Kaffee habe ich gekocht; auch an Milch habe ich gedacht, und das ist gut; sie gießt sich etwas davon in ihren Kaffee. Alles ist so gut, dass es mich beinahe beunruhigt, aber ich glaube, dass man mir das nicht anmerkt. Wir plaudern in ruhigem Ton, hauptsächlich über

Gartendinge, und plötzlich sagt sie, sie sei gerade dabei, ihr Sommerhäuschen zu verkaufen. Erst begreife ich nicht, was sie meint, aber dann werde ich der Situation Herr und frage ungezwungen-sachlich:

»Und, gibt es viele Interessenten?«

»Es gäbe bestimmt eine ganze Menge; diese Sommerhäuschen werden ja so selten frei. Aber ich bin mir schon mit einem Ehepaar über den Kauf einig geworden. Dann darf ich auch ab und zu mal hier vorbeischauen, wenn die Rosen blühen. Meine Bekannten werden sich gut um alles kümmern.«

»Aber trotzdem – finden Sie es nicht schade, all das hier aufzugeben?«

»Es gibt Dinge, die man eben aufgeben können muss«, antwortet sie freimütig-leicht, wieder so, als würde ein Schmetterling aufflattern. Fort ins Unerreichbare – aber nein, hier sitzt sie noch. Und wenn ich ihr sofort sage, dass dieses Sommerhäuschen und der Garten hier ohne Weiteres für uns beide reichen würden? Ich schenke ihr Kaffee nach, obwohl sie Anstalten macht, ihn abzulehnen; ich möchte sie noch eine Kaffeetasse lang hierbehalten.

Das Sommerhäuschen zu verkaufen ist ihre Angelegenheit, und ich hake nicht weiter nach. Ich verstehe, wenn Menschen bedingungslose Distanz wahren, das eigene Leben abschirmen, das andere nichts angeht. Ihr Leben, und meines. Ihre Gedanken, und meine. Und die Gefühle, ganz besonders die. Die Distanz ist ein Schutzschild; sie ist wie eine gut gepflegte, hohe Hecke, durch die man nicht auf die andere Seite blicken kann und über die man auch nicht hinwegspähen sollte. Ich verstehe. Es ist traurig, aber hell und klar.

Immerhin werde ich sie noch ein paar Mal treffen. Sie hat ja noch einen der Apfelbäume abzuernten, die Winteräpfel, und auch andere herbstliche Arbeiten stehen im Garten noch an. Sie wird noch viele Male kommen. Aber für dieses Mal scheint der Gesprächsstoff aufgebraucht; der Regen lässt nach und wird leiser, und sie steht auf und dankt für den Kaffee. Ich begleite sie hinaus und bitte sie, kurz zu warten, hole den Kartoffeleimer aus dem Lagerschuppen und gebe ihn ihr.

»Eine kleine Kostprobe aus dem Kartoffelbeet von hier drüben«, sage ich.

»Nein, wie nett! Das macht einen ja ganz sprachlos, von wegen klein.«

»Es war eine gute Ernte, besser als je zuvor. Kartoffeln kann ich gern abgeben, wenn Sie nur dafür Verwendung haben.«

»Bestimmt, meine sind ja winzig, wie Sie gesehen haben. Tausend Dank noch mal, das wäre doch gar nicht nötig gewesen; das ist ja viel zu viel.«

Sie trägt den Kartoffeleimer zum Tor hinaus. Ich bin trotz allem nicht betrübt; ich hoffe, sie wird eines Tages herüberkommen, um mir den Eimer wiederzubringen. Aber sie gibt ihn sofort zurück, ruft über die Hecke hinweg:

»Hier, Ihr Eimer, nicht dass ich ihn noch vergesse, und vielen Dank noch mal!«

Ich nehme den leeren Eimer entgegen. Sollte das etwa alles gewesen sein? Sie verrichtet noch irgendwelche kleinen Arbeiten auf ihrem Grundstück und fährt dann heim. Der Regen hat ganz aufgehört und die Sonne lässt einen kaltgelben Lichtstrahl durch die Wolken hervorblitzen. Ich denke darüber nach, was eigentlich passiert ist. Ich habe viele gute Dinge, die ich mir vorgenommen hatte, in die Tat umgesetzt: ihr beim Kartoffelernten geholfen, sie zum Kaffee eingeladen und ihr Kartoffeln abgegeben. Das ist viel für einen Tag, besonders wenn man bedenkt, dass sie alles angenommen hat.

Kein Grund also zur Sorge. Der Winter ist noch weit. Es wird noch Gelegenheiten geben, auch wenn ich im Augenblick nicht weiß, was für welche. Der Herbst wird alles klären, der richtige Herbst, der schon im Sonnenlicht zu spüren ist: Die Nächte werden kühler, der Igel zieht sich in einen tiefen Schlaf zurück, der weiße Polarstern blüht am Himmel.

*Aus dem Finnischen
von Laura Wenzel*

Anna Tommola

Die Pilze

Die Rolltreppe zur Metro stand still, es wurde gegraben und nach dem Wasserschaden stank es im Tunnel nach Leben – oder nach Tod: Erde und Schimmel. Kiti tänzelte die Rolltreppe hinunter. Unbeschwert in Körper und Geist glitt sie durch das Foyer des Kinos und den Korridor entlang zu dem Restaurant, in dem ihr lieber Mann saß. Die Arbeitstage ihres lieben Mannes zogen sich in letzter Zeit gerne mal in die Länge. Kiti hingegen hatte auch heute nur ein paar Verabredungen gehabt und war im Fitnessstudio gewesen, um sich in Form zu halten, was natürlich ebenfalls wesentlich war, das gehörte zum Job. Gleich würden sie zusammen den Aufzug ins Parkhaus nehmen, spätestens im Auto würden sie sich einen Kuss geben und Aksus getrimmter Kinnbart würde ein wenig kitzeln, nur damit das Ganze nicht allzu süß und perfekt wäre. Dann würden sie die Jungs aus der Kindertagesstätte abholen und nach Hause fahren, sie würden ein Stück Zitrone in ihr Sprudelglas geben und auf der Terrasse den außergewöhnlich warmen Septemberabend genießen.

Doch nein, nicht jetzt, noch nicht.

Die Besprechung war noch im Gange, das Essen eben erst gekommen und niemand im Aufbruch begriffen. Aksu rückte die über die Schulter gelegte Krawatte zurecht, schaufelte Pasta in seinen Mund und winkte Kiti zu sich.

Kiti lebte mit einem Mann zusammen, der dafür sorgte, dass seine Krawatte nicht in Pastasoße schwamm. Das war gut. Das war wichtig. Es gab massenweise Männer auf der Welt, denen die Ehefrauen regelmäßig die Krawatten waschen mussten, weil sie nicht einmal das kapierten. Aksu warf seine Seidenkrawatte über die Schulter, bevor er sich über den Teller beugte. Der Eindruck, den er dabei machte, war entspannt und korrekt zugleich: War es nicht geradezu Pflicht, solch einen Mann zu lieben?

Aber die Krawatte, wann war die Krawatte eigentlich ins Spiel gekommen? Vielleicht zur gleichen Zeit, als die Klienten und die Interessengruppen und ein Drittel der wirtschaftlichen Verantwortungslast in der Firma ins Spiel gekommen waren. Über diese Dinge musste Kiti sich keine Gedanken machen. Während ihr Mann vorankam und immer gewissenhafter wurde, trieb sie unverändert in der Zeit. Das war nicht schlimm, im Gegenteil, es gefiel ihr sogar. Sie hatte ihre künstlerische Arbeit, ihren Platz im Universum. Sie durfte unbeschwert und lebendig und individuell sein. Aksu vergötterte sie dafür. Sie war schon immer so gewesen und deshalb hatte Aksu sie schon immer vergöttert.

Die jungen Männer am Tisch hatten keine Krawatten. Sie trugen Printshirts, Röhrenjeans und schwarze Turnschuhe, ihre Mähnen waren sorgfältig verstrubbelt, einer hatte sich einen dünnen Schal etliche Male um den Hals geschlungen. Seine dunklen Augen schauten groß unter den Ponysträhnen hervor. Kiti setzte instinktiv ein halbsekündiges Lächeln auf, das besagen sollte, der da drüben, der auf seine Krawatte achtet, ist zwar mein Mann, ich aber bin wild und spontan und habe mich nur deshalb für ein Leben mit diesem Menschen entschieden, weil ich letztlich doch erwachsen bin.

Die Typen hätten ganz zufällig dort sitzen können. Solche

jungen Männer saßen oft in den Cafés, in denen Kiti sich mit ihren Freundinnen traf oder Zeitschriften las, bevor sie Verneri und Severi vom Krabbelyoga abholte. Der Italiener mitten im Zentrum war allerdings ein wenig zu teuer für den Studentengeldbeutel, außerdem unterhielten sie sich, als Kiti dazukam, mit Aksu und Saara Viitanen über langweilige Vertragsangelegenheiten. Ja, sie mussten etwas mit der Firma zu tun haben.

Setz dich nur, wir sind gleich fertig, sagte Aksu und zeigte auf seinen Teller. Willst du auch was?

Also nahm Kiti Platz, bestellte einen Eis-Latte, probierte eine Gabel voll von der bereits kalt gewordenen Portobello-Pasta und dachte dabei an die Pilze. Der Herbstregen hatte in der vergangenen Nacht scharenweise phallische Gebilde im Garten sprießen lassen. Wenn Aksu das Auto noch ein paar Mal in den Carport und wieder hinaus fahren würde, gäbe es eine furchtbare Sauerei.

Die Moppköpfe machten irgendwelche Licht- und Tonsachen für die Firma, sie kannten Saara, die ihnen Auftragsjobs besorgt hatte. Bald war der Businesstalk Gott sei Dank für heute vorbei und es wurde formloser, und da auch Saara mit ihrer lässigen Art dabei war, kam Kiti rasch in eine angenehme Stimmung. Saara war für sie zu einer Art Schwester geworden, eine verwandte Seele, eine Lebensstütze. Kiti vermutete, dass Aksu sich ein wenig darüber ärgerte, weil ihm dadurch die Arbeit nach Hause folgte.

Der Dunkeläugige schaute wieder zu Kiti hinüber. Schüchterne Sachlichkeit.

Und, was machst du so?

Bei mir ist alles Mögliche im Prozess. Kiti ließ ein wohlklingendes R über die Zunge rollen und überlegte schnell, ob das Ohrläppchen ihres Gegenübers wohl glatt und weich war oder vielleicht eher etwas knorpelig, al dente.

Kiti ist Tänzerin, warf Saara ein. Und Choreografin, Freelancerin.

Tatsächlich tat Kiti im Moment mit voller Energie überhaupt nichts. »Im Prozess« bedeutete, die Dinge reifen zu lassen, sondierende Gespräche zu führen. Kein sogenanntes Projekt war sozusagen in der aktiven Phase. Sie verbummelte lange, faule Vormittage mit ihren Jungs und brachte sie erst am Nachmittag in den Hort. Wenn es nichts in der Stadt zu erledigen gab, blieb sie zu Hause, schrieb E-Mails, machte Eintragungen in ihren Kalender, dehnte sich, betrachtete durch das Fenster die unfertigen Gartenprojekte. Donnerstags kam Krista, die Frau von der Reinigungsfirma, und saugte und wischte. Wenn Krista im Erdgeschoss putzte, ging Kiti in den ersten Stock und umgekehrt. Sie wollte nicht im Weg sein. Nicht in Sichtweite, nichts sehen, nicht Zeugin dieser simplen physischen Geschäftigkeit sein. Sie selbst war innerlich fleißig und kreativ, ein Mensch, der in Wollsocken und Jogginghosen herumtapste, die langen Haare zu jugendlichen Zopfschnecken aufgesteckt, die Bewegungen aus dem Bauch heraus fließen ließ und kreative Gedanken dachte. Kreativität braucht Raum, Kreativität verlangt Muße, sagte sie sich. Sie setzte sich auf die abgetretenen Treppenstufen und leistete heftige Denkarbeit. Dort saß sie auch noch, wenn Aksu mit den Jungs nach Hause kam, es im Haus wieder tobend laut wurde und sie sich nicht mehr konzentrieren konnte.

Aksu schüttelte Baguettekrümel von seinen Unterlagen, verstaute die Dokumente in der Schultertasche, stand auf und schaute zu Kiti hinüber. Gehen wir?

Die anderen hatten Freitagspläne.

Komm doch wenigstens du mit auf einen Drink, Kiti, bettelte Saara.

Darf ich?, fragte Kitis Blick, und Aksu war wie immer wunderbar, er hatte keine Lust auf kollektives Amüsement. Obwohl er es sogar fertiggebracht hatte, sich zu vergnügen, als Kiti schwanger zu Hause saß und mit der Übelkeit kämpfte, und auch später, als sie zu Hause saß und ihr erst ein Baby und bald darauf ein zweites an der Brust hing und sie jeden Abend schlechte Laune hatte. Das war für beide eine etwas schwierige Zeit gewesen und Aksu war vielleicht einfach nur froh, dass er seiner Frau jetzt wieder gelegentlich Auslauf gewähren konnte.

Geh ruhig, Häschen, sagte der wunderbare Aksu und tätschelte ihr den Kopf. Solange du morgen nicht zu verkatert bist, wo die ganze Familie endlich mal einen freien Tag hat.

Was bedeutete »zu verkatert«? Wie sollte man es anstellen, einen vernünftigen Kater zu bekommen? Käme es hin, wenn man zum Beispiel in der ersten Bar zwei große Cidre trank und danach nur Weißwein und Selters? Oder konnte man vor Mitternacht noch einen Gin Tonic bestellen?

Kiti beobachtete, wie Saara tanzte, sang und klang, im Takt der Musik auf und ab hüpfte wie ein wild gewordenes Kleinkind, unermüdlich, mühelos, leicht. Und jetzt erwiderte sie inmitten der Menschenmenge ihren Blick, tanzte, hüpfte auf Kiti zu und nahm sie bei der Hand.

Komm tanzen! Nein? Dann trinken wir erst einen Tequila!

Die schmale, beharrliche Mädchenhand riss sie flugs in Richtung Bar. Jetzt hüpfte auch Kiti. Streckte die Hand aus, ließ weiße Kristalle auf ihre bläulichen Adern regnen. Leckte, hob das Getränk an die Lippen und kippte es ungestüm hinunter. Ein ehemals vertrautes Gefühl versengte ihre Gedärme. So etwas führt am Ende dazu, dass man jemandem in der hintersten Sitzecke des Klubs auf die Hose kotzt, fiel ihr gerade noch ein, bevor Saara sie wieder in das Menschenknäuel auf der Tanzfläche zog. Auf und ab hüpften sie, Saara lachte und versenkte ihre kleinen, mutigen Hände in Kitis Haar, zerzauste es und rief über den Lärm hinweg: du Hübsche.

Ermutigt von dem brennenden Getränk und dem Rhythmus und der allgemeinen schamlosen Anstachelung ließ Kiti sich bis zum Rand von dem wunderbaren Gefühl füllen, und plötzlich stand statt Saara wieder der knuffige, dunkeläugige Verbündete vor ihr, dessen Hüftknochen zwischen dem zu kurzen, sowjetroten T-Shirt und den schwarzen Jeans hervorlugten. Ein schwereloser Move, federnde Knie. Er bewegte sich wie ein junger Affe. Kiti sah den Nabel des Jungen, wollte seinen Bauch lecken.

Wie sich die Dinge so entwickelten, war der Abend im Nu gelaufen und Kiti war so taktlos und spontan, mit den anderen zur Taxisäule zu wanken, bald darauf bei dem jungen Affen zu Hause weiterzufeiern und davon fast nicht einmal selbst überrascht zu sein. Vor dem großen Fenster der Junggesellenbude lauerte das nächtliche Kallio, in den Häusern dieses Stadtteils gab es mehr Einzimmerwohnungen als sonst irgendwo.

Der Kaffee gluckerte und Flaschen wurden geöffnet. Die aufgelegte Platte kannte Kiti nicht. Einen Moment lang war sie ein Spion, fast unsichtbar.

Offenbar hatten sie die gleichen Espressomaschinen, sonst war alles anders. Kallio war nicht mehr ihre Welt. Für sie und ihresgleichen gab es die Holzhaussiedlung in Tapanila, grüne Vorgärten und gemäßigte Alternativkultur. Sie erinnerte sich an die letzte Wohnung, in der sie allein gelebt hatte, an der Kreuzung von Mäkelänkatu und Sturenkatu. Das einzige Fenster war immerzu vom Straßenstaub bedeckt gewesen, der Lärm der Cafés bis in den zweiten Stock hinaufgedrungen. Als sie im Erdgeschoss ihre erste gemeinsame Katerpizza essen gegangen waren, war der zähe Gestank von Fett in ihren Kleidern haften geblieben, aber Aksu hatte das nicht gestört, damals. Jetzt hörten sie durch das offene Lüftungsfenster in der Küche das Pfeifen der Regionalbahn und das rollige Jaulen der Nachbarskatze. Vor dem Fenster ruhte ihr halbherzig begonnener Steingarten. Im Sommer würden sie wieder Tofu-Gemüsespieße grillen: Sie sah jetzt schon die Jungs hinter Aksu herumspringen, wenn er den Rasen mähte, und die Mutter der lebhaftesten Kinder der Welt sanft dazu lächeln.

Kiti lächelte sanft in die dunklen Augen, die sie von der Tapete in der Kochecke zurückholten und dafür sorgten, dass die Welt wieder dreidimensional wurde.

Die Popfreunde schwächelten, Saara wollte nach Hause und auch Kiti meinte, dass sie sich wohl langsam mal aufraffen sollte.

Du kannst auch hierbleiben, sagte der biegsame Junge und warf Kiti eine Wolldecke zu, sodass sie dann doch nicht gleich aufbrechen konnte.

Maßvoll tranken sie noch etwas Rotwein und machten zusammenhanglose Bemerkungen über gemeinsame Bekannte, Musik aus den Neunzigern, das Verhältnis von getrunkener Alkoholmenge zum Geschmack des Getränks. Ein Blick schwappte herüber. Kiti fuhr sich mit der Zunge über die Zähne, der Wein würde sie bestimmt verfärben, gerade setzte er sich in den Furchen ihrer trockenen Lippen fest. Schaute der Typ, weil er dachte: Die hat Rotwein im Mundwinkel oder: Ist die süß? War in seinem Blick nicht ein gewisser frischer Funke gewesen, etwas von diesem Moment? Doch, bestimmt. Warum wären sie sonst hier, einen halben Meter voneinander entfernt, waren sie schließlich nicht gemeinsam hier gelandet?

Richtig, da war es wieder. Auch wenn es nur ein unbewusster Drang gewesen war, fühlte es sich jetzt nach einem Plan an, einer Zwangsläufigkeit. Wie hätte sie es auch verhindern können, nachdem es einmal ins Rollen gekommen war? Diese fragwürdige Fähigkeit ging einem nämlich nicht verloren, selbst wenn man sie lange nicht gebrauchte. Sie war im Körpergedächtnis eingeschrieben: eine Neigung, die Kiti nicht gleich auszumerzen verstanden hatte, sondern der sie in den Jahren der jungen, unschuldigen Bosheit Raum gegeben hatte. Ein ums andere Mal, quasi aus Versehen. Die junge Kiti war tatsächlich zauberhaft, sich dieser Tatsache jedoch so wenig bewusst gewesen, dass sie eine unverschämte Entspanntheit erreicht hatte, einen Zustand, in dem das Lachen sprudelte und die Wangen glühten, die Augen einen direkt ansahen und die Hände quasi aus Versehen ihren Weg an unpassende Orte fanden, wie zum Beispiel die Hüftknochen oder den untersten Wirbel eines schmalen Rückens. Um die Unruhe zu verbergen, hatte immer wieder der unmittelbare, mühelose, leichte Drang Richtung Haut die Hände erfasst, ohne dass sie Zeit gehabt hätte es zu bemerken, ohne dass man jemandem die Schuld dafür hätte geben können. Die Lippen so nah am Ohr, dass letztlich nichts gesagt werden musste, die Finger des anderen bald darauf in ihrem Haar. So war es immer gewesen. Absichtliche Versehen. So war es ihr damals auch mit Aksu ergangen.

Und nun geschah es seit langer Zeit wieder: Die Hand suchte die Haut, eine unangebrachte Stelle am unteren Rücken des jungen Mannes, und in dieser einen Sekunde wurde alles klar. Genau so war es. Kiti war zauberhaft.

War es einmal gewesen.

Sofort meldete sich ein hysterisches Lächeln, aber instinktiv versteiften sich ihre Lippen. Verstecke doch bitte, meine Gute, deine Eckzähne, sie sind vom Kaffee ganz gelb. Plötzlich war sie sich der Situation viel zu bewusst, das konnte nur bedeuten, dass der Zauber verschwunden war.

So demütige ich mich, ich alte Frau. Für so etwas ist es zu spät. Viel zu spät. Der Junge öffnete seinen Mund, schloss ihn, machte ihn wieder auf und seufzte: Oh nein.

Dann noch einmal: Oh nein.

Und wieder: Kiti, Kleines, nein.

Eine flinke Hand ergriff Kitis Hand und führte sie aus dem behaglichen Wirbeltal hinaus in die kalte, kalte, kalte Welt. Aus den Augen des Jungen strömte so tiefes Verständnis und so schreckliches Missverständnis, dass Kiti auf der Stelle sterben wollte.

Entschuldigung, stammelte sie.

Schon okay.

Saara muss davon nichts erfahren.

Nein. Mach dir keinen Kopf.

Der Junge drehte sich behände um, ein schlanker Affe, sprang an Kiti vorbei zum Klo, die Gürtelschnalle knallte auf den Boden und das Wasser begann zu laufen. Er wollte sie abwaschen, er seifte und schrubbte das eben Geschehene weg, sodass nichts mehr davon übrig blieb, und Kiti wusste nicht, ob sie sofort gehen oder auf dem Sofa sitzen bleiben und die Decke, die ihr barmherzig und so schmerzhaft ernst gemeint angeboten worden war, nehmen und sich tot stellen sollte. Was war schlimmer: beschämt in aller Stille verschwinden oder dableiben wie an den Pranger gestellt?

Außerdem warteten irgendwo zu Hause die Kinder auf sie, ihre und Aksus Kinder, genau, und morgen wäre auch noch ein Tag und sie würden hoffnungsfroh und guten Mutes aufwachen. Auf dem abgewetzten Straßenverkehrsteppich im Kinderzimmer würden ihre kleinen Söhne gelbe Plastikautos herumschieben und dabei brummen. Fast gleich groß waren sie, der Erste hatte auf Biegen und Brechen sofort einen Spielkameraden bekommen müssen, obwohl Kiti vor Schlafmangel fast gestorben wäre. Beide hatten die gleichen gesprenkelten Augen, die Augen ihres Vaters, und diesen Augen würde sie nie, nie mehr begegnen können. Aber sie musste, denn eine andere Möglichkeit gab es nicht. Kleine Jungs waren nun einmal so, dass ihre kleinen elenden Mütter auf der Stelle zu ihnen zurückkehren mussten.

Der Wein rauschte in ihrem Kopf. Der Aufzug war ein Spiegelsaal, ein Labyrinth. Krachend fiel das eiserne Türgitter zu. Die Guillotine. Die Zeit schwirrte, galoppierte, drehte sich wild, machte sie schwindelig. Am Morgen, beim Betrachten der Pilze, hatte sie sich noch dunkel die Wärme ins Gedächtnis rufen können, die eben erst abgeflaut war, den Duft sonnenerhitzter Haut, den aufrechten Sommerspaziergang. Jetzt konnte sie sich kaum noch an die Pilze erinnern, an den obszönen Gruppenstand, der ohnehin mit ein paar kleinen Schritten zerquetscht werden würde.

Wahre Weiblichkeit, wenn man das erreicht, dann geht was, die reife Sexualität sprudelt geradezu aus einem hervor und jungen Männern gefällt es, wenn eine Frau weiß, was sie will. Was für ein Schwachsinn. Lächerliche, auf Glanzpapier gedruckte Lügen, verkauft an Prinzessinnen, die über die Blüte ihrer Jahre hinaus waren. Jede spiegelnde Fläche ein Beweis für das Scheitern der erwachsenen Frau. Das Wangenfleisch lief mit den Tränen zum Kinn hinab.

Gibt es ab diesem Moment noch eine Rückkehr in die Zeitlosigkeit, ins Sich-treiben-Lassen, ab dem Moment, in dem man versehentlich sein graues Gesicht im Spiegel gesehen hat? Ein Gesicht, dessen Spannkraft nachgelassen hat und dessen Zellgewebe an der Oberfläche langsam, aber sicher von Furchen durchzogen wird. Kann man noch in Lederstiefeln auf die müde weiterfeiernde Straße treten, das Haar zu einem koketten Knoten zwirbeln und sich unter die Leute mischen, dem Fahrer im Nachtbus frech in die Augen blicken? Auch der Busfahrer würde durch sie hindurchsehen, würde das Loch hinter ihren Brüsten sehen, den seltsam leeren Raum. Alles war nach unten gerutscht, das Fleisch, die Haut, die Eingeweide.

Kiti begriff, wie nahe sie daran gewesen war, einem anderen Menschen dieses ihr selbst fremde Material unter den alten Kleidern aufzudrängen. Das war nur deshalb möglich, weil sie sich lange nicht besonders genau hatte ansehen müssen. Weil der Blick ihres Ehemannes zerstreut genug geworden war. Aksu ging von alten Erinnerungen aus, er bemerkte den leeren Raum nicht, in dem einmal das Herz gewesen war.

Aksu. Wie hatte sie ihn fast vergessen können? Als ob es ihn gar nicht gäbe. Als ob sie ihn getötet hätte.

Und dennoch stand das Auto vor dem Haus. AXU-123.

Was war das Schlimmste? Das, was hätte passieren können? Oder dass es nicht passieren konnte? Worum trauerst du? Um den Zustand deines Körpers oder deiner Seele? Den Geliebten, die Liebe zu töten, das passte nicht zu diesem halb fertigen Sommertheater, dem Kitis Leben gleichkam. Aufgesetzte Flirtszenen am Feldrand, heiteres Vergnügen auf der Dorfstraße, dahinter eine große Lüge, ein Eitergeschwür. Die Leiche stinkt, auch wenn man sie in einem schwarzen Müllsack versteckt. Die Pilze in der Auffahrt werden schwarz, sie werden zu Matsch zertreten, aber es drängen immer neue nach: schlechtes, verborgenes Leben aus der finsteren und feuchten Erde. Sie war doch nicht die muntere Magd mit den Zöpfen, sondern der auf die Bühne taumelnde Trunkenbold, eine beinahe widerwillig ins Stück geschriebene tragikomische Nebenfigur.

Als Kiti das hellblaue Holzhaus betrat, lag Aksus Körper in ihrem Ehebett und atmete gleichmäßig. Im Schlaf sah ihr Mann wie ein Baby aus, so wie alle Männer und Frauen. Im Zimmer gegenüber schlummerten die Jungs, aber dorthin konnte sie nicht gehen, noch nicht, sie durfte die Kinder nicht beflecken. Kiti ging ins Bad und fing an, die Schichten von ihrem Gesicht zu schaben: Schweiß, Make-up, Schmutz, totes Zellgewebe. Alles bröckelte ab und sammelte sich im Waschbecken.

Sie würde lebendig verrotten, inmitten ihrer Unvollkommenheit.

Erst als die Haut gründlich gewaschen und abgetrocknet war, traute sich Kiti in das Zimmer mit dem Verkehrsteppich und der Maulwurfsbordüre. Beide Söhne waren unbegreiflich klein und schnauften wie Igel.

Und so musste sie sich zusammenreißen und verzeihen, sich selbst und dem Verfall, auch dem Tod, denn morgen hatten sie einen gemeinsamen freien Tag, und davon gab es nicht viele, Tage, an denen Aksu sich keine Krawatte um den Hals band. Wer weiß, vielleicht würde gerade morgen ein sonniger, frischer Herbsttag sein, einer von der Sorte, an dem man im Garten rechen kann und vielleicht sogar ein bisschen kindisch sein und in den Ahornblättern toben, bevor sie das Laub mit vereinten Kräften zu meterhohen Haufen aufschütten und Aksu eine Ladung nach der anderen mit zwei Rechen zum Kompost trägt, damit sie zu Erde werden, die sie im nächsten Sommer sorgfältig auf die abgestuften Terrassen des Steingartens verteilen. Niemand würde sich mehr an die abscheulichen Pilze erinnern.

Aus dem Finnischen
von Katharina Zobel

Janne Salminen

Es gibt Männer, die mit Maschinenpistolen nach Hause kommen und schießen

Das Thermometer zeigte am Morgen 17 Grad minus, das störte mich aber nicht weiter. Ich nahm den Schläger aus dem Schrank, steckte einen weichen Trainingspuck in die Tasche und machte mich auf den Weg. Schlittschuhe nahm ich keine mit, ich fand es besser, in Filzstiefeln zu spielen. Damit konnte man auch besser abhauen.

Draußen war es noch dunkel und der Schnee knirschte unter meinen Füßen. Ich hatte das Gefühl, dass in diesem Winter mehr Schnee lag als je zuvor. An ein paar Stellen waren die Schneeberge an der Straßenseite fast anderthalb Meter hoch, und an der Ecke des Müllschuppens reichte mir der Schneeberg sogar bis an die Stirn. Als wäre der Radweg ein weißer Flur. Länger als die im Krankenhaus und kälter. Es hallte und rauschte darin nicht. Es gab keine Türen.

Das Spielfeld lag neben der Schule. Ich hörte schon von Weitem, dass dort keiner war, aber sicherheitshalber ging ich zuerst dran vorbei, um mich zu vergewissern. Der Typ, der die Bahn ebnete, hatte das Feld am Abend vereist, das Eis war neu und glänzte, es war noch niemand darauf gewesen. Gut, dass ich keine Schlittschuhe dabeihatte. Mein Besuch würde keine Spuren hinterlassen. Ich ging zurück und marschierte über den Schulhof. Von dort konnte man sich dem Feld so nähern, dass man sofort sah, wenn jemand kam.

Ich blieb stehen, um zu horchen. Jemand kam auf dem Fahrrad aus meiner Richtung. Hinter dem Schneehaufen würde er mich nicht sehen. Ich ging ein paar Meter zurück: besser einen Moment warten. Die Fenster der Schule waren dunkel. Ich stellte mir vor, wie es aussehen würde, wenn plötzlich in zwei Fenstern das Licht an- und ausgehen würde. Hinter der Schule sah man den Schornstein der Papierfabrik. Er war mit Reif überzogen. Wie wäre es, so groß zu sein, dass man sich nicht verstecken konnte? Andererseits sah der Schornstein alles. Papa meinte, dass er aufpasste und dass seine roten Augen im Dunkeln funkelten, was ich gut fand, weil Papa in der Fabrik arbeitete. Er stand auf der Seite des Schornsteins, auch wenn er manchmal darüber schimpfte und mir heimlich Disneys *Lustige Taschenbücher* von der Arbeit mitbrachte. Der Einband fehlte oder sie waren schief gedruckt. Ich fand sie trotzdem ganz gut. Wenn ich allein zu Hause war, steckte ich sie mir als Schutz unter die Kleider. Pasi Änäkkälä von obendrüber hatte mir nämlich erzählt, dass es Männer gibt, die mit Maschinenpistolen nach Hause kommen und schießen, und dass man nie weiß, wann das passiert.

Der Radfahrer hustete und fuhr an mir vorbei. Es war ein Erwachsener, irgendein Mann. Nach einiger Zeit hörte ich nichts mehr, kam hinter dem Schneeberg hervor und ging in Richtung Feld.

Jontte hatte im November, gleich nachdem das Eis gemacht worden war, bestimmt, dass keiner ohne seine Erlaubnis auf das Feld durfte. Selber kam er normalerweise erst am Nachmittag. Ich hab Papa einmal beim Samstagsfrühstück von Jontte erzählt, und er hat später, als er betrunken war, Jontte gepackt und ihm einen Stoß versetzt. Gleich am Montag darauf bekam ich nach der Schule eine Abreibung. Zwei von Jonttes

Kumpels hielten mich an den Armen fest, während Jontte einen abgebrochenen Ast suchte. Er wählte eine dünne Rute aus, weil er meinte, die würde am meisten wehtun.

Die Narben würden für immer auf meiner Wange bleiben, sagte Jontte und versetzte mir den ersten Hieb auf die Brust. Der Schlag knallte auf meinen Steppanorak und hätte sicher eine Wunde verursacht, wenn er auf die Wange gegangen wäre. Ich flehte um Gnade, aber Jontte meinte, dass er mich auf jeden Fall schlagen würde. Ich schwor, dass ich Papa nie mehr etwas erzählen würde, aber Jontte glaubte mir nicht. Er schlug noch einmal zu. Dieses Mal ging der Schlag auf den Oberschenkel und tat so weh, dass ich aufschrie. Der Schenkel kribbelte und brannte. Es fühlte sich an wie damals, als Papa mir die Rute gab. Dann stießen mich Jonttes Kumpels auf den Boden. Ich fiel auf den Rücken, und Jontte stellte mir einen Fuß auf die Brust.

Er fragte mich, ob ich das überleben wolle. Er meinte, ich hätte leere Flaschen aus seinem Waldversteck genommen und sie zum Laden gebracht. Die Flaschen hätten zehn Euro gekostet. Ich solle ihm das Geld am nächsten Tag bringen.

Ein Zehner war die Hälfte von meinen Ersparnissen für Weihnachtsgeschenke, aber was blieb mir übrig. Ich nahm zwei Fünf-Euro-Scheine aus der Schachtel, ließ die Münzen drin und hoffte, dass Mama nicht merkte, dass das Geld weg war. Jontte lächelte, als ich ihn auszahlte. Für einen Moment sah er aus, als wäre er mein Freund.

Der Puck glitt großartig über das neue Eis. Ein großer Puck wäre noch besser geglitten und hätte ein lauteres Geräusch gemacht, wenn er gegen die Bande traf. Wie ein Schuss. Der weiche Puck ging leise vom Schläger und flog ins Netz oder prallte ab, und man hörte nur »fump«. Er war zu leicht, man traute sich nicht, ihn zu nehmen, wenn man mit den anderen spielte.

Ich hatte vielleicht zwanzig Minuten lang Schüsse geübt, als mich die weiche Rosine langsam wirklich nervte. Ich schoss den Puck so fest wie nie zuvor ins Tor, aber wieder zischte er nur leise ab. Ein Kuscheltier. Warum ließ Papa mich nicht einen ordentlichen Puck kaufen? Ich nahm Anlauf und schlug noch fester. Der Schläger traf den Puck aus dem falschen Winkel und der Fladen sauste hoch in die Luft. Er flog in einem Bogen über den Rand des Spielfelds hinter eine kleine Anhöhe. Auch das noch. Der Puck war zwar ziemlich erbärmlich, aber verlieren durfte ich ihn nicht. Er war der einzige, den ich hatte, und Papa meinte, er würde mir keinen neuen kaufen.

Ich kletterte über den Spielfeldrand und stapfte auf die Anhöhe. Zu dieser Zeit war schon mindestens ein Meter Schnee gefallen. Zum Glück war der Schnee unberührt und ich sah deutlich, wohin der Puck geflogen war. Trotzdem war es schwer, im Schnee voranzukommen. Im Herbst waren hinter dem Spielfeld Sträucher geschlagen worden, und das Reisig und die Äste waren unter dem Schnee begraben. Die kleineren Zweige bogen sich und die großen krachten auseinander, als ich drauftrat. Ich verlor mehrere Male fast das Gleichgewicht, als mein Fuß überraschend tief in das Gestrüpp einsank.

Beide Filzstiefel waren schon voller Schnee, als ich endlich dort ankam, wohin der Puck geflogen war. Ich durchwühlte eine Schneewehe und fand ihn fast auf Anhieb. Ich machte mich eilig auf den Weg zurück zum Feld, schaffte aber bloß ein paar Meter, denn mein Fuß sank wieder durch das Gestrüpp und ich fiel vornüber in den Schnee. Ich versuchte aufzustehen, bekam aber den Fuß nicht los. Er hing zwischen zwei größeren Stämmen fest. Ich zog daran, aber vergebens. Der Fuß steckte fest.

Ich durfte jetzt nicht nervös werden. Wenn ich ruhig blieb, würde ich eher loskommen. Ich setzte mich auf und betrachtete den Fuß zwischen den Stämmen, versuchte, das Holz mit den Händen auseinanderzudrücken, aber nichts bewegte sich. Ich trat mit dem anderen Bein gegen das Holz, aber das tat nur weh und ich musste nun doch weinen. Seit mindestens einem Jahr hatte ich nicht mehr geheult, aber jetzt kamen die Tränen gegen meinen Willen. Auch die Nase fing an zu laufen. Ich saß eine Weile da, heulte leise vor mich hin und betrachtete mein Bein. Die Tränen gefroren auf meinen Wangen und mir wurde klar, dass auch mein Fuß einfrieren würde, wenn ich ihn nicht losbekam. Er kribbelte schon, ebenso wie mein freier Fuß. Ich spürte beinahe, wie die Zehen allmählich einfroren, und das war erst der Anfang. Ich fing wieder an zu zerren und das Holz bewegte sich auch ein wenig, aber nicht genug.

Wenn ich doch auch einen Bruder hätte wie Asser, oder wenigstens eine Schwester. Asser war nie allein, immer hatte er einen seiner kleinen Brüder dabei, jemanden, der Hilfe holen ging. Einmal habe ich Mama und Papa gefragt, warum ich keine Geschwister habe. Mama erzählte, ich hätte als kleiner Junge mal gesagt, dass ich einen kleinen Bruder oder eine Schwester sofort umbringen würde.

In einiger Entfernung waren Traktorengeräusche zu hören, die sich näherten. Der Typ, der das Eis machte, kam, um auf der Eisbahn nebenan Schnee zu räumen. Ich hoffte schon, dass er mich befreien würde, aber dann erinnerte ich mich daran, was das eigentlich für ein Typ war. Er schrie uns immer nur an und ließ uns nicht zum Aufwärmen in den Umkleideraum, auch wenn draußen 20 Grad minus waren. Der würde mir gar nicht helfen. Ich konnte schon hören, wie er mich anschreien würde. Und dann würde er an mir zerren. Seine Hände waren riesig und plump und mein vereister Fuß würde einfach abreißen. Ich würde nicht mal mehr abhauen können. Jontte würde mich leicht einholen, mich schlagen und meine Brille verknoten.

Statt einem Fuß hätte ich nur noch einen Stummel. Wie Opas linke Hand. Erst wäre er verbunden, wie bei Opa. Dann würde man die Binde abmachen und ich würde auf einem Bein zur Schule hüpfen wie ein verkrüppelter Frosch.

Und wo würde ich dann wohnen? Als Opa aus dem Krankenhaus kam, meinte Papa, dass Opa zu uns kommen könnte, aber Mama sagte zu Papa, sie könne keinen einhändigen Alten gebrauchen, der ihr zur Last falle. Ich bekam damals ein schlechtes Gewissen. Und wenn ich bald keinen Fuß mehr hätte? Würde Mama wollen, dass ich ihr als Einfüßiger zur Last fiele?

Der Traktor fuhr zum Glück vorbei. Mein Weinen flaute für einen Moment ab, doch dann dachte ich, dass ich vielleicht wirklich nicht mehr loskomme. Vielleicht hätte ich nicht so viel Glück wie mein Opa. Er hatte sich letztes Jahr im Holzschuppen mit dem Beil die linke Hand abgehauen und sich dann unter dem Bett versteckt. Dort fand ich ihn zusammengekrümmt liegen, als wir ihn besuchen kamen. Mama wunderte sich, dass Opa den Ofen nicht angemacht hatte, aber ich folgte der roten Spur bis zum Bett und sah Opa. Er hatte die Jacke an und die Knie bis ans Kinn hochgezogen. Er starrte mich an, sagte aber nichts.

Vielleicht würde man mich auch als verkrümmten Eisstock finden. Dann würde man versuchen, mich im Krankenhaus aufzutauen, und mich den langen, weißen Flur entlangschieben, an dessen Ende die Tür war. Ich hatte sie gefunden, als wir während der Besuchszeit bei Opa waren. Ich wollte nicht im Zimmer warten, bis er gefüttert war, und ging die Flure entlang. Einer davon, der hellste, war eine Sackgasse. Er endete an einer Tür, auf der in grünen Buchstaben LEICHENHALLE stand. Dort würde man mich in einem schwarzen Plastiksack hinkarren und neben irgendeinem toten Körper mit offenen Augen und grauer Haut abstellen.

Man würde mich aus dem Sack nehmen und an die Seite des Toten legen. Und wenn noch mehr Leichen kämen, würde man sie auf mir stapeln.

Ich musste hier weg!

Ich strengte mich mit aller Kraft an und versuchte loszukommen. Ich strengte mich noch mehr an, ich zog und zog und schlug auf mein Bein und zerrte schreiend daran, bis ich mit den Kräften am Ende war. Ich blieb liegen und spürte, dass Schnee in meiner Hose war. Ich ärgerte mich und stopfte noch mehr hinein, so viel wie hineinpasste, außerdem stopfte ich mir Schnee in den Kragen und die Ärmel. Auf mir lag ein großer Berg Schnee. Ich würde mich verstecken, zu Schnee werden und im Sommer wegschmelzen.

Jemand rief. Ich kümmerte mich nicht drum, sondern häufte weiter Schnee auf. Jemand rannte auf mich zu. Sie waren zu dritt.

Jontte und seine Kumpel. Ich ließ das Aufhäufen sein. Die drei hielten am Spielfeldrand an und Jontte rief, dass ich diesmal nicht mit Geld davonkommen würde. Ich antwortete nicht. Jontte befahl mir, zum Feld zu kommen. Er versprach, mir nicht in die Eier zu treten, wenn ich von selber kommen würde. Ich spürte nichts. Ich schrie zurück, komm doch selber her, und er machte sich auf den Weg.

Jontte stieg über den Spielfeldrand und stapfte auf mich zu. Seine Kumpels folgten ihm. Jontte schrie, dass er mich zuerst schlagen und dann auf mich pissen würde. Das machte mich munter. Ich streckte den Fuß so weit ich konnte und versuchte noch einmal, ihn aus den Zweigen zu ziehen, kam aber immer noch nicht los. Jontte war nur wenige Meter entfernt. Ich zog erneut mit gestrecktem Fuß und da löste er sich endlich.

Ich stand auf. Jontte schrie, fliehen sei zwecklos. Er hatte recht: Ich würde nicht davonlaufen können. Im selben Moment spürte ich den Schnee. Er war wie Sandpapier auf meiner Haut. Er irritierte mich. Ich sah Jontte an, auch er war irritiert. Ich schrie, es interessiere mich einen Scheiß, was er mit mir machen würde. Er könne mich in Stücke reißen, er sei trotzdem dumm und ein Scheißkerl. Die Worte kamen aus meinem Mund, als würde sie ein anderer aussprechen. Jontte bekam zu hören, dass ich keine Angst vor ihm hatte und er mich nicht davon abhalten konnte, aufs Feld zu gehen. Schließlich brach mir die Stimme und die Hände krampften sich zu Fäusten zusammen. Ich röchelte Jontte an, warum er nicht endlich käme, um mich zu schlagen. Er kam nicht.

Er blieb stehen und sah mich an. Die Kumpels hinter ihm senkten den Kopf. Ich starrte Jontte eine Weile an. Dann löste sich ein Schrei aus meinem Innern und setzte mich in Bewegung. Ich stürzte mich auf Jontte und stieß ihn um. Ich sah nicht hinter mich, sondern lief zum Spielfeldrand, kletterte aufs Feld, rannte quer zur anderen Seite und kletterte dort über den Rand. Der Umkleideraum war gut zwanzig Meter entfernt. Dort rannte ich hin.

In der Kabine stank es nach Schweiß und feuchten Klamotten. Auf dem Boden lag eine schwarze Gummimatte. Ich setzte mich auf die Bank und begann, meine Kleider auszuziehen. Erst die Jacke, dann das Hemd und die Hose. Ich schüttelte die Sachen aus, der Schnee fiel in Haufen auf den Boden. Meine Haut war rot, und es kribbelte überall. Papa meinte, das Blut zirkuliere nicht, wenn es kribbelt. Bei Kälte würde Blut nicht zirkulieren. Also fing ich an, mich zu massieren.

Dann zog ich mich wieder an, obwohl die Klamotten feucht waren. Jontte und seine Kumpels warteten sicher vor der Kabine auf mich. Ginge ich nicht raus, kämen sie rein. Ich war völlig erschöpft und würde mich nicht wehren können. Jetzt würde ich tatsächlich was auf die Fresse kriegen. Wie sollte ich das Papa erklären? Dass ich mit dem Fahrrad gestürzt war? Dass ich gegen die Bande gerannt war? Und wenn ich Jontte noch mal zehn Euro zahlen und ihm versprechen würde, mich nie mehr blicken zu lassen? Warum musste ich ihn auch anschreien? Und stoßen! Wie bin ich bloß auf die Idee gekommen und woher hatte ich so viel Kraft?

Da ging die Tür auf und Ari, einer von Jonttes Kumpels, kam in die Kabine. Er kam direkt auf mich zu und meinte, dass ich meine Mütze hinter dem Feld verloren und er sie gefunden habe. Ari ließ die Mütze neben mir liegen, dann ging er. Ich nahm sie in die Hand und sah hinein. Nicht einmal ein Rotzklumpen war drin.

Ich setzte die Mütze auf und ging zur Tür. Es war gut möglich, dass Jontte davorstand. Vielleicht wollte er, dass ich freiwillig auf den Hof kam, und schlug mir sofort ins Gesicht, sobald ich die Tür aufmachte. Ich überlegte mir, dass ich versuchen könnte, aus der Tür zu stürzen und so schnell wie möglich zu rennen. Sie würden mich trotzdem kriegen. Am Ende stieß ich die Tür nur auf, sprang aus der Kabine und landete direkt vor Jontte. Seine Kumpels waren nirgends zu sehen. Ich erwartete, dass er mich attackieren würde, aber er tat nichts. Wir sahen uns an und mir fiel nichts ein, was ich hätte sagen können. Kurz darauf beschloss ich zu versuchen, an ihm vorbeizukommen, aber da fragte er mich, ob ich Lust hätte, ihn mal zum Playstation-Spielen zu besuchen.

Ich sagte ja. Jontte schlug Freitag vor, weil wir da schon um zwölf aushatten. Da sei niemand bei ihm zu Hause.

Auf dem Heimweg dachte mir ich, dass die Einladung sicher eine Falle war. Im Herbst hatte er Samu, einen unserer Klassenkameraden, nach Hause eingeladen, ihn grün und blau geschlagen und mehrere Stunden in einen Schuppen eingesperrt. Ich musste mir was einfallen lassen. Vielleicht könnte ich am Freitag zu Oma. Sie würde mich direkt von der Schule abholen, wenn ich sie darum bitten würde.

Im Hof fiel mir ein, dass der Schläger noch auf dem Feld lag. Wenn ich ins Haus käme, ohne dass Papa mich sähe, würde er vielleicht nicht merken, dass der Schläger verschwunden war. Ich könnte ihn am Abend oder am nächsten Morgen holen. Niemand würde ihn bis dahin wegnehmen, denn es war ein Schläger für Linkshänder, und damit spielte kaum einer.

Aus dem Finnischen
von Alexandra Stang

Mooses Mentula

Exotischer Touch

»Blau-bee-re«, sagte Herr Raimo.

Er nahm ein Gerät aus Plastik, das zu seinen Füßen stand, schob seine dicke Hand durch die Öffnung und umschloss den Griff. Die Zinken schwangen auf das Blaubeerkraut zu, die blauen Beeren kullerten in den Behälter wie die Kugeln bei der Ziehung der Lottozahlen.

»Andörständ?«, fragte er.

Herr Raimo ging zum Lieferwagen und winkte Senana und den anderen Thais, ihm zu folgen. Er gab jedem einen Plastikbeutel, der einen Beerenkamm, Müllsäcke, eine Schirmmütze und eine Spraydose enthielt. Sein massiger weißer Nacken war schweißnass. Die Gliederhalskette gab ihm das Aussehen eines zahmgefütterten Wachhundes.

»Sieh ju tu wieks«, sagte er.

Er reichte allen schnell seine Pranke und ging zu seinem Wagen. Auf der Tür des Cityjeeps stand »Raimos Beeren, Savukoski«. Der Beerenunternehmer winkte durch das offene Fenster, dass sein Armband klirrte. Kurz darauf rissen die Vorderreifen Löcher in den grasbewachsenen Hof.

Die Pflücker belegten ihre Schlafplätze in der ehemaligen Schule. Der Beerenunternehmer hatte Reis, Thunfisch und Öl in die Küche gebracht. Im Hof standen alte Lieferwagen und volle Benzinfässer. Die sollten für zwei Wochen reichen.

Die Kosten würde Herr Raimo vom Lohn abziehen. Senana warf seinen verschossenen Schlafsack in die hintere Ecke des Schlafzimmers. An die Tafel hatte jemand einen Penis und ein Oval gemalt, von dem Strahlen ausgingen. An der Pinnwand hingen verblichene Zeichnungen von Sonnenblumen.

Drei Männer saßen in dem rostigen Hiace, der über den schmalen Kiesweg rumpelte. Es roch nach Fußschweiß. Die Gummistiefel waren schon von den vorjährigen Pflückern getragen worden. Die kleinen, sehnigen Männer blickten sich um. Es krachte im Getriebe, der Wagen schlingerte vom einen Rand des Kieswegs zum anderen.

»Fahr langsamer, wenn du es nicht richtig kannst«, sagte Gizmo zu Senana.

»Und der will den Führerschein haben, dieser Reisbauer«, sekundierte Aoa.

»Dann fahrt doch selbst. Irgendwer muss es ja tun«, erwiderte Senana.

Aus dem Autoradio kamen abgehackte Worte und getragene, melancholische Musik. Es klang, als würde der Sänger aufheulen, bevor er in Tränen ausbrach. Durch die Fenster sah man weite Grasflächen, auf denen kleine, krüpplige Bäume wuchsen. Nirgendwo Häuser oder Menschen. Trotzdem hatte jemand am Wegrand einen Zaun gebaut.

Senana parkte in der Ausbuchtung, die Herr Raimo auf der Landkarte mit Kugelschreiber umkringelt hatte. Es war nichts zu hören, absolut nichts. Sie mussten hundert Meter weit gehen, bevor sie pflücken durften. Herr Raimo hatte gesagt, näher an der Straße würden die Abgase die Beeren verschmutzen. Welche Abgase? Hier fuhren doch keine Autos.

»An die Arbeit«, sagte Senana.

Die Aufforderung war überflüssig. Gizmo setzte den Insektenhut auf und Aoa machte das Pflückgerät einsatzbereit. Hier und da blinkten einzelne Beeren. Die Zinken stießen ruckartig vor, im Behälter landete mehr grünes, weiches Gewächs als Beeren. Dann hatten sie den Bogen raus, und man hörte es ploppen. Allerdings gab es nur eine Beere hier und eine dort. Nur schleppend wurde der Beerenkamm schwerer, so eifrig man ihn auch schwenkte.

Senana war in die finnischen Wälder aufgebrochen, weil er ein Auto brauchte. Sein halbseitig gelähmter Vater kam zu Fuß nicht mehr aus dem Haus. In seinen vier Wänden wurde er depressiv, ein Mann von gerade mal fünfzig. Bei dem, was ein Reisbauer verdiente, müsste man zehn Jahre auf ein Auto sparen. Senanas Vetter hatte für sein Beerengeld vom letzten Herbst einen zwei Jahre alten Hyundai gekauft. Mit dem fuhr er rum wie ein Mafiaboss; ließ den Wagen langsam rollen und den Ellbogen aus dem Fenster hängen. Verlieh den Hyundai nur auf flehentliches Bitten und verlangte eine hohe Miete. Senana würde so viel pflücken, dass er ein besseres Auto kaufen konnte, oder egal, Hauptsache irgendein Auto für seinen Vater.

»Was ist das?«, rief Gizmo.

Hinter dem Hügel brach eine Herde gehörnter Tiere hervor. An den Hörnern der größten hing blutige Haut. Die Bestien näherten sich lautlos mit gesenkten Köpfen, aus den drohend geblähten Nüstern stieg Dampf. Die Männer ließen ihre Sachen fallen und rannten zum Wagen.

»Von denen hat Herr Raimo nichts erzählt«, sagte Senana.

Die Männer warteten im Wagen, etwa hundert Meter entfernt, auf den Abzug der Tiere. Die Gehörnten hatten es nicht eilig. Sie standen auf der Straße herum und stierten. Im Radio sang jetzt ein anderer Mann, aber er hörte sich ebenso klagend an. Senana suchte einen anderen Sender. Nun sprach eine Frau. Ihre Stimme wogte so träge wie die Mäuler der Gehörnten mahlten. Am Satzende zog sie das Tempo kurz an und sprach anschließend wieder langsamer: »Jupi riku kaamela hapesi liivua.« Gizmo schlief auf der Rückbank. Er hatte sich die Strickmütze über die Augen gezogen. Aoa starrte durch das schmutzige Seitenfenster nach draußen.

»Wie viel müssen wir pro Tag pflücken, um Gewinn zu machen?«, fragte er.

Er drehte sich nicht zu Senana um.

»Mein Vetter sagt, er hat an den besten Tagen hundertfünfzig Kilo gepflückt«, antwortete Senana.

»Ich habe heute erst zehn beisammen«, sagte Aoa.

Für die Flugtickets hatten sie sich tausend Euro leihen müssen, und Herr Raimo knapste einen großen Teil ihrer Einkünfte für die Benutzung des Wagens, die Verpflegung und die Unterkunft ab. Sie hatten Schulden in Höhe eines Jahreslohns, und es gab keine Beeren. Es gab einfach keine. Das Pflückgerät wurde kaum schwerer, selbst wenn man den ganzen Tag mit krummem Rücken herumlief und sämtliche Mooshügel abrechte.

Senana wurde aus dem Schlaf gerissen. Jemand klopfte, dabei war es Mitternacht. Vorsichtig stand er auf. Sein Rücken protestierte; die Knochen waren steif vom gebückten Arbeiten. Auch Aoa war aufgewacht. Gizmo drehte sich auf die andere Seite und schlief weiter. Senana und Aoa schnappten sich in der Küche große Kellen und gingen zur Tür. Wieder wurde mehrmals geklopft. Senana trat die Tür auf. Sie prallte gegen einen alten Mann, der rücklings auf den Hof fiel und laut blökte. Er hatte eine helle Flasche in der Hand, die er Aoa und

Senana entgegenstreckte. Auch andere Pflücker kamen an die Tür. Einige hatten sich in ihre Decke gewickelt, andere trugen einen Schlafanzug.

»Wuhman? Wuhman?«, lallte der Mann.

Alle schüttelten den Kopf.

»Muslim«, sagte einer.

»No woman«, sagte Senana.

Er übernahm das Reden, weil er an der Universität Bangkok ein Jahr Englisch studiert hatte, bevor er wegen der Hirnblutung seines Vaters auf das Reisfeld zurückkehren musste.

Der Alte kämpfte sich in sitzende Position und lehnte sich an die Treppe. Aber allmählich trug der Schnaps den Sieg davon. Die Augen blieben immer länger geschlossen. Bevor er endgültig absackte, zeigte der Alte auf die Pflückgeräte und brabbelte, Beerenpflücken sei keine Männerarbeit.

Senana hatte auf der Karte die zwölfte von Herrn Raimo markierte Stelle herausgesucht. Das Fahren klappte inzwischen besser als am Anfang. Der schmale Kiesweg war allerdings voller Vertiefungen, die der Regen hineingefressen hatte, deshalb ging es nur zockelnd vorwärts. Aoa rieb sich die Schultern mit Pferdeliniment ein, das die steifen Glieder wieder beweglich machen sollte. Gizmo war gerade auf der Rückbank eingeschlafen, als Senana anhielt. Auf einem durchschossenen Verkehrsschild zeigten zwei Pfeile aufeinander. Der Morgennebel waberte über dem sumpfigen Boden.

Aoa bat Senana, leise zu sein, fasste nach Gizmos Mütze und zog sie ihm über das Gesicht. Gizmo zappelte, strampelte und schrie. Senana und Aoa lachten. Ihr Gelächter schwoll an, bis sie merkten, dass Gizmo sich nicht mehr wehrte, sondern leise weinte. Senana und Aoa wussten nicht, was sie tun oder sagen sollten.

Gizmos Freundin war schwanger. Ihr Vater hatte gesagt, er würde sie Gizmo nicht geben, wenn der nicht wenigstens eine Wohnung hätte. Der Glanz in Gizmos Augen war mit jedem beerenarmen Tag matter geworden.

»Vom Weinen kriegen wir keine Beeren. Es ist schon sechs. Gehen wir«, sagte Senana.

Gizmo rieb sich die Augen mit dem Rand der Mütze, die immer noch tief in die Stirn gezogen war. Die Männer holten die bereits allzu vertrauten Gerätschaften aus dem Kofferraum und stapften in den Wald.

Die Eimer füllten sich kaum, obwohl sie von früh um sechs bis abends um neun im Wald waren, von Schlafsack zu Schlafsack. Die ersten zwei Wochen waren fast herum. Bei diesen Erntemengen würde die Sache in die Hose gehen. Auch der besoffene Alte hatte am Morgen auf die Pflückgeräte gezeigt und den Kopf geschüttelt, die Arme um sich geschlungen und mit den Zähnen geklappert: Die Blaubeeren waren erfroren.

»Haaaaaaa! Haaaaaaaa!«, brüllte Gizmo.

Er warf das Pflückgerät in die Luft und schlug mit den Fäusten auf einen Baum ein. Es regnete Rindenbrocken vom Stamm und Speichel aus Gizmos Mund. Senana und Aoa liefen herbei. Sie packten Gizmo an den blutigen Händen und warfen ihn zu Boden.

»Nach Hause ... wie können wir uns nach Hause wagen?«, schluchzte er.

Da die Bank ihr Geld nicht an Habenichtse verlieh, war die einzige Möglichkeit ein Mafiawucherer gewesen. Der würde kein Inkassobüro einsetzen, sondern bedeutend effektivere Mittel. Wer sich mit der Rückzahlung verspätete, würde mehr verlieren als nur seine Kreditfähigkeit. Man würde ihm mit einem Nagler ein Knie zerschießen, notfalls auch das zweite.

Wenn der Kreditnehmer untertauchte, würden sich die Eintreiber an seine Verwandten halten.

Als die Männer zur Schule zurückkehrten, standen zwei Wagen auf dem Hof. Aus dem Haus kam ein Mann mit einer Kamera. Ihm folgten ein zweiter mit Mikrofon und Herr Raimo.

»Hellou beus. Hau wos itt?«, fragte Herr Raimo.

Er walzte auf sie zu und lächelte. Nahm ihre Hände und schüttelte sie. Sein Armband klirrte. Der Kameramann filmte, und der Interviewer ging neben ihnen her.

»It's not good year for berries. Have you got them?«, fragte der Reporter und schob Senana das Mikrofon fast in den Mund.

Senana sah Herrn Raimo an. Der Beerenunternehmer war in den Hintergrund getreten. Er nickte und rieb vielsagend Mittel- und Zeigefinger am Daumen.

»Yes«, sagte Senana.

Hoffentlich lässt er sich nicht die Tagesausbeute zeigen, ging ihm durch den Kopf.

»What will you buy with your salary?«

»Car.«

Senanas Rücken tat höllisch weh. Die Wangenmuskeln zum Lächeln anzuspannen war zu viel. Als ob die Backen ihm das Rückgrat ausrenkten.

»How do you like it here in Finland?«

Herr Raimo sah ihm starr in die Augen. Seine Hand machte dieselbe Bewegung wie vorhin.

»Beautiful«, sagte Senana.

Sobald der Fernsehwagen abgefahren war, umringten Senana, Gizmo und Aoa Herrn Raimo.

»No Blaubeere«, sagte Senana.

Herr Raimo öffnete seine teigigen Pranken und streckte sie in die Höhe. Verzog den Mund. Holte eine stählerne Waage aus dem Wagen, stellte sie auf den Hof, zeigte darauf und winkte die Pflücker heran. Sie brachten ihre Beereneimer zum Wiegen. Herr Raimo vermerkte die Ergebnisse in einem Rechenheft und zeigte ihnen die verdiente Summe. Bei den meisten deckte sie nicht einmal die Kosten für Verpflegung, Unterkunft und Benzin ab. Die Pflücker knufften und schubsten einander. Einige hockten sich kraftlos hin.

»Nou wori!«, rief Herr Raimo. »Ei help juu.«

Er ging zu seinem Wagen und holte einen Zweig heraus. Die Blätter waren kräftiger als bei den Blaubeeren, und die Beere war rot. Herr Raimo hielt die Pflanze hoch und sagte:

»Prei-sel-bee-re.«

Die Erde war weiß. Es war kalt wie in einer Gefriertruhe. Die Veränderung war über Nacht gekommen. Die Pflücker standen mit düsterer Miene auf der Terrasse des Schulhauses. Senana presste den Schnee in der Faust und warf ihn Gizmo in den Nacken. Gizmo revanchierte sich. Bald bewarfen sich alle mit Schneebällen. Die Enttäuschung entlud sich in Gelächter, das einige Minuten anhielt. Es erstarb, als ihnen die Hände blau anliefen.

»Jetzt ist es aus mit Beerenpflücken«, sagte Aoa.

Die Pflücker hatten keine warme Kleidung mitgebracht. Sie hatten nicht gewusst, dass mit Frost zu rechnen war.

»Wir müssen einfach mehrere Hemden übereinander anziehen. Die Hände können wir in Socken stecken«, sagte Senana.

Die merkwürdig vermummten Pflücker stiegen in ihre Wagen, und die Arbeit ging trotz des Schnees weiter. Die Männer pflückten jeweils zwei Stunden, dann ließen sie den Motor an und tauten eine Stunde lang ihre eisigen Finger auf. Nach fünf Stunden schmerzten die Finger, als hätten sie im Schraubstock gesteckt.

»Alles geht daneben. Jetzt gäbe es Beeren«, sagte Gizmo.

Er zog sich wieder in sein Schneckenhaus zurück. Auch Senana und Aoa hatten keine Kraft zu reden.

Herr Raimo kam in die Schule, obwohl es erst fünf Uhr war. Die Pflücker waren schon auf; man musste früh in den Wald gehen. Herr Raimo wurde von einem Mann und zwei Frauen mit überfreundlichen Mienen begleitet. Die eine Frau und der Mann trugen Pappkartons, aus denen warme Kleidung quoll.

»Tschörtsch«, sagte Herr Raimo.

Ein weiterer Mann kam zur Tür herein, ein Reporter der Lokalzeitung. Er bat einige Pflücker, die Sachen anzuziehen. Dann mussten sie mit den Spendern posieren. Nach dem Fotografieren interviewte der Reporter Senana. Er fragte ihn, ob er wisse, dass manche Leute in Savukoski meinten, die Thailänder würden ihnen die Beeren im Wald stehlen. Senana antwortete, er habe keinen einzigen Einheimischen beim Beerenpflücken gesehen.

»I personally think that you bring nice exotic touch here«, sagte der Reporter zum Abschied.

Senana hätte ihm gern eins auf die exotisch helle Stupsnase gegeben.

Die warme Kleidung half. Die Kälte ließ die Finger nicht mehr erstarren. Endlich fielen die Lottokugeln in die richtige Position. In zwei Tagen sammelten sie mehr Beeren in ihre Eimer als in den bisherigen drei Wochen. Das Geld für die Flugtickets war beisammen, ab jetzt würde jede Beere ihre eigene Geldbörse füllen. Doch ein neuer Rückschlag lauerte bereits. Es war zu kalt, die Preiselbeeren erfroren an den Zweigen und fielen ab.

»Das war dann wohl eine exotische Urlaubsreise. Von einer Arbeitsreise kann man kaum sprechen, wenn man nichts verdient«, sagte Senana.

»Na, von Urlaub kann aber auch keine Rede sein, wenn man zehn Stunden am Tag arbeitet«, wandte Gizmo ein.

»Scheißreise ist der richtige Ausdruck«, konstatierte Aoa.

Die Pflücker schliefen lange. Zum ersten Mal seit ihrer Ankunft. Sie hatten keine Eile mehr. Der Beerenunternehmer auch nicht. Sein Cityjeep kurvte erst am Abend auf den Hof.

»Okay«, sagte Herr Raimo.

Er stellte die Waage auf die Erde und bat darum, ihm die Ernte zu bringen. Diesmal wurde der Lohn ausbezahlt. Viel war es nicht, denn Herr Raimo überwies das Geld für die Flugtickets direkt an seinen Geschäftspartner in Thailand.

»Bät jier. Eim sorri«, sagte er.

Senana war zu matt, um irgendetwas zu entgegnen. Auf Herrn Raimos Gesicht erschien das alte Zahnpastalächeln.

»Du ju still wont manni?«, fragte er.

Senana übersetzte den anderen die Frage. Die Pflücker nickten nervös. Herr Raimo ging zu seinem Wagen und kam mit einem kleinen Pilz zurück.

»This is Trom-pe-ten-pfif-fer-ling.«

Aus dem Finnischen
von Gabriele Schrey-Vasara

Petri Tamminen

Mein Anteil an den Balkan-Friedensverhandlungen

Am Morgen des Abreisetages wurde mir klar, dass ich nicht fahren wollte. Ich beschloss, dem Reiseveranstalter mitzuteilen, ich sei krank geworden. Als Krankheit wählte ich eine Lungenentzündung. Ich schrieb eine so plumpe Mail ohne Bitte um Entschuldigung, wie sie ein müder Mensch, der enttäuscht war, eine Reise absagen zu müssen, schreiben würde. Als die Mail fertig war, traute ich mich nicht, sie abzuschicken. Nun musste ich mich beeilen.

Ich packte meine Tasche und ging zur Haltestelle. Im Seniorenheim saßen alte Leute hinter Glas. Ich fragte mich, ob sie in einer Woche immer noch dort sitzen würden – ob ich diesen Moment noch einmal erleben dürfte, bloß ohne Reisezwang.

Der Bus kam und brachte mich in die Innenstadt, wo ich in einen anderen Bus umstieg, der mich zum Flughafen brachte. Dort wurden meine Tasche, meine Schuhe und mein Gürtel untersucht und meine Hosenbeine und Ärmel so gründlich abgeklopft, dass ich mir fast verstoßen vorkam, als die Aufmerksamkeit des Sicherheitskontrolleurs abrupt abbrach. Die Menschen im Abflugbereich sahen aus, als wären sie mit sich zufrieden. Ich fragte mich, ob das daher kam, dass sie gerade erfolgreich die Sicherheitskontrolle passiert hatten. Dann gelangte ich an eine Röhre und durch die Röhre auf einen Finnair-Sitz.

In München stieg ich in eine andere Maschine um. Wir mussten lange vor der Startbahn warten, bis wir an der Reihe waren. Als wir schließlich loskamen, beschleunigte die Maschine mit einem solchen Brüllen, als wäre sie wütend wegen der Warterei. In Zagreb suchte ich den Flug nach Belgrad. Diesmal war die Maschine sehr klein. Ihren Bewegungen fehlte jede Würde. Sie schoss los wie ein Falke, der irgendwann einfach den Entschluss fasst, zu starten.

In Belgrad kam ein Norweger auf mich zu und sagte mir guten Tag; er hatte in derselben kleinen Maschine gesessen und seinen Wollschal mehrfach um den Hals geschlungen, obwohl es dreißig Grad warm war. Er sagte, er habe sich schon zu Hause sehr krank gefühlt, er befürchte, eine Lungenentzündung zu haben, aber die einzigartige Gelegenheit, die Verhältnisse auf dem Balkan kennenzulernen, habe er nicht auslassen wollen. Ich nickte.

Ich habe Angst vor kranken Menschen. Ich habe überhaupt Angst vor Menschen, vor Gesunden und vor Kranken. Ich habe Angst vor Hitze und fremden Ländern und auch vor ganz normalen Wetterverhältnissen im Ausland. Am Flughafen Belgrad kam ich jedoch nicht dazu, an meine Ängste zu denken, denn plötzlich waren noch mehr von uns da, Schweden und Dänen und Isländer. Einer der Schweden verteilte das Seminarprogramm, und ein anderer erklärte das Gleiche wenig später im Bus über Mikrofon. Die ganze Reise war von den Schweden organisiert worden. Sie glaubten, wir skandinavischen Schriftsteller hätten den vom Krieg erschütterten Balkanschriftstellern viel zu geben, wir könnten zusammen mit ihnen alles ausdiskutieren und beilegen. Die Kriege nach dem Zerfall Jugoslawiens lagen zwei Jahre zurück.

Ich hörte den Schweden nicht zu. In der Zeitung hatte ich gelesen, Belgrad sei vom Bombardement der NATO zerstört worden, aber ich sah nirgendwo Spuren von Bomben. Zwischen den unversehrten Häusern lag allerdings blauer Dunst, als würde die ganze Stadt grillen oder Müll verbrennen. Ich hatte auch gelesen, im Krieg seien 300 000 Menschen ums Leben gekommen, es habe Massenmorde gegeben und Hinrichtungen, es seien Menschen vor ihrer Haustür umgebracht worden oder während sie um Brot anstanden. Die Klimaanlage im Bus arbeitete effektiv, ich saß sicher in einem kühlen Fahrzeug und betrachtete die Straßen und die Menschen und fragte mich, was sie in den letzten Jahren getan hatten.

Irgendwann fuhren wir an einer Bar namens *Snijper* vorbei. Düstere junge Männer standen davor.

Am Hotel angekommen, gingen wir vom Bus direkt in die Lobby. Ich bekam meinen Schlüssel, stieg die Treppe hinauf, betrat mein Zimmer, setzte mich aufs Bett und dachte, dass ich nun sieben Tage an dieser Stelle Europas verbringen musste. Würde ich in vollem Tempo losrennen, rechnete ich aus, würde es lange dauern, bis ich auch nur aus dem Stadtzentrum hinauskäme. Ich kroch unter die Decke und atmete in die Bettwäsche.

Das Friedensseminar fing am nächsten Morgen um zehn Uhr an. Wir saßen in einem großen Halbkreis auf einer Theaterbühne. Im Zuschauerraum saßen weniger Leute, hauptsächlich Mitarbeiter des Hauses. Sie unterhielten sich untereinander, so wie wir auch.

Ich wachte jeden Morgen sehr früh auf, blieb aber im Bett liegen und las. Es ging auf zehn Uhr zu, der neue Seminartag fing bereits an, doch ich lag nur da und ließ die Sonne ins Zimmer scheinen. Ich dachte, ich bin ein erwachsener Mensch, der selbst entscheiden darf, wo er hingeht und wo nicht. Die verständnisvolle Atmosphäre im Friedensseminar hatte schon jetzt neue Züge an mir zum Vorschein gebracht.

Die Serben und die Kroaten bekamen sofort Streit. Ein Kroate erinnerte sich, wie Radovan Karadžić, der ehemalige Präsident der serbischen Republik in Bosnien, den Kopf eines kroatischen Soldaten als Fußball benutzt hatte, worauf sich die Serben ereiferten und sagten, das Erzählen von schmutzigen Einzelheiten und urbanen Legenden sei dem Geist eines Friedensseminars nicht förderlich. Die Leute vom Balkan wechselten jeweils in ihre eigene Sprache und redeten viel und gleichzeitig.

Die Schweden wollten das Gespräch auf allgemeiner Ebene halten. Ein junger Schriftsteller aus Stockholm sprach vom substanziell Guten, das im Menschen wohne, sich jedoch leider mit der substanziellen Schwäche, die ebenfalls im Menschen wohne, mische.

Ich sagte nichts. Ich wagte es nicht und konnte es nicht, ich kannte mich mit den Verhältnissen auf dem Balkan nicht aus und auch nicht mit den anderen Dingen, über die am Seminartisch gesprochen werden sollte.

Wenn ich etwas zu sagen habe, formuliere ich es immer lange vor, und noch länger schäme ich mich im Nachhinein dafür. Auf diese Weise habe ich die Möglichkeiten der Sprache erkundet, aber zu diskutieren habe ich nie gelernt. Diskutieren lernt man durch diskutieren.

In den Pausen standen wir im Innenhof des Theaters zusammen. Dort wurde nicht über den Krieg geredet, sondern über Reisen und über Gerichte, die verschiedene Leute gegessen hatten, und über die Kleider, die sie gerade trugen. Es war angenehm, Pause zu machen und zuzuhören, wie sich die Schriftsteller vom Balkan und die skandinavischen Schriftsteller unterhielten.

Jemand rief mir etwas auf Englisch ins Ohr. Die Frau kam mir bekannt vor, ich hatte sie im Zuschauerraum des Theaters gesehen. Sie gab der neben ihr stehenden Frau und mir ein Zeichen und drängte sich dann durch die Menge. Ich folgte ihr. Draußen lief dieselbe Musik wie drinnen, aber leiser, jetzt konnte ich die Frau verstehen, als sie mir erklärte, ihre Freundin finde, meine Beiträge beim Friedensseminar seien klug gewesen, und die Freundin fände, ich sehe auch sonst klug aus und stark und zuverlässig wie ein Baum.

Ich schaute die Frauen an, diejenige, die redete, und die andere, die fand, ich sei klug und stark und zuverlässig, und erinnerte mich, während des Seminars noch gar nichts gesagt zu haben. Die Frauen sahen balkanisch dunkel und sehr attraktiv aus. Ich musste irgendetwas getan oder gesagt haben, was meine versteckte Klugheit enthüllt hatte. So oder so, man mochte mich, und daraus konnte wer weiß was folgen.

Ich dankte den Frauen für ihre Worte. Die Gesprächigere fragte mich, ob ich die Stadt schon gesehen hätte.

Wir klapperten alle Sehenswürdigkeiten ab, die ich schon gesehen hatte, und ich hörte all die Geschichten, die uns gleich am zweiten Tag von einem Guide erzählt worden waren, noch einmal. Ich gab mich trotzdem interessiert und stellte gute Zusatzfragen. Mir fielen Kommentare ein, die witzige Typen aus unserer Gruppe vor den Sehenswürdigkeiten geäußert hatten, und wiederholte sie jetzt. Die Frauen lachten über meine Witze.

In den dunklen Straßen der Stadt war es still. Die Frauen suchten nach einem Café und diskutierten in ihrer Sprache über Cafés. Die Cafés waren zu. Jedes Mal standen die Frauen kurz vor der geschlossenen Tür und überlegten und gingen dann mit klappernden Absätzen weiter.

Nach ein Uhr in der Nacht wurde ich müde. Wir hatten die

ganze Stadt abgelaufen, viele Straßen im Zentrum sogar mehrere Male. Ich gähnte und sagte, ich sollte wohl am besten ins Hotel zurückkehren. Ich hoffte, die Frauen wären von dieser Mitteilung enttäuscht und kämen auf die Idee, etwas Gewagtes vorzuschlagen. Sie wünschten mir jedoch eine gute Nacht.

Im Hotelzimmer überlegte ich, was schiefgelaufen war und was mich alles ärgerte und wegen was ich Schuldgefühle hatte und wegen wie vieler Dinge gleichzeitig sich ein Mensch schuldig fühlen konnte. Ich versuchte zu schlafen und hoffte, ich würde mich am nächsten Morgen besser fühlen, aber als ich nach kurzem Schlaf erwachte und aufstand, fühlte ich mich noch schlechter.

Den Rest der Woche saß ich auf der Theaterbühne am langen Tisch und schaute vor mich hin. Ich nahm jeden, der durch den Gang lief und in den Zuschauerraum kam und ihn verließ, in Augenschein und wartete darauf, meine nächtlichen Begleiterinnen wiederzusehen, damit ich zu ihnen gehen und mich mit ihnen unterhalten könnte. Aber ich sah nur fremde Menschen.

Am letzten Seminartag bat ich zum ersten Mal ums Wort.

Der junge Stockholmer hatte gerade ein langes, verschlungenes Referat gehalten, das mit dem endgültig wirkenden Gedanken abschloss, wir Schriftsteller hätten auf dieser verrückten Welt letztlich doch keinen Einfluss.

»Oder glaubt hier etwa jemand, mit seinen Büchern Einfluss auf das Leben anderer Menschen zu nehmen?«

Niemand machte auch nur den Versuch, diese Herausforderung anzunehmen, man hörte lediglich leise schmunzelnde Zustimmung Da merkte ich, dass ich tatsächlich etwas sagen könnte. Die anderen diskutierten bereits über ein ganz anderes Thema, aber ich ließ mich davon nicht stören, formulierte in aller Ruhe innerlich meine Antwort vor, und nachdem ich sie zehn Minuten lang vorformuliert hatte, hob ich die Hand. Der Moderator erschrak von dieser Geste so sehr, dass er mir sofort das Wort erteilte, an der Rednerliste vorbei.

»Auch mir fällt es schwer, mir vorzustellen, meine Bücher könnten Einfluss auf das Leben anderer nehmen. Aber ich habe festgestellt, dass die Bücher anderer Leute Einfluss auf mein Leben nehmen. Sogar so sehr, dass mein Leben ohne bestimmte Bücher nicht dasselbe wäre, zum Beispiel ohne die Bücher von Lina, die am anderen Ende dieses Tisches sitzt.«

Ich verstummte und starrte in meinen Schoß.

Meine Wangen glühten.

Vorsichtig blickte ich zu Lina, der Schwedin, die am anderen Ende des Tisches saß. Sie wirkte nicht verlegen, eigentlich nicht einmal überrascht. Auch alle anderen schauten sie an und begannen dann zu klatschen. Die Schwedin hob die Arme wie eine Sportlerin auf dem Siegerpodest.

Ich hatte alle Bücher der Schwedin gelesen und mochte sie sehr. Ihre Gedichte waren alltäglich und gerade darum kamen einem beim Lesen auch die komplizierten Dinge einfach vor. Mir schien auch, dass sie wusste, wie es sich anfühlte, wenn man sich stärker geben musste, als man war, und ich fand es erstaunlich, dass eine mir vollkommen unbekannte Schwedin mich verstand. Am Tag der Ankunft hatte ich Lina in der Ankunftshalle des Flughafens die Hand gegeben, jedoch kein Wort herausgebracht, schon gar nicht, dass ich ihre Gedichte mochte und dass es mir so vorkam, als wäre sie eine mir sehr nahe stehende Person aus meiner Kindheit. So etwas kann man nicht zu einem Menschen sagen, der gerade einen Koffer durch den Flughafen von Belgrad zieht.

Am langen Seminartisch auf der Theaterbühne hatte ich mein Anliegen nun ausgesprochen.

Wenig später merkte ich, dass ich viel präziser hätte sein können. Die Feierlichkeit hatte meine Botschaft eher verwässert als verstärkt. So geht es oft, wenn man versucht, eine wichtige Sache in einem Atemzug auszusprechen. Mehr habe ich im Seminar dann auch nicht mehr gesagt.

Ich war mit drei Flugzeugen nach Belgrad geflogen, hatte eine Woche lang auf einer Theaterbühne gesessen, um eine einzige Sache zu sagen, und zwar die, dass die Gedichte der Schwedin am anderen Ende des Tisches gut waren.

Als wir am nächsten Tag alle nach Hause fuhren, schien es niemanden mehr zu bekümmern, dass die blutigen Konflikte auf dem Balkan noch immer nicht beigelegt waren. Man umarmte sich und tauschte Adressen aus und rief gut gelaunt, man werde von nun an engen Kontakt miteinander halten. Vor allem die Skandinavier riefen das. Die vom Balkan verschwanden in alle Richtungen, reisten in die neuen Länder dieser Region, deren Geografie ich nicht erfasste und deren Verhältnisse ich mir noch immer nicht vorstellen konnte.

Über Zagreb und München kehrte ich nach Helsinki zurück. Am Flughafen nahm ich ein Taxi nach Hause. Die Fenster des Seniorenheims waren dunkel, die Alten schliefen.

Zu Hause nahm ich die Bücher der Schwedin aus dem Regal und blätterte darin. Jetzt fiel mir auf, dass eines der Gedichte den Balkankrieg behandelte. Die Schwedin drohte in dem Gedicht damit, den Menschen bald die Gewehre und Granaten abzunehmen, weil sie die ganze Zeit damit nur in der Gegend herumschossen; damit reiche es nun ein für alle Mal, es müsse Schluss damit sein.

Das Gedicht war gut. Man hatte das Gefühl, durch die Zeilen hindurch die wirkliche Lage der Dinge zu sehen, die nicht ganz hier und nicht ganz dort war, aber doch durch und durch wahr. Ich fand es schön, dass es solche Gedichte gab, die über schwierige Dinge sagten, was man über sie sagen konnte, und dass ich diese Gedichte daheim in aller Ruhe lesen konnte. Es war schon spät, aber ich saß am Küchentisch und las.

Aus dem Finnischen
von Stefan Moster

Miina Supinen

Dekadente Liköre

Saara steht in einer feinen Schneiderei in Phuket in Thailand.

Sie steht dort und blättert in einem Ordner mit der Aufschrift »Let us make you beautiful«. Der Raum ist hell und hoch, an den Wänden stapeln sich glatte, in allen Regenbogenfarben schimmernde Stoffballen bis unter die Decke. Auf den Tischen liegen Spitzen, Perlen und Knöpfe. Sechs Schneider arbeiten hier. Alle sind höfliche, ungefähr 50 Kilogramm leichte Männer.

Mitten im Raum dreht sich eine junge und schmutzige kleine Rucksacktouristin. Sie hat sich in gelben und rosafarbenen Satin gewickelt. Der Anblick des Mädchens lässt Saara an ihre eigenen Racker weit weg in Finnland denken. Sie würde dem Mädchen gern mit dem Kamm durchs Haar fahren und ihm einen Pferdeschwanz binden.

Aber dann konzentriert Saara sich wieder auf sich selbst und studiert den Ordner. Er enthält Fotos von Abendkleidern, und eines ist bezaubernder als das andere. Wallende Seide, Volants wie Schlagsahneberge, Mieder voller Perlen und Strass. Die Bilder sind aus Zeitschriften ausgeschnitten. Hinter Saara lauern die Schneider und beteuern, dass sie all diese Kleider nähen können und alles andere, was die Kundin sich wünscht, auch.

Die Schneider sind so groß wie Saara, aber viel dünner. In Finnland ist Saara von ganz normaler Statur, möglicherweise sogar etwas klein, und ihr Mann ist 1,94 Meter groß, über 100 Kilogramm schwer und kann sie hochheben. Daheim hat Saara immer das Gefühl, die richtige Größe zu haben. Wenn sie sich hier auf spiegelnden Flächen in der Masse der Einheimischen sieht, stutzt sie, weil sie einen riesigen weißen Klotz mit schlaff herunterhängenden Haaren erblickt.

Die Schneider verbeugen sich zwar nicht, aber es fehlt nicht viel. Das gefällt Saara nicht so recht. Der Service hier befremdet sie. Er ist zu gut. Die schmutzige kleine Rucksacktouristin darf machen, was sie will, Stoff von den Ballen ziehen und ihn betatschen und nach Herzenslust damit herumspielen. Wahrscheinlich steckt sie sich gleich eine Zigarette an. Die Schneider lassen das Mädchen herumwühlen, sie stehen in einer Ecke des Raums und sehen zu, gelassen, unterwürfig und aufmerksam.

Natürlich bekommt man auch in Finnland gegen Geld eine Pediküre oder ein maßgeschneidertes Kleid und Männer können sich die Muschi einer Hure kaufen, aber die finnischen Dienstleister sind nicht so wie diese hier. Wenn sie unterwürfig sind, scheinen sie darunter zu leiden, und man hat als normaler Kunde ein schlechtes Gewissen. Benehmen sie sich dagegen ungezwungen, sind es Besserwisser und man fühlt sich erst recht mies. Aber hier, mitten in diesem seltsamen, mitleiderregenden Volk, kommt sich die Kundin wie eine gütige Königin vor. Angeblich – Saara hofft, dass es nicht stimmt – haben die Thailänder nach dem Tsunami zuerst den Touristen und erst dann ihren eigenen Leuten geholfen.

Aber irgendwie ist sie auch angenehm, diese Dienstbereitschaft. Man kann sich daran gewöhnen.

Und davon mal abgesehen: Saaras Leben ist seit Jahren ziemlich banal und zugegebenermaßen auch recht anstrengend. Deshalb hat sie sich jetzt ein richtig schönes maßgeschneidertes Kleidungsstück verdient.

»Madam, may I ask? What kind of dress you like?«, fragt einer der Schneider.

Saara überlegt. Eigentlich. Also. Sie will nicht so ein Prinzessinnenkleid, wie es sich die kleine Rucksacktouristin offensichtlich vorstellt. Sondern etwas noch Feineres. Etwas von größtmöglicher Eleganz und Schönheit.

Also. Saara will einen Herrenanzug, wie ihn ein sehr stilbewusster androgyner Rockgott tragen würde. Ein Anzug, der seine geistige Heimat in einer Opiumhöhle des Viktorianischen Zeitalters hat. Nachtschwarz, aus Seide, elegant geschnitten, so, dass er an einer Frau richtig schick aussieht.

Sie schaut dem Schneider in die Augen und fängt an: »Ich stelle mir vor ... Könnten Sie ... so einen ...«

»Yes, yes, we can«, unterbricht sie der Schneider.

»... wie ein Herrenanzug, aber für eine Frau«, sagt Saara entmutigt. Woher will der Schneider denn wissen, dass er es kann, wenn er noch gar nicht gehört hat, was sie will? Er sollte ihr erst mal zuhören und nicht gleich selbstgefällig bejahen, dass er alles kann, egal, was sich die Kundin wünscht.

Saara schluckt ihren Ärger hinunter und zeigt auf einen dicken, schwarzen Stoff, der mit seidigen, silberfarbenen Drachen bestickt ist. »Daraus möchte ich einen Anzug, also Hose und Sakko, und zwar so gut geschnitten, dass er quasi ... dass er schlicht aussieht, aber auch luxuriös«, sagt Saara. »Er soll atemberaubend sein«, fügt sie sicherheitshalber hinzu.

»Yes«, sagt der Schneider und hebt den Ballen aus seiner Halterung. »Stunning. Of course.«

Er geht ein Maßband holen. Saara ist unsicher, ob die Beschreibung richtig rübergekommen ist. Sie selbst hat eine klare Vorstellung von ihrem Anzug, aber sie befürchtet, dass der Schneider nicht dieselben Bilder im Kopf hat wie sie. David Bowie oder Johnny Depp wird er kaum kennen. Und falls doch, sieht er in ihnen vermutlich nicht das, was Saara in ihnen sieht.

Sie erklärt es ausführlich, sieht den Schneider dabei an und versucht, durch dessen höfliche Schale zur Seele vorzudringen. »Richtig schön, egal ob für einen Mann oder für eine Frau, verstehen Sie? Sexy quasi.« Sie ist sich nicht sicher, wie man androgyn auf Englisch ausspricht, aber sie versucht es.

»Yes, yes«, sagt der Schneider. »We will make it very beautiful.«

Na dann, auf gut Glück. Zumindest ist der Stoff toll. Und wenn der Anzug nach ihren Maßen angefertigt wird, sitzt er bestimmt auch gut.

Die Schneider fangen an, Maß zu nehmen. Saara schaut ihnen im Spiegel zu und es graust ihr, wenn sie sich die großen Zahlen auf dem Maßband vorstellt. Warum hat sie vor der Reise nicht ein bisschen Diät gemacht, dann würde sie sich jetzt nicht so quälen. Sie versucht, daran zu denken, dass sie zahlende Kundin ist und in Phuket der Kunde ein Gott ist – mit oder ohne Speck.

Am Abend sitzt Saara mit ihrem Mann auf dem Balkon. Sie hat die Beine über das Geländer gehängt, ihre Zehennägel sind lackiert. Die Zehen sehen ungewohnt aus, aber besser als sonst. Vor der untergehenden Sonne zeichnet sich die Silhouette ihres Mannes mit der imposanten Nase und dem geflochtenen Bart ab. Er trinkt ein Dosenbier.

Saara versucht, den Anzug zu beschreiben, aber ihr Mann scheint sich nicht dafür zu interessieren. Ein offenherziges Abendkleid würde er vermutlich besser verstehen. Er ist ein typischer Mann, der an Frauen die einfachen Dinge schätzt.

»Du hast die schönsten Titten der Welt«, hat er immer zu Saara gesagt, als sie noch jung waren. Es machte Saara traurig, dass ihre Brüste größer wurden und durch die Schwangerschaften und das Stillen zu hängen anfingen. Als sie das ihrem Mann erzählte, sagte er, sie habe auch weiterhin die schönsten Titten der Welt, obwohl sie jetzt anders verwendet würden. »Zinédine Zidane war ja auch der beste Fußballer der Welt, egal, ob er bei Juventus oder Real Madrid gespielt hat. Für Titten gilt das Gleiche.«

Vielleicht könnte Saara die Kinder ab und zu einem Babysitter überlassen und im neuen Anzug mit ihrem Mann auf Rockkonzerte gehen. Oder ins Theater oder zu einer Vernissage. Sie müsste nur mutig sein, den Anzug anziehen und nicht daran denken, dass für ihn keine Veranstaltung gut genug ist. Dann würde Saara mit ihrem Anzug die Welt ein bisschen interessanter machen. In diesem Anzug könnte sie dekadente Liköre trinken.

Am nächsten Tag kommt Saara zur Anprobe in die Schneiderei. Als sie den Anzug sieht, ist sie schockiert. Er hängt an der Wand auf einem Bügel und sieht kurz und breit aus. Die Nähte stechen hervor. Sie sind sauber gearbeitet, aber sehr auffällig.

Die kleine Rucksacktouristin ist auch wieder da und bekommt einen Armvoll gelber Seidenröcke.

Aber man kann ja nicht wissen, wie etwas aussieht, bevor man es anhat. Der Schneider reicht Saara Hose und Sakko, und sie zieht sie hinter einem Wandschirm an. Die Hose geht nicht richtig zu.

Saara stellt sich vor den Spiegel, will aber nicht hinschauen. Der Schneider geht vor ihr auf die Knie und fängt an, abzustecken. Eine Nadel pikst, und der Schneider sagt: »I beg your pardon, madam.«

Saara hasst es, dass man sie hier Madam nennt. Das erinnert zu sehr an eine dicke Matrone, die niemand leiden kann und die nie etwas kapiert. Außerdem klingt es irgendwie lüstern. Vermutlich, weil man an die Madame in einem Bordell denkt.

Saara muss jetzt hinschauen. Sie blickt auf. Aus ihrem Mund kommt ein ungläubiges Lachen.

Das Wesen im Spiegel erinnert nicht im Entferntesten an einen androgynen Rockgott. Sondern an das absolute Gegenteil. Es ist widerlich. Am ehesten ähnelt Saara einem übergewichtigen Pornoliebhaber aus einer Comedy-Sendung. Einem, der fettige Haare mit Mittelscheitel trägt und viel schwitzt. Sie sieht nicht wie eine Frau aus, sondern wie ein Mann mit breiten Hüften. Noch nie sind ihre Hüften so breit gewesen. Die kleine pralle Jacke hört genau dort auf, wo Saaras Hüften am breitesten sind.

Saara schaut entsetzt und mit wachsender Wut in den Spiegel.

Mehr als einem menschlichen Wesen ähnelt sie einem Sofa. Würde sie ein Theaterstück inszenieren, in dem ein Sofa eine Rolle hätte, irgend so ein absurdes Drama, in dem alle Figuren Möbelstücke sind, wäre das hier das perfekte Kostüm.

Sie möchte den Schneider gern am Hals packen, ihn schütteln und anschreien: Das nennen Sie *stunning*? Ist das für Sie etwa *very sexy*?

»So wollte ich ihn nicht«, flüstert sie. »Den nehme ich nicht.«

Der Schneider schlägt einen neuen Anprobetermin vor, aber Saara sagt, dass sie den Anzug nicht wolle. Egal, wie man ihn ändert, erträglich kann er nicht mehr werden.

Wenn sie das Geschäft jetzt absagt, kommt Saara in eine unangenehme Lage, deshalb blickt sie zu Boden, unterdrückt die Tränen und fragt mit über und über rotem Gesicht, was er kostet. Der Schneider nennt die Summe – *madam* – und in seiner Stimme schwingt höfliche Verwunderung mit.

»Madam. May I ask. Why don't you want this jacket and pants?«, sagt der Schneider.

Saara kramt in ihrem Portemonnaie und legt die Scheine neben die Kasse.

Die kleine Rucksacktouristin dreht sich vor dem Spiegel. In ihrem langen Abendkleid könnte sie am Unabhängigkeitstag zum Empfang im Präsidentenpalast gehen, falls sie eingeladen wird. Sie sieht schön aus, wie eine Blume oder ein Schmetterling. Aber sie scheint nicht ganz zufrieden zu sein. Durch Saaras Verhalten offenbar beeindruckt zieht sie eine Schnute und droht damit, dass sie das Kleid nicht nimmt. Saara möchte auch sie am liebsten schütteln. Und schreien: »Halt die Schnauze! Es ist schön! Du bist schön!«

Die Schneider tragen ihr den schrecklichen Sofaanzug noch bis zur Tür hinterher, aber Saara nimmt ihn nicht mit. Sie möchte nicht an ihre unglaubliche Dummheit erinnert werden. Wie konnte sie nur so albern sein? Allein der Stoff war schon so dick, dass er wie ein Möbelbezug aussah. Daraus könnte man niemandem eine gute Jacke nähen. »Nein!«, ruft sie.

Saara geht dicht an den Häusern entlang zum Hotel zurück. Sie hat Hunger und Durst. Es ist heiß und viel zu hell, und ihre dicke Haut scheuert sich an den Nähten ihrer ausgeleierten, hässlichen Kleidung. Der salzige Schweiß brennt in jeder Schürfwunde. Schmerzhaft spürt sie jede Fettzelle und jeden Wulst. Darin steckt das brennende Gift, aus dem der Körper Cellulite macht.

Im Hotelzimmer ist es dunkel und kühl. Die Vorhänge sind zugezogen und der Ventilator läuft. Saara wirft sich ihrem Mann in die Arme.

Saaras Mann ist groß und stark und seine Umarmung sucht ihresgleichen. Früher trug er sämtliche Instrumente und Verstärker der androgynen Rockgötter, als hätten sie kein Gewicht. Saara hat es nie geschafft, einen der Götter in ihr Bett zu locken. Ihre Groupiekarriere ist an diesem großen Roadie gescheitert.

Und ihr großer, zopfbärtiger Roadie sieht nun, dass sie unglücklich ist, schenkt ihr eine Rum-Cola ein, und Saara spürt, wie der Drink nach und nach einen Teil des brennenden Schmerzes in ihrem Bauchfett auflöst.

Aus dem Finnischen
von Franziska Fiebig

Johanna Holmström

Weitwinkel, Ida #2

Es beginnt mit ihrem Gesicht. Er sitzt im Halbdunkel vor den beiden Bildschirmen, und einen Augenblick schweben seine Finger unentschlossen über der Leertaste. Sie sind da, die Pause in seinen Gedanken und der zitternde Moment seiner Haut über dem glatten Kunststoff. Dann landen seine Finger auf der Taste, schicken einen Impuls von seiner Hand zum Gehirn des Computers und von der Tastatur zurück in sein Gehirn. Was das angeht, ist es wie Musik: Man drückt irgendwo drauf, und etwas fängt an zu spielen.

In diesem Fall ist es Ida, und es beginnt mit ihrem Gesicht. Nein. In Wirklichkeit beginnt es mit einem Flimmern, einer Schneekaskade in Schwarz-Weiß, rauschende, Funken sprühende statische Elektrizität, die über die Bildschirme tanzt, mit einem breiteren Streifen in der Mitte. Dann macht das Bild einen holprigen Sprung, als würde es kurz husten, und alles wird still, grau, dann einen Augenblick schwarz und weiß, und dann kommt die Farbe, zuerst ganz blass und trist, fast verblichen, aber es ist ihr Gesicht, ihr Atem, der hörbar durch die Nase hinein- und wieder herausströmt, und ihre Augen, die konzentriert in die Kamera blicken. Dann lacht sie einmal auf und ihre Augen verengen sich, und hinter der Kamera steht er.

»Ist die ... hey, warte mal ... ist die an?«, fragt sie und deutet auf die Kamera. »Ist die an?«

Eine gemurmelte Antwort, sie wird ganz ernst. Hört aufmerksam zu und nickt dann.

»Aha, okay. Wie wollen wir das jetzt machen? Fragst du mich oder ... wie hast du dir das vorgestellt?«

Seine Stimme scheint wie aus weiter Ferne zu kommen, als er antwortet.

»Ich stell dir Fragen, aber es wär gut, wenn du ab und zu auch einfach frei sprechen könntest, weißt du, über ... na, du weißt schon.«

Während sie zuhört, ändert er den Bildwinkel und sie gleitet fort. Und wächst gleichzeitig von allen Seiten. Ihr Zimmer kommt ins Bild. Ihre herumliegenden Kleider, die sie nachlässig auf den Boden geworfen hat, ihr schlampig gemachtes Bett. Sie steht mitten im Zimmer, mit Jeansrock, gestreiften Kniestrümpfen und einem Kapuzenpulli. Die Kapuze hat sie über den Kopf gezogen, ihr Pony lugt darunter hervor, federleicht, luftig, fransig geschnitten, sie lächelt ihn an. Hinter ihr verströmen die großen Fenster Licht im Zimmer, und das Licht bildet spiegelnde Pfützen auf dem Parkettboden. Er justiert die Lichteinstellung an seiner Kamera. Das Bild wird dunkler. Die Spiegelung weniger dominierend. Sie schiebt die Hände in die Bauchtasche ihres Pullis und windet sich, ohne die Füße von der Stelle zu bewegen. Ihr Oberkörper ist bogenförmig zur Seite geneigt.

»Also, wollen wir anfangen?«

Er nickt, und dann fängt sie an.

»Ich bin ... Ida ... Nein, warte ...«

Sie lacht schnaubend und die Kamera wackelt. Sie beugt sich vor. Er erkennt die Situation wieder, jetzt nimmt ihre Nervosität überhand, und er wartet, bis sie sich wieder gefangen hat. Sie lacht und wedelt mit der Hand. Überkreuzt die Beine. Ihr ganzer Körper scheint sich schraubenförmig zu bewegen, als wollte sie sich aus sich selbst herauswinden. Wohin soll sich ein Mensch wenden, wenn er sich nirgends verstecken kann? Er sieht ihr dabei zu, wie sie sich aus sich selbst herausschlängelt.

»Wir fangen noch mal von vorne an.«

Sie sammelt sich, indem sie den Mund einmal weit aufmacht und mit der Hand schnell vor dem Gesicht hin- und herwedelt, dann gähnt sie, verjagt die Spannung aus dem Körper, die Wohnung hinter ihr ist noch immer viel zu leblos und viel zu still, und dann setzt sie neu an.

»Ich heiße Ida Rosendal und bin zweiundzwanzig Jahre alt. Ich bin … Aktivistin … Was? Seit wann? Seit zwei Jahren vielleicht. Ich hab damals an der Uni angefangen. Was? Warum ich damit angefangen habe?«

Sie zuckt mit den Schultern. Zieht die Mundwinkel herunter. Wiegt sich eine Weile hin und her.

»Vielleicht, weil ich das Gefühl habe, dass ich damit das Richtige tue. Weil ich das Gefühl habe, dass man nicht mehr einfach bloß … tatenlos zuschauen kann, wie andere … die Welt zerstören … eigentlich alles zerstören, was man hat … na ja, das klingt jetzt voll kitschig, aber es ist einfach so. Für mich jedenfalls.«

Sie verstummt und horcht auf sein Gemurmel hinter der Kamera. Ihr Mund steht halb offen, der Blick ihrer blaugrauen Augen ist aufmerksam. Sie will ihn hören, will wissen, was er sagt. Sie will zuhören. Sie will erzählen. Sie steht mit gefalteten Händen da und er zoomt sie heran, dichter, näher. Wie nahe kann man Ida kommen? Dann bleibt das Bild stehen. Die Kamera schwankt einmal. Er überlegt, ob er das Stativ benutzen soll. Draußen zieht eine Wolke vor der Sonne vorbei. Die scharf umrissene Pfütze auf dem Boden wird dunkel. Als das Bild stehen bleibt, ist sie nicht mehr zu sehen. Wie so vieles andere befindet sie sich jetzt außerhalb des Bildausschnitts. Nachdem er die Kamera richtig eingestellt hat, gibt er ihr anscheinend ein Zeichen mit der Hand, denn ihre Augen bewegen sich nach oben, ihr Blick zuckt kurz hin und her, dann holt sie Luft.

»Wir sind jetzt zu dritt. Beziehungsweise zu viert.«

Sie bricht ab und lacht. Hat ihn völlig vergessen. Dann fährt sie fort.

»Natürlich sind wir noch viel mehr, weißt du, lauter Gleichgesinnte. Wie viele wir insgesamt sind, weiß ich nicht, aber in unserer Gruppe sind wir zu viert.«

Sie lächelt leicht. Ihr Blick trifft seinen hinter der Kamera.

»Wir machen alles Mögliche. Organisieren Demos ... besuchen den Reichstag, schicken Briefe mit Petitionen raus ... und noch ein paar andere Sachen. Die ich nicht erzählen kann.«

Mit einem halben Grinsen fügt sie hinzu:

»Nein, also, nichts Kriminelles ... oder, na ja, vielleicht ist es doch ein bisschen illegal. Nee ...«

Da bricht die Aufnahme ab, das Bild erstarrt einen Moment, macht dann einen Hüpfer und hat auf einmal einen ganz anderen Charakter. Es ist ein grau verhangener Tag. Er sieht, dass die Sonne sich nicht mehr blendend auf dem Boden spiegelt, dass der Himmel vor dem Fenster eine weiche, graue Farbe hat, dass die Bäume sich im Wind biegen und sie sich umgezogen hat. Sie springt, bloß mit grauen Boxershorts und einem Top bekleidet, im Wohnzimmer herum. Sie ist gerade aufgestanden, ihre Haare sind noch ganz zerzaust von der Nacht. Ihre Wadenmuskeln spannen sich, wenn sie auf einem Bein steht und mit dem Rücken zur Kamera herumhopst. Dann dreht sie sich um und lacht. Das Geräusch zerreißt die Stille, spritzt über die Tastatur, und er sitzt im Dunkeln und sieht sie an und lächelt. Er hat sie in der Dose, konserviert, zahm und fügsam, wie er es immer gewollt hat, und er spult sie vor. Sie bewegt sich ruckartig, lächelt, kommt doppelt so schnell auf die Kamera zu. Ihre Lippen bewegen sich, aber er hört keinen Ton. Sie schaut ihn direkt an, ohne ihn zu sehen, sie wiegt nachdenklich den Kopf, hört zu, lacht, und bei alldem hat sie so etwas Strahlendes an sich. Dann dreht sie sich um. Sie bewegt sich zur Zimmermitte, und ihr runder Hintern wackelt beim Gehen. Sie ist schlank, klein, leicht, gerade mal fünfzehn Zentimeter hoch, und trotzdem hat sie ihm so wehtun können. Sie schreitet durchs Zimmer wie ein Storch, ruckartig, hebt Kleidungsstücke mit den Zehen auf, ihr Bravourstück. Er sieht ihren konzentrierten Gesichtsausdruck, die Zunge, die im Mundwinkel spielt, er hört ihr angestrengtes Atmen. Ein Kleidungsstück nach dem anderen ergreift sie mit ihren langen kräftigen Zehen, und er kann es geradezu im Brustkorb spüren, wenn sie die Zehen zusammenkrümmt. Er fährt sich mit den Händen übers Gesicht. Hinter den Augen spürt er ein Stechen, von der Dunkelheit und dem leuchtenden Bildschirm, aber er macht weiter.

Nächste Szene. Sie ist voll bekleidet. Khakigrüne, weite Hose, ein weißes Top, die Haare im Nacken zu einem strammen Pferdeschwanz gebunden. Ihre Wangen sind rot. Sie glüht. Sie steht im Flur und er gibt ihr ein Zeichen. Sie beginnt, rückwärts durch den Flur zu gehen. Mit ihren weißen Strümpfen mit rosa Zehenspitzen sieht sie so kindisch aus, dass er die Lippen zusammenpresst.

»Das ist also mein Zuhause. Hier ... hier wohne ich. Hmm ... wie ihr sehen könnt, ist die Wohnung nicht besonders groß. Aber sie passt zu ... einer armen Studentin wie mir. Eigentlich wohnen wir hier ja zu zweit. Ich wohne hier mit meinem ... mit meinem ... Lebensgefährten. Blödes Wort. Lebensgefährte. Genauso blöd wie ›mein Freund‹. Wir sind ja schließlich keine Freunde, oder?«

Nein, Ida. Wir waren nie Freunde.

»Das ist meine Küche. Hier hab ich meine Küchenkräuter.«

Die Kamera folgt ihr, vorbei an säuberlich gestapelten unabgewaschenen Schüsseln auf der Spüle, karierten Geschirrtüchern an Wandhaken, weißen Schränken mit hellbraunen Griffen, ein paar glänzenden Kuchenformen, die zur Zierde an der Wand hängen, und dann kommen das Basilikum und die Petersilie, von denen sie gerade gesprochen hat.

»Tja, ich hab ja nicht vor, lange hierzubleiben ... das ist bloß ... das ist quasi ... ja.«

Dann geht es weiter ins Badezimmer, ins Wohnzimmer, ins Schlafzimmer, wo sie lacht und die Hand über die Linse legt, und während er sie sieht, versucht er das Chaos in seinem Inneren zu entwirren, meterweise Film, der von den Rollen abgespult wurde und jetzt seinen Kopf füllt wie ein einziges Knäuel aus Bildern und Klängen.

Total lächerlich, denkt er, dass wir irgendwann mal gedacht haben, daraus könnte ein Film werden. Das ist alles nur Schrott. Aufnahmen, die ein verliebter Trottel von seiner Freundin gemacht hat. Lachhaft. Er schnaubt im Dunkeln, schnaubt mit dem ganzen Gesicht, und der Bildschirm bekommt einen Tröpfchenregen ab. Er stöhnt auf, als würde ihn ein Krampf durchlaufen, dann zieht er sich den Ärmel über die Hand und wischt den Monitor ab.

Es flimmert noch einmal. Aber jetzt ist sie auf einmal eine ganz andere. Andere Kleidung. Ein hellblaues T-Shirt und eine weite Jeans. Die Jeans ist nicht zu sehen, aber er kann sich noch erinnern, was sie da anhatte. Er braucht keinen Film. Sie sitzt am Küchentisch und raucht. Ihre Finger, Drecksgriffel hat sie sie immer genannt, halten die Zigarette, und er geht ganz nah an ihr Gesicht heran. Das Licht kommt von hinten und hüllt ihr Gesicht in Halbschatten. Ihre Lippen kleben am trockenen Filter der Zigarette. Sie sind aufgesprungen, geschwollen, dunkelrot und ebenso zernagt wie ihre Nägel. Ihr Haar ist ein dicker Bausch aus einzelnen Strähnen, die das Licht reflektieren wie dünne Drähte. Sie wendet den Blick zur Kamera. Er ist matt. Unter ihren Augen zeichnen sich scharf konturierte Ränder ab. Sie wendet den Blick ab. Bleibt eine Weile mit hochgezogenen Schultern sitzen. Im Profil. Die Finger mit der Zigarette vor den Lippen. Ihr Körper wiegt sich im Rhythmus ihrer Atemzüge leicht vor und zurück. Hinter ihr dieselben Bratpfannen, dieselben Schalen und Schüsseln, die gestapelt darauf warten, dass man sich ihrer annimmt. Sie warten schon seit ein paar Wochen. Sein Blick wird von ihren Wimpern angezogen. Sie sind blass und kurz, an den Spitzen ganz weiß. Sie blinzelt.

»Manchmal denk ich mir ... scheiß doch auf alles. Scheiß doch einfach drauf. Scheiß drauf. Alle anderen scheißen ja auch drauf. Warum habe ich in ... meinem Körper ... dieses schleichende, hartnäckige Protestgefühl? Warum ich? Ich schau mir die Menschen an, die auf der Straße an mir vorbeigehen, und ... die können immer noch ... reden. Die können immer noch lachen, ich kapier es einfach nicht. Die können immer noch ... und die kümmern sich einfach nicht drum, ob alles den Bach runtergeht. Also ... ich verlange ... ich verlange ein Engagement, bei dem ... bei dem man sich selbst hundertprozentig einbringt. Jede einzelne Scheißsekunde.«

Sie unterbricht sich kurz und zieht an ihrer Zigarette.

»Aber dann denk ich mir manchmal einfach ... fuck it ... oder so. Ist doch alles voll zum Klischee erstarrt. Die Regenwälder sind ein Klischee ... und der Eisbär! Der Scheißeisbär ist echt der König aller Klischees! Die Wale, okay, die kommen gleich danach. Das Abschmelzen der Polkappen ist auch ein Klischee ...«

Sie schnaubt noch einmal und wendet den Blick ab, der vor lauter Schmelzwasser angefangen hat zu schimmern und zu glänzen.

»Und dann denk ich mir bloß ... na gut! Na gut! Holzt doch gleich alles ab, den ganzen Wald, das ganze Grün, den ganzen Regenwald, nur zu, dann haben wir's hinter uns mit dem ewigen Gejammer und den Baumschützern. Wozu das Ganze künstlich in die Länge ziehen? Holzt doch alles ab. Schießt doch alle Wale ab, dann müssen wir davon auch nichts mehr hören. Tötet alles Leben auf dem Meeresgrund und fischt die Ozeane leer, dann müssen wir nichts mehr davon hören und müssen nicht mehr drüber nachdenken. Dieses langsame ... in die Länge gezogene ... Sterben, davon wird mir einfach ...«

Sie bricht wieder ab. Holt ganz tief Luft, als hätte sie gerade Wasser geschluckt. Dann hat ihre Stimme wieder ein bisschen an Festigkeit gewonnen.

»Manchmal will ich einfach nur ... dass alles abgeschaltet wird. Ich will einfach rausschreien, dass sie alles abschalten sollen, alles ausmachen!«

Wieder gerät sie außer Atem. Sie holt Luft, so viel in ihre Lungen nur hineingehen will, und stößt sie dann heftig wieder aus, und ihm wird kalt vor Angst, während er ihrem fast schon schluchzenden Ringen nach Luft zusieht. Er hat damals nicht die Hand nach ihr ausgestreckt, und jetzt tut er es auch nicht, er sitzt bloß da und kämpft mit sich selbst. Was hat er sich damals gedacht? Vielleicht, dass es ein schlimmer Abend werden würde. Dass sie weinen würde oder dass sie sich streiten und das Wochenende verderben würden, oder dass sie stärker ist, als sie aussieht, und gleich aufstehen und wie immer sein wird? Jetzt denkt er sich, dass ihr vielleicht bei diesen Atemzügen der Gedanke gekommen ist. Aufhören zu atmen! Ihr Slogan während der letzten Wochen ihres Lebens und der Monate danach, als andere ihrem Beispiel folgten.

Ein paar Tage später. Sie hat das Gesicht tief in ihr schwarzweißes Palästinensertuch vergraben, die Haare sind bauschig im Nacken zusammengebunden. Sie trägt ein weißes T-Shirt über einem grauen, langärmligen Oberteil und eine schwarze Röhrenjeans. Ihre Haut ist blass, und die dunklen Schatten sind auch immer noch da. Er hatte sich schon überlegt, was er beim Interview sagen wollte, hatte sich die Einstellungen ausgedacht, ihr ganzes Leben eingedampft in einer kleinen Schachtel, als hätte sie damals schon angefangen, sich von ihm zu entfernen.

»Manchmal sitz ich hier. Auf dem Balkon.«

Sie deutet mit der Hand auf den Ausblick, und die Kamera macht eine Panoramaaufnahme von den Fassaden gegenüber, gelbe, graue, eine hellrote ist auch darunter. Unten die Straße mit ihren trostlosen, blattlosen Herbstzweigen, die sich wie starre Knäuel vor den Wolken abzeichnen. Alles so kerzengerade. Die Büsche, die eine Linie bilden. Die Wiese, deren schmutzig grüner Rasen übersät ist mit Hundescheiße, weil die Hundehalter sich einfach nicht aufraffen konnten, den Dreck aufzusammeln. Der Kiosk gegenüber mit seinen bunten Markisen. Das Taxischild vor dem Pub, vor dem die Besoffenen auf den Bänken liegen und auf den nächsten Tag warten, der vielleicht auch für sie anbrechen wird, falls der Frost nicht schneller ist. Die Autos stehen in Reihen am Straßenrand geparkt und warten darauf, die nächste wärmende Schicht um unseren zerbrechlichen Klischeeplaneten furzen zu dürfen, und die Kinder spielen daneben, denn es sind ja bloß Autos. Die Autos ihrer Väter. Die Autos ihrer Mütter. Manchmal auch beides, aber jetzt redet Ida wieder. Ida hat etwas zu sagen.

»Ich glaube, dass ich diese Welt liebe. Ich liebe diese Welt, wie Gott sie lieben muss. Ich liebe jeden Menschen. Jeden armen Menschen, den ich von hier aus sehen kann. Alle miteinander. Aber wir tun einander einfach nicht gut.«

Sie verstummt erneut. Ihr Kinn hat sie immer noch tief in das Tuch gebohrt. Sie schnieft. Jetzt wird es von Tag zu Tag kälter. An dem Tag, als sie erfuhr, dass der Golfstrom sich verlangsamt hat und die Strömung zum Erliegen zu kommen droht … nein, denkt er in der Dunkelheit vor seiner Tastatur. Nein. Keine Worte. Hör auf jetzt. Hör ihr einfach nur zu und dann schalt aus.

»Ich weiß, was manche Menschen … Palästinenser … Iraker … Basken … Iren … egal wer … dazu treibt, sich … hm … sich selbst zu opfern … sich die Taschen mit Sprengstoff vollzustopfen und sich dann in Atomen über die ganze Straße zu verteilen, ein Auto zu einer Bombe umzubauen und es einfach geschehen zu lassen … das ist … wie eine Kombination aus Hoffnungslosigkeit und Liebe. Das Gefühl ist unheimlich stark … Man macht das nicht für sich. Man macht das für … für alle. Für alle.«

Sie schüttelt den Kopf. Für alle. Dann lächelt sie leicht. Er weiß noch, wie er sich nach diesem Lächeln gesehnt hatte, aber als es sich endlich auf ihr Gesicht stahl, war es der falsche Zeitpunkt. Er hatte seine Koffer schon gepackt. Wollte gerade gehen. So wie sie. Nur anders. Sie wendet den Blick zur Kamera.

»Keine Sorge.«

Er zoomt sie heran. Geht jetzt ganz nah an sie heran. Er wollte so nahe herangehen, als würde er in sie eindringen, nur um zu erforschen, was in ihr war. Der Zoom der Kamera streichelt ihr Gesicht. Seine Hand strebt nach oben, will die Fingerspitzen auf den Bildschirm drücken. Er tut es nicht. Seine Hand ist zu schwer.

»Ich werd keine Selbstmordattentäterin.«
Aber bist du nicht genau das geworden?
»Trotzdem, einen Plan habe ich.«
Sie lächelt. Die Frage bleibt aus. Was für einen Plan, Ida? Erzähl uns von deinem Plan. In dem Moment war er einfach nur noch müde. Hatte alles nur noch satt. Wollte nicht mehr fragen und vor allem nicht mehr wissen. Wenn er sie jetzt sehen würde, was würde er dann sagen? Hannele Pääskynen ist gekommen. Hannele Pääskynen ist im späten Frühjahr gekommen und war so verzweifelt und wollte alles, aber auch wirklich alles wissen. Ida habe übers Ziel hinausgeschossen, meinte sie, aber »verdammt, das war's echt wert«. Sie wollte alle Details hören, aber den Film kriegte sie nicht. Nicht das Tagebuch.

Die Kamera schwebt näher an sie heran. Ihre Haut ist weiß und sommersprossig. Blasse Punkte. Ihre Augen sind graublau, mit ein bisschen Grün zur Mitte hin. Ihre Augenbrauen hell und dünn. Ihre Lippen lächelnd rosa. Ihr Blick ist geheimnisvoll, traurig, immer noch feucht von den Gedanken, die ihr nie Raum zum Atmen lassen. Ein Windstoß erfasst eine Haarsträhne, die sich leicht hebt und dann wieder zurücksinkt. Das Lächeln kräuselt immer noch ihre Mundwinkel, ganz vorsichtig, als wolle es ihr nicht wehtun, und auf einmal wird ihm klar, was er hier gerade tut.

In den Heimatstädten der Selbstmordattentäter hängt man riesige Plakate mit dem Konterfei der toten Helden auf. Dann huldigt man ihnen. Man veranstaltet ein Fest.

Im Nachhinein erscheint seine Wut so banal, aber damals war er sauer auf sie. Er wollte das Material schon zusammenschneiden, für Youtube oder so. Sie ins Netz stellen, damit jeder sie anschauen und dann alles Mögliche in den Thread schreiben konnte. »She's hot.« »I'd fuck her.« »Fucking environmentalist psycho whore!« »Ich find, das Mädchen hat recht, mir geht's auch immer so!« »Check me out and listen to me, sing ›no one‹ by the fab miss keys!« Sie einfach im Fleischwolf verschwinden lassen, sodass sie ein Teil dieses wimmelnden, sich unablässig ausdehnenden Paralleluniversums wurde. Ein kleiner, ganz kleiner unwichtiger Stern, der schon vor langer Zeit erloschen war.

Doch in der Dunkelheit des Zimmers sind wieder nur er und sie, und er befeuchtet sich die Lippen, als er das Licht wieder anmacht. Er betrachtet Ida. Ihr Gesicht im Großformat. Diese Frau hat er einmal gekannt, und er lächelt verbissen. Dann fällt sein Blick auf die leere Kassettenhülle, auf die er mit blauem Filzstift geschrieben hat: »Weitwinkel, Ida #2«. Er presst die Lippen zusammen. Streckt die Hand nach der Tastatur aus. Drückt eine Taste. Sind Sie sicher?, fragt der Computer. Ja.

Aus dem Finnlandschwedischen
von Wibke Kuhn

Juha Hurme

Tivoli

Es war ziemlich ungewohnt, kein Geld zu haben. Ich hatte auch sonst nichts. Also außer dem Handy, vier Jahre alt. Und auf dem Handy ein Zugticket für die kommende Nacht von Tampere nach Rovaniemi. Kontturi hatte es an meine vier Jahre alte Nummer geschickt. Damals war ich gezwungen gewesen, die Nummer zu wechseln, weil es zu viele kranke SMS und nächtliche Drohungen gehagelt hatte.

Aber das Gerät war noch dasselbe. Zwei Schätze steckten darin: das Foto von Aino und als Weckton »Lieber Pena, lieber Pena, wach jetzt auf, wach jetzt auf, weil dein Wecker klingelt, weil dein Wecker klingelt, pium paum poum, pium paum poum«, gesungen von Aino.

Das Foto hatte ich an einem unvergesslichen Sonntagmorgen im Oktober gemacht, als Elli bei der Oma war und Aino und ich lange im Bett gelegen und gevögelt hatten. Man sieht hauptsächlich Ainos Bauch und Nabel und die eine Brust ganz aus der Nähe und die andere ganz weit weg, und am unteren Bildrand auch die Zehen. Für eine schlanke Person hatte Aino lustige runde Zehen, die sie irgendwie interessant spreizte, wenn sie einen Orgasmus hatte. Das war mir einmal zufällig aufgefallen, und seitdem guckte ich immer heimlich hin.

Bei wem Aino wohl neuerdings die Zehen spreizte? Ich

wusste nicht, wie ihr neuer Mann hieß, und wollte es auch gar nicht wissen.

Ich hatte das Bild im letzten Moment geschossen. Das Handy war mit im Bett, weil J. P. kurz zuvor angerufen und erzählt hatte, Hartikainen wäre zum Verhör geholt worden. Was wir jetzt tun sollten, verdammt. Nichts Spezielles, sagte ich zu J. P., weil ich Aino nicht erschrecken wollte, legte auf und knipste das Bild.

Ich hatte gewusst, dass es irgendwann so weit sein würde, schließlich bin ich kein Idiot. Und jetzt war es also so weit.

Auf sonderbare Art genoss ich es sogar, dass alles zusammenbrach, dass die ganze Welt auseinanderfiel und ich endlich Ruhe und Frieden finden würde.

Jyväskylä kam und ging, dann fuhr der Zug in den ersten Tunnel.

Am Morgen um sechs hatte ich meine Zivilklamotten und eine Mitfahrgelegenheit von Pyhäselkä nach Savonlinna bekommen. Von dort ging es mit dem Bus nach Pieksämäki weiter, wo ich in diesen Zug hier einstieg. Bis Tampere reichte mein Geld, und auf dem Handy hatte ich das Ticket nach Rovaniemi. Kontturi hatte sogar einen Schlafplatz reserviert. In Rovaniemi käme ich mit einem gewissen Rape weiter bis nach Inari, und dort würde Kontturi dann auf mich warten.

Ich trank im Zugrestaurant einen Kaffee und las die Abendzeitung vom Vortag, die auf dem Tisch liegen geblieben war. Die Welt schien noch so ziemlich im gleichen Zustand zu sein wie damals. Die Gletscher im Norden waren Matsch, der Permafrost in Sibirien war Matsch, und überall tobten extreme Wetterphänomene. Die einen aßen zu viel, die anderen zu wenig. Ultrarechte und religiöse Fanatiker waren im Kommen. Die Gesichter, die unser Land regierten, hatten gewechselt und waren jünger geworden, aber was sie sagten, war gealtert: Denen kam nicht mal Finnisch aus der Fresse, sondern nur noch das, was die Deutsche Zentralbank an Stellungnahmen abgab.

Ich zählte mein Kleingeld und kam auf sechzehn Euro und ein bisschen was, plus achtzehn Zigaretten und eine Schachtel Streichhölzer. Ich beschloss, in eine zweite Tasse Kaffee zu investieren. Der Zug war ziemlich leer, im Restaurant saß bloß ein einzelner Schluffi. Ich verzog mich für eine Zigarette in die Raucherkabine, schlürfte meinen Kaffee und betrachtete die rasierten Skiberge bei Jämsä.

Vielleicht sollte ich Kontturi anrufen und bestätigen, dass ich komme. Ich griff in die Innentasche meiner Jacke – leer. Scheiße, das Handy lag noch im Zugrestaurant. Ich hatte das Bild von Aino betrachtet und noch mal das Ticket von Kontturi gecheckt, hatte anschließend die Zeitung gelesen und das Handy darunter vergessen. Die Dinger waren vor vier Jahren auch schon so verdammt flach.

Ich trabte ziemlich zügig ins Restaurant zurück. Die Zeitung lag auf dem Tisch, aber nichts darunter. Der Schluffi war ebenfalls verschwunden. Ich konnte mich nicht erinnern, wie er aussah, aber auf jeden Fall so, dass er ein fremdes Handy gut gebrauchen konnte. Der Schaffner trank Kaffee und plauderte mit dem Fräulein hinter der Theke.

»Entschuldigung, ich habe mein Handy auf dem Tisch dort drüben liegen lassen, und jetzt ist es weg. Hat es vielleicht jemand abgegeben?«

»Hier ist nichts abgegeben worden«, sagte die Kleine.

»Da hat so ein Typ gesessen ...«

»Der ist in Jämsä ausgestiegen«, wusste der Schaffner. »Wir können ja anrufen. Wie lautet Ihre Nummer?«

Ich überlegte kurz. »Ich weiß es nicht. Ich weiß es wirklich nicht.« Das stimmte, denn ich hatte das Ding seit Jahren nicht benutzt und erst an diesem Morgen zurückbekommen. Kontturi hatte ich meine Nummer als Visitenkarte geschickt.

»Und wenn wir die Auskunft anrufen?«, versuchte die Kleine zu helfen. »Wie heißen Sie?«

»Schon gut.«

Schockiert ging ich ins Abteil zurück und setzte mich auf meinen Platz. Der Zug erreichte Orivesi. Noch eine halbe Stunde bis Tampere, noch eine halbe Stunde Zeit, Inventur über den erlittenen Verlust zu machen.

Wenn ich das Handy nicht fand, hatte ich kein Bild von Ainos Bauch mehr, kein Aufwachlied und kein Zugticket. Und Kontturis Nummer auch nicht. Mit anderen Worten: keine Möglichkeit, Kontakt mit ihm aufzunehmen, denn Kontturi war keiner von denen, die eine offizielle Telefonnummer hatten. Die Kette von Pyhäselkä nach Inari war als Plan lückenlos, aber brüchig gewesen, und jetzt war sie gerissen. Die einzige Chance bestand darin, sich bis morgen früh irgendwie nach Rovaniemi durchzuschlagen. Besonders lange würde dieser Rape dort sicher nicht warten.

Es ging auf sechs Uhr zu, in einer Viertelstunde würde der Zug in Tampere sein. Bis zur Abfahrt des Nachtzugs von dort waren es gut vier Stunden, und eine Fahrkarte kostete ... genau, was kostete die überhaupt? Mindestens siebzig Euro, und ich hatte nach der zweiten Tasse Kaffee noch fünfzehn. In Tampere kannte ich niemanden. Allerdings wäre es in meinem Fall vermutlich schwerer gewesen, von einem Bekannten was zu pumpen als von einem Wildfremden. Und schwarzfahren würde auf so einer langen Strecke auch nicht funktionieren.

»He, du alter Scheißekutscher, wie geht's?«

Das war Yli-Pantti, der Theaterschauspieler, aus demselben Dorf wie ich. Schon als Gymnasiast der Star unserer Freilichtbühne.

»Ganz gut.«

»Komm mit ins Zugrestaurant, ich spendier dir ein Bier.«

»Ich steige in Tampere aus.«

»Das schaffen wir spielend.«

Vorsichtig schob ich die Schlüsselkarte in die Tür des Schlafwagenabteils. Auf der oberen Pritsche schnarchte einer. Als ich die Fahrkarte gekauft hatte, hatte man mir gesagt, das obere Bett wäre schon weg, ich müsse unten schlafen. Gepäck schien der Typ nicht zu haben. Na ja, ich hatte auch bloß eine Plastiktüte mit ein paar Dosen Bier dabei. Ich zog erst mal die obersten Klamotten aus.

Auf der Höhe von Suinula, also fünf Minuten, bevor unser Schnellzug aus dem Osten Tampere erreichte, hatte ich mein Leben für hundert Euro an Yli-Pantti verkauft. Er wusste alles über meinen Fall, na klar, schließlich war damals viel davon die Rede gewesen, sogar im Fernsehen. Er war total begeistert.

»Das ist das Fieseste, was je einer getan! Du bist ein ganz böser Junge!«

Yli-Pantti war besoffen und hatte Geld. Angeblich spielte er gerade den Falstaff am Stadttheater Jyväskylä. Und wie immer geriet er schnell in Fahrt.

»Verkauf mir deine Geschichte!«

»Was meinst du damit?«

»Ich schreibe ein Stück darüber. Das ist ein perfektes Bild unserer Zeit.«

»Für einen Hunni kannst du sie haben.«

»Abgemacht.«

Ich wusste, bis zu seiner Ankunft in Helsinki wäre Yli-Pantti dermaßen voll, dass er das Ganze vergessen und sich für was anderes begeistern würde. Aber jetzt hatte ich hundertfünfzehn Euro.

Ich zog mir die Decke über die Ohren und war schon eingeschlafen, bevor der Zug in Tampere anfuhr. Der Schlaf beförderte mich zu Aino und Elli zurück, wie schon so oft, obwohl ich es nicht wollte. Diese verfluchten Träume waren auch noch quälend glücklich, bürgerliche Hausmannsträume, die einem wirklich vorkamen. Es war ätzend, daraus zu erwachen und sich unwiderruflich in einer anderen Realität wiederzufinden.

Auch diesmal verbrachten wir einen tollen Standardtag, legten Elli frühzeitig schlafen und gingen dann selbst ins Bett und schliefen eng umschlungen ein und träumten voneinander.

»Lieber Pena, lieber Pena, wach jetzt auf, wach jetzt auf, weil dein Wecker klingelt, weil dein Wecker klingelt, pium paum poum, pium paum poum.« Ich lächelte breit und tastete nach dem Handy, um den Weckton abzustellen, der von der Stimme meiner Liebsten gesungen wurde, aber ich schlug bloß gegen die Wand, dass es wehtat, machte die Augen auf und sah weit und breit keine Aino. Ich war auch nicht zu Hause wie vor vier Jahren, sondern hier und jetzt im Zug. Verfluchter Traum!

»Lieber Pena, lieber Pena, wach jetzt auf ...«

Aino hörte nicht auf zu singen. Ich schüttelte meinen verkaterten Kopf – mit Yli-Panttis, nein, mit meinem Geld hatte ich beim Warten auf den Nachtzug im *Semafori* mehrere Biere und zwei Weinbrand getrunken – und versuchte fieberhaft zu kapieren, was hier los war. Der Typ über mir drehte sich im Bett um, fummelte irgendwas, und Aino hörte auf zu singen. Der Zug hielt an einem Bahnhof, ich sah durch den Vorhangspalt nach, an was für einem: Tervola.

Dann lag ich still auf dem Rücken und überlegte, wie ich weiter vorgehen sollte.

»Morgen.«

»Guten Morgen«, kam es von oben höflich zurück.

»Hör zu! Du hast mein Handy. Wer das gerade gesungen hat, das war meine Exfrau.«

Kurze Stille.

»Echt? In diesem Fall werde ich das Gerät sofort dem rechtmäßigen Besitzer zurückgeben.«

Eine behaarte Hand reichte das Handy über den Bettrand hinunter, und ich nahm es an mich. Dann stand ich auf. In gewisser Weise war ich nicht überrascht. Auf dem oberen Bett streckte sich der Schluffi aus dem Zugrestaurant. Er sprang herunter und zog sich die Hose an.

»Ich wurde gestern aus dem Gefängnis entlassen und musste ein paar Anrufe erledigen«, erklärte er. »Da bemerkte ich das Zugticket und beschloss in Ermangelung besserer Pläne, nach Lappland zu fahren.«

»Ich bin auch gestern rausgekommen.«

»Wo hast du gesessen?«

»In Pyhäselkä.«

»Ich zwei Jahre in Sukeva wegen Betrugs.«

»Ich hatte vier Jahre wegen schwerer Umweltverschmutzung und Betrug.«

»Erstaunlich, dass du einen Platz im selben Abteil bekommen hast.«

»Der Zug ist leer. Keine Saison. Die Zeit der bunten Blätter ist vorbei und Schnee liegt noch keiner. Da füllen sie die Abteile so, dass sie nicht so viel zu putzen haben.«

»Und wo hast du das Geld für die neue Fahrkarte her?«

»Ich hab mich verkauft.«

»In der Branche bin ich auch tätig gewesen, jedoch als Vermittler und in der Führungsetage.«

»Willst du ein Morgenbier?«

»Danke, gern.«

Wir setzten uns und machten die Dosen auf. Ich saß auf dem unteren Bett und er auf der ausklappbaren Bank an der Wand gegenüber.

»Schwere Umweltverschmutzung?«

»Ich war Mitbesitzer einer Müllfirma namens *Die Schmutzfinken*. Denn Namen hatten wir uns aus lauter Boshaftigkeit ausgedacht. Wir haben zig Tonnen Altöl, Küchenfett, Schwermetalle und sonstigen Scheißdreck in die Natur und die Entwässerungssysteme von Helsinki und Umgebung gekippt. Dadurch haben wir die Riesengebühren gespart, die uns die offiziellen Ablieferstellen gekostet hätten. Das Urteil wegen Betrug gab es, weil wir die Kunden beschwindelt haben. Die haben uns nämlich den vollen Preis für die legale Entsorgung gezahlt. Sehr rentables Geschäft in den zehn Jahren, die es gut ging.«

»So etwas fliegt unweigerlich auf.«

»So ist es.«

»Und trotzdem hast du weitergemacht?«

»Hab ich.«

»Ich verstehe dich. Du hast einfach lupenreinen Kapitalismus betrieben. Wir haben da alle eine gewisse Schwäche. Meine jüngste Haftstrafe hat auch mit Geschäften zu tun. Ich suchte mir als Objekt ein passendes Unternehmen aus, über das ich mir dann die nötigen Informationen besorgte. Als Nächstes fertigte ich das Protokoll einer Vorstandssitzung an, bei der beschlossen wurde, das Kontonutzungsrecht auf eine Person X zu übertragen. Dann rief ich beim Telefonanbieter an, meldete, die SIM-Karte des Vorstandsvorsitzenden sei beschädigt, und bat darum, den Anschluss zu sperren und alle Anrufe an eine Nummer umzuleiten, auf die nur ich Zugriff hatte.

Danach marschierte Person X in die Bank und legte dem zuständigen Angestellten das Protokoll der Vorstandssitzung vor, bei der das Kontonutzungsrecht auf ihn übertragen wurde. Der Bankangestellte überprüfte die Echtheit des Dokuments, indem er die Nummer des Vorstandsvorsitzenden anrief, also mich. Dann räumte X mit meiner Erlaubnis das Konto leer.«

»Genial.«

»Ja. Aber das Problem war, dass jede Person X mit ihrem eigenen Namen auftreten musste. Sie waren diejenigen, die unweigerlich erwischt wurden. Darum musste ich als X immer verzweifelte und relativ dumme Menschen auswählen, Leute mit Alkoholproblemen, Drogenschulden und sonstige Vertreter der neuen Hilflosigkeit. Sogar eine spielsüchtige Oma war dabei. Natürlich achtete ich darauf, dass sie meine wahre Identität nicht kannten, aber nachdem eine gewisse Person X verhaftet worden war, kam sie mir mit zäher Bitterkeit schließlich auf die Spur und verpfiff mich.«

»Die Oma?«

»Genau.«

»Wir sind gleich in Muurola. Ein Bier?«

»Gerne.«

Der Kerl hängte sich an mich. Im Prinzip hatte ich nichts dagegen. Sollte er eben mit nach Inari kommen. Vielleicht konnte Kontturi ihn für etwas gebrauchen. Am Bahnhof Rovaniemi fragten wir im Café und auf dem Parkplatz Männer, die wie Rape aussahen, ob sie Rape hießen, aber ohne Erfolg.

Aber hey – ich konnte ja Kontturi anrufen. Jetzt hatte ich schließlich mein Handy wieder.

Es meldete sich keiner.

Wir zogen uns ins Bahnhofslokal zurück, um die Lage zu bewerten.

»Lass uns nach Inari fahren«, schlug der Typ vor.

»Mit welchem Geld? Ich hab noch zwei Zehner und du nicht mal das, wie es aussieht.«

»Geld ist kein Problem. In gewisser Weise existiert es gar nicht. Der Umlauf des Geldes beginnt, wenn sich jemand etwas von der Bank leiht. Die Bank erschafft das zu verleihende Kapital mittels legaler Buchführungsmethoden aus dem Nichts. Wovon werden die Zinsen bezahlt? Die Zinsen werden vom eigenen oder vom geliehenen Geld eines anderen bezahlt. Wer sich heute Geld leiht, ist bei der Zurückzahlung vollkommen von demjenigen abhängig, der morgen Schulden macht. Und so weiter. So läuft dieser Rummel. Gib mir dein Geld, dann beschaffe ich uns mehr davon.«

Ich gab es ihm. Er ging in eine Ecke des Bahnhofslokals, wo es einen Verkaufsstand mit gebrauchten Vinylplatten gab. Kurz darauf kam er mit einem Stapel LPs aus den Siebzigerjahren unter dem Arm zurück.

»Du wartest hier. Ich gehe in die Innenstadt und kümmere mich ums Business. Du würdest dabei nur stören. In zwei Stunden bin ich wieder da.«

»Wie, zum Teufel, willst du mit diesen syphilitischen Platten von Tapani Kansa und Boney M. Geld verdienen?«

»Ich mache auch Geld aus abgebrannten Streichhölzern, wenn es sein muss. Mit den Platten hier ist es fast schon zu einfach.«

Exakt zwei Stunden später kam er zurück. Er hatte Expressbus-Fahrkarten nach Inari für uns beide dabei, eine Flasche Selbstgebrannten und einen Brocken getrocknetes Rentierfleisch.

»Du bist mir ein Kerl!«

»Ich bin bloß zwei Freunden alter Musik begegnet. Aber wir müssen los. Der Bus fährt in einer halben Stunde.«

Wir waren ziemlich knülle, als uns der Bus in Inari absetzte.

»Lass uns in die Bar vom Hotel Inari gehen und uns dort erkundigen«, schlug der Typ vor. »Früher wurde sie ›Ufer-Mari‹ genannt.«

»Woher kennst du die alten Namen von sämtlichen Kneipen im lappischen Hinterwald?«

»Ich hatte hier seinerzeit Geschäfte mit russischen Huren laufen. Das waren ehrliche Mädchen, aber in einer Lage, in der sie keine Wahl hatten. An Kunden herrschte kein Mangel. Es war einträgliche, anständige Arbeit, bloß ein bisschen zu leicht. Ich brauchte größere Herausforderungen und wechselte die Gegend.«

In der Hotelbar war einiges los. Wir holten uns ein Bier und setzten uns an einen Ecktisch.

»Was ist dieser Kontturi für einer?«, fragte der Typ.

»Einbrecher, ehrlicher Gauner, vorbildlicher Häftling. Hat in Pyhäselkä wegen Bankraub gesessen und ist vor einem Jahr rausgekommen. Wir haben Schach gespielt. Es war ihm gelungen, einen Teil der Beute zu verstecken, und mit dem Geld hat er sich in Lemmenjoki einen Claim gekauft. Dort schürft er Gold und hat auch schon was gefunden. Mich hat er gebeten, ihm zu helfen. Du kannst ja eine Zeit lang mithelfen, falls es ihm passt. Und falls wir es überhaupt schaffen, ihn ausfindig zu machen.«

»Kontturi?«, mischte sich vom Nebentisch her ein Rentierzüchter ein, der wie ein Rentierzüchter aussah. »Ich weiß, wo ihr den finden könnt.«

»So?«

»In der Leichenhalle. Außerdem steht's in der Zeitung.«

Er drückte uns die aktuelle Ausgabe von *Lapin Kansa* in die Hand. Darin war ein Bericht über die Messerstecherei, die gestern Vormittag in ebendieser Bar stattgefunden hatte. Es hatte Streit um ein Handy gegeben, und es war Alkohol im Spiel gewesen.

»Mein Schwiegersohn hat einen neuen Communicator, und Kontturi wollte sich den mal genauer ansehen. Und dann hat er angefangen, damit Zugfahrkarten zu bestellen. Mein Schwiegersohn wollte seinen Communicator zurückhaben, aber Kontturi war noch nicht fertig, und einen Moment später hatte er ein Messer im Bauch. Mein Schwiegersohn ist nämlich ein bisschen aufbrausend. Ob Kontturi es noch geschafft hat, die Fahrkarte zu kaufen?«

»Hat er. Der Typ hier ist heute Nacht mit dieser Fahrkarte aus dem Süden nach Rovaniemi gefahren.«

»Darum ist Rape wahrscheinlich auch nicht nach Rovaniemi gekommen«, vermutete der Typ.

»Rape? Der sitzt in Rovaniemi in Untersuchungshaft, weil er derjenige ist, der zugestochen hat. Mein Schwiegersohn. Rape. Netter Kerl, vor allem nüchtern.«

Tivoli. So stand es in Lettern aus entrindeten Ästen über der Tür des Holzhäuschens. Die Tür hatte ein lappisches Schloss, was bedeutete, dass ein Besen daran lehnte. Das Häuschen war mindestens ein halbes Jahrhundert alt, aber aus robusten Balken solide gebaut. Der Name hatte wohl etwas mit Humor zu tun, denn ringsum war nichts als menschenleeres Moorland, so weit das Auge reichte. Und es reichte in dieser Gegend weit, auch wenn es nicht richtig hell war und Schneeregen fiel.

Wir hatten beschlossen, uns Kontturis Claim anzuschauen. Der Kumpel hatte uns mit irgendwelchen Tricks Klamotten, Rucksäcke, ein bisschen Proviant, eine Karte und einen Kompass organisiert. Rapes Schwiegervater zeichnete auf der Karte ein Kreuz als Zeichen für Kontturis Stützpunkt ein und fuhr uns mit dem Lieferwagen so weit am Fluss Lemmenjoki entlang, bis die Straße endete. Von dort waren es noch drei Tagesmärsche bis Tivoli.

Ohne den Kumpel, der wusste, wie man sich orientierte, und der was vom Leben in der Wildnis verstand, hätte ich nicht überlebt. Wir krochen und wateten in nassen Sachen durch fürchterliches Gelände, wir schlotterten vor Kälte in Sümpfen und Gestrüpp.

Der Kumpel machte Feuer im Ofen, wir zogen das nasse Zeug aus, hängten es zum Trocknen auf, steckten zwei Kerzen an und sahen uns in der Hütte um. Auf dem Tisch stand ein Schachbrett mit Figuren bereit. Die Schränke waren voller Konserven, Knäckebrot und Trockennahrung. Auch zwanzig Flaschen Schnaps waren vorhanden. Draußen fanden wir einen Erdkeller, in dem geschätzte hundert Kilo Kartoffeln lagen.

Wir machten eine Flasche auf und besprachen uns.

»Wir überwintern hier«, sagte der Kumpel. »Die Vorräte reichen. Wir müssen bloß ab und zu mit den Skiern ins Dorf, um Vitamine und Schnaps zu besorgen. Lass uns schlafen gehen.«

Dem hatte ich nichts hinzuzufügen. An der Wand stand ein Etagenbett.

»Ich liege oben, so wie wir es gewohnt sind«, entschied der Kumpel und stieg hinauf. »Scheiße, hier liegt was Hartes. Oho! Das ist geladen.«

Kontturi hatte ein Elchgewehr unter der Wolldecke versteckt. Der Kumpel hielt es am Lauf und legte es vorsichtig auf den Fußboden. Unter dem Kopfkissen fand sich noch eine Schachtel Munition.

»Sehr gut. Das werden wir gebrauchen können.«

Eine Weile verging mit ruhigem Atmen und anderen Geräuschen der Stille. Ich öffnete die Fotogalerie im Handy und betrachtete Ainos Bauch und Brüste. Die Akkuladung betrug

noch einen Balken. Aber wen hätte ich schon anrufen sollen. Es gab hier eh kein Netz. Dann knarrte das obere Bett. Mein Kumpel drehte sich um und fing an zu reden.
»Rate mal, was wir hier tun werden?«
»Ich weiß nicht. Schach spielen.«
»Auch das. Aber wir haben einen ganzen langen Winter Zeit. Das nutzen wir aus und planen das perfekte Verbrechen. Im Frühjahr laufen wir dann mit den Skiern los und lassen es krachen. Abgemacht?«
»Abgemacht.«

*Aus dem Finnischen
von Stefan Moster*

Maarit Verronen

Das Ferienhaus

Noona und Janne zogen das Ruderboot neben dem Steg an Land. Sicherheitshalber zerrten sie es ganz aus dem Meer und banden es an einer Erle fest. Das Wasser stand schon hoch und würde wahrscheinlich nicht mehr viel ansteigen, der Wind sollte jedoch laut der Wettervorhersage am Abend und in der Nacht Sturmstärke erreichen.

Sie hoben die Taschen, Rucksäcke, Kanister und Schwimmwesten aus dem Boot und trugen alles zum Ferienhaus, dabei lehnten sie sich gegen den Wind und aneinander. Die Strecke war kurz, auf der kleinen Insel gab es keine langen Wege. Aber sie blieben immer wieder stehen, um alles Mögliche zu betrachten. Noch waren die Wintertage kurz, es dämmerte bereits. Der Schatten neben dem Schuppen sah wie ein Feldhase aus, erwies sich jedoch als Holzblock. Ein großer Ast war auf das Dach der Sauna gefallen und steckte in der Dachrinne fest, die er nun, vom Wind unterstützt, aus der Wand hebelte. Ansonsten schien alles unbeschädigt und unverändert zu sein.

Im Häuschen war es trocken und gemütlich: Flickenteppiche, die Möbel der Großeltern, selbst gezimmerte Schränke, Kissen, Wandteppiche und andere nützliche Dinge; ein Gasherd und ein offener Kamin. Aber es war auch kühl, und Janne beeilte sich, Feuer im Ofen zu machen. Noona zündete die Öllampe an und begann, die Sachen auszupacken.

Sie waren schon so oft beim Ferienhaus angekommen, dass alles routiniert und ohne Diskussionen ablief. Normalerweise machten sie es genau so: Sie kamen mit dem Ruderboot am Abend oder in der Nacht an, sodass Zeit und Lebensmittel für achtzehn Stunden mit Essen, Sauna, Schlafen und ruhigem Zusammensein ausreichten. Im Sommer blieben sie manchmal länger und zu Weihnachten auch. Sie selbst jedoch empfanden nichts als routiniert. Alles war irgendwie neu. Sie waren seit sechs Jahren zusammen und seitdem nutzten sie das Ferienhaus.

Janne heizte die Sauna ein, Noona kochte Kartoffeln, briet die Lachsmedaillons und mischte die Zutaten für die Soße. Als Janne zurückkam, kochten sie das Essen gemeinsam fertig und deckten den Tisch.

»Der Ast hat keinen großen Schaden angerichtet«, sagte Janne beiläufig. »Ein paar Hammerschläge und das Problem war gelöst.«

Ihr Gespräch uferte aus, wie immer. Irgendwie kamen sie schließlich auf den Fliegenden Holländer zu sprechen, auf die Legende, auf ihre verschiedenen Versionen und auf das Theaterstück. Die Oper hatten sie beide weder gesehen noch gehört, und sie überlegten, ob es eine gute Idee wäre, sie sich auf Platte anzuhören, oder ob sie die Oper irgendwo live erleben könnten.

Nach dem Essen brachen sie auf, um die Insel zu umrunden, um nachzusehen, ob alles wirklich in Ordnung war, und um weitere Einzelheiten zu bestaunen. Diesmal hatten sie ihre Taschenlampen dabei, und sie bereiteten in aller Ruhe die Sauna vor, legten Holz nach und schöpften Regenwasser in den Kessel.

Es dauerte immer lange, bis die Sauna warm war, aber sie hatten keine Eile. Sie kehrten noch einmal ins Haus zurück, um das Bett in der Schlafkammer zu beziehen und in den lustigen alten Büchern im Regal zu schmökern. Dieser Regalinhalt sorgte bei Noona immer wieder für heitere Überraschungen, während Janne ihn teilweise schon vergessen hatte. Der prüde hundert Jahre alte Ratgeber: ein komisches Lexikon, das die Stellung der Planeten im Sonnensystem mit demselben Gewicht präsentierte wie den Habitus eines Mannes in gehobener Stellung, mit dem man Freunde, Erfolg und Macht erlangen konnte.

Dann war die Sauna endlich so weit. Der Wind hatte sich zu einem Sturm ausgewachsen, der an den Erlen rüttelte und die Wellen auf dem Meer vor sich hertrieb. Es war dunkel – aber es war eine freundliche Dunkelheit. Die gehörte einfach dazu.

Sie genossen die sanften Aufgüsse in der Sauna, das schwache Licht der Sturmlaterne und die erfrischenden Sprünge ins schwarz wogende Meer.

Im Schutz von Steg und Schilf sah das Wasser geradezu einladend aus, verglichen mit dem aufgewühlt schäumenden Meer weiter draußen. Während eines solchen Wintersturms waren sie noch nie im Ferienhaus gewesen. Einen solchen Sturm hatte es während ihrer Beziehung und auch in ihrem ganzen Leben noch nicht gegeben. Gewöhnlich war das Meer um diese Jahreszeit zugefroren, und wenn es stürmte, türmte der Wind Schneehaufen am Strand auf, keine Wellen.

»Hast du auf der Herfahrt auch einen Lichtschimmer auf der Nachbarinsel bemerkt?«, fragte Noona, als sie sich nach dem letzten Sprung ins Meer abtrockneten und in der winzigen Saunakammer ankleideten.

Sie hatte während der Bootsfahrt das Licht nicht erwähnt, weil der starke Wind beim Sprechen störte und Janne genug mit dem Rudern zu tun hatte. Das Licht hatte von der nächstgelegenen bewohnten Insel herübergeschimmert, aus einem

Ferienhaus, in dem Noona bislang nur an den sonnigsten Wochenenden Besucher gesehen hatte.

Nun war auch Jannes Interesse geweckt.

»Aus dem Haus, das weiter hinten steht, am Hang?«, fragte er. »Das alte Ehepaar, dem, soweit ich weiß, das Haus gehört, kommt bei diesem Wetter sicher nicht mehr her. Und die Tochter mit ihrer Familie ... Ich weiß nicht, sie wirkten nicht gerade begeistert. Ich kann mich nicht einmal erinnern, wann ich sie zuletzt gesehen habe. Bist du ihnen überhaupt schon mal begegnet?«

»Die blonde Frau und der Mann mit französischem Akzent?«, fragte Noona. »Vor drei oder vier Jahren, als wir vom Johannisfeuer zurückgerudert sind, haben sie uns gefragt, ob wir sie mitnehmen könnten, weil sie so spät nicht mehr über die Knüppelstege zurückgehen wollten. Zu dunkel, zu viele Mücken, zu feucht und zu weit. Sie schienen sich wirklich nicht wohlzufühlen. Die Kinder habe ich wahrscheinlich nie gesehen. Die sind bei Oma und Opa im Ferienhaus geblieben, haben die beiden damals gesagt.«

»Du hast ein unglaubliches Gedächtnis«, sagte Janne. »Jetzt kann ich mich auch wieder daran erinnern, dass wir sie damals mitgenommen haben.«

Sie ließen die Handtücher und Badeschuhe zum Trocknen in der Sauna und gingen mit ihren Taschenlampen, den Saftpackungen und den Bechern den Pfad entlang zum Haus. Der Wind versuchte sie zu packen, aber die Nebengebäude, Bäume und Büsche boten ihnen Schutz. Die Dunkelheit war nahezu undurchdringlich, sodass man hinter den dichten Wolken die Lichter der nahe gelegenen Stadt nur erahnen konnte. Der Sturm überlagerte auch die Stimmen der Zivilisation, die bei Windstille als schwaches Rauschen herübergetragen wurden.

Nachdem sie sich aus den obersten Kleidungsschichten geschält hatten, ließen sie sich am Tisch in der Nähe des Kamins nieder und schenkten sich Wein ein. Sie hatten so gut wie keinen Hunger, naschten nur ein paar Kekse, Rotschimmelkäse und Weintrauben und machten sich dabei Gedanken über die Bewohner im Ferienhaus auf der Nachbarinsel.

Während ihre kleine Schäre seit Menschengedenken im Besitz ein und derselben Fischerfamilie gewesen war, hatte auf der Nachbarinsel bereits ein halbes Dutzend Familien gewohnt. Dort gab es noch immer mehrere alte, instand gesetzte Ferienhäuser und ein größeres Gebäude, das sich mittlerweile auch in Privatbesitz befand. Früher hatte es alleinerziehenden Müttern und ihren kleinen Kindern als Ruhe- und Erholungsstätte gedient. Der Betrieb war zum Erliegen gekommen, als sich die modernen alleinerziehenden Mütter immer öfter darüber beschwerten, dass es alles andere als erholsam war, wenn man mit kleinen Kindern Urlaub in einem Ferienhaus ohne Strom und fließendes Wasser machte und auf Brunnen und Brennholz angewiesen war.

»Lass uns morgen kurz vorbeischauen, bevor wir fahren«, schlug Janne vor. »Nur so, aus reiner Neugier.«

Sie gingen in die Schlafkammer hinüber und liebten sich im Kerzenschein, löschten dann die Laternen, vergruben sich unter der dicken Steppdecke und schliefen auf der Stelle ein.

Am nächsten Morgen ließen sie sich Zeit, liebten sich wieder und schlichen dann in die Stube, um Frühstück zu machen. Während Janne das siedende Wasser und die garenden Eier überwachte, zog sich Noona an und ging kurz über den Hof, um die Handtücher und Badeschuhe aus der Sauna zu holen.

Der Sturm der vergangenen Nacht hatte sich etwas gelegt, aber es sah so aus, als würde das Zurückrudern bei diesem Gegenwind beschwerlich werden. Natürlich mussten sie nicht unbedingt rudern. Das Boot könnten sie auch im Bootsschuppen lassen, wenn nötig. Im Haus gab es Gummistiefel mit hohen Schäften und sie mussten kein Trinkwasser und keinen Proviant mehr mitschleppen. Es wäre ein Leichtes, zur Nachbarinsel hinüberzuwaten und von dort über die Knüppelstege auf die größere Ferieninsel und weiter aufs Festland zu gelangen.

Nach dem Frühstück war das Morgenschwimmen an der Reihe. Wie der Sprung ins kalte Meer nach der Sauna war das einer der Bräuche, die sie sich gemeinsam angeeignet hatten, ohne dass sie zu ihrem oder seinem früheren Leben gehört hätten. Sie genossen dieses einfache und seltsame Vergnügen außerordentlich.

Manchmal fanden sie es noch immer unglaublich, dass es so ein Leben geben konnte. Janne hatte immerhin eine Ahnung davon bekommen, als er die Sommer seiner Kindheit auf der Schäre bei seinen Großeltern verbracht hatte. Er war in der Gegend herumgerudert und hatte zusammen mit den Kindern der alleinerziehenden Mütter etliche Abenteuer bestanden. Noona aber hatte nichts dergleichen erlebt. Und sie waren beide nicht mehr ganz jung, hatten schon erwachsene Kinder.

Sie waren bereits dabei, sich – diesmal in der Stube – abzutrocknen und anzukleiden, als sie durch das Giebelfenster einen seltsamen Spaziergänger bemerkten. Er musste zwischen dem Schuppen und dem WC-Häuschen auf die Insel gekommen sein und schritt nun auf das Haus zu.

»Der Nachbar ist mit der Visite schneller«, stellte Janne fest. »Ich glaube, den kenne ich nicht.«

»Ist der wirklich in diesen Stiefeln herübergewatet?«, wunderte sich Noona. »Die Schäfte sind doch gar nicht hoch genug.«

Der Mann hatte eine abgenutzte, verschlissene Regenjacke an, wie man sie im Ferienhaus zu tragen pflegte. Die Kapuze war nicht festgezurrt, sodass sein Gesicht gut zu sehen war. Sein Alter ließ sich schwer schätzen, möglicherweise war er um die sechzig, vielleicht aber auch fünfzehn, zwanzig Jahre jünger oder älter. Seine Haare waren blond und kurz, ganz offensichtlich selbst geschnitten. Er ging direkt zur Tür, klopfte an, öffnete jedoch gleich, trat in den Vorraum, klopfte an die Tür zur Stube und öffnete auch diese, aber erst nachdem er hereingebeten worden war.

»Tag«, sagte der Ankömmling vorsichtig.

»Tag auch«, antwortete Janne. »Neu in der Nachbarschaft?«

Der Mann zog die Tür hinter sich zu. Er begriff, dass es nicht gut war, die Wärme entweichen zu lassen.

»Hm, ja, irgendwie schon. Diesen Winter habe ich da drüben gewohnt. Ich habe hier auch vorher schon Licht brennen sehen. Zumindest um Weihnachten herum.«

»Das waren wir«, bestätigte Janne. »Einen Kaffee vielleicht? Wir sind noch beim Frühstück.«

»Danke, sehr gerne.«

Der Mann zog seine Gummistiefel und auch gleich zwei Paar Wollsocken aus. Diese hängte er zum Trocknen über die Stielfelschäfte.

»Die sind ein bisschen nass geworden, weil ich nicht aufgepasst habe, wo ich hintrete.«

Im Nu saß der Mann am Tisch. Er starrte das Brot und den Käse an.

»Bitte sehr!« Noona zeigte auf den Tisch. »Wir sind schon fertig, aber es ist noch etwas übrig. Besser, es wird alles aufgegessen, damit wir nichts zurücktragen müssen.«

Die Hände des Mannes zitterten leicht. Er war dünn, und als er in das Brot biss und das Käsestück in den Mund stopfte, wirkte es so, als läge seine letzte Mahlzeit sehr lange zurück.

Noona und Janne begriffen es gleichzeitig. Sie sahen einander nicht direkt an, aber beide wussten, dass der andere es auch wusste.

»Ist es das Ferienhaus der Launonens, in dem du dich niedergelassen hast?«, fragte Janne. »Dort haben wir auf der Herfahrt Licht gesehen.«

»Ja, wahrscheinlich. Da liegen Zeitschriften mit Adressaufklebern herum, und auf den meisten steht Launonen. Oder Launonen-Boucher.«

Für einen Moment herrschte bedeutungsvolle Stille. Dann sah der Mann sie an.

»Ich werde jetzt ganz ehrlich zu euch sein, weil ihr so nette Menschen seid«, sagte er. »Ich habe keine Erlaubnis, mich in dem Haus aufzuhalten. Ich bin hinein, weil ich Hunger hatte. Den ganzen Winter habe ich auf den beiden Inseln verbracht, bin von einem Ferienhaus ins nächste gezogen, habe dort übernachtet, Zeitungen und Bücher gelesen und gegessen, was ich finden konnte. In diese Ferienhäuser kommt man leicht hinein, man muss kaum etwas kaputt machen. Ich will auch keinen Schaden anrichten und räume immer alles auf. Manchmal hinterlasse ich das Haus in einem ordentlicheren Zustand, als ich es bei meiner Ankunft vorgefunden habe.«

»Den ganzen Winter?« Noona war verblüfft. »Gibt es dort so viel Essbares? Ich dachte, dass die Leute so gut wie nichts im Ferienhaus zurücklassen. Ein paar Konservendosen, Fertigsuppen, Reis, Tee, Kaffee, Salz und Zucker vielleicht.«

»Mehr ist es meistens auch nicht«, gab der Mann zu. »Aber die Konservenvorräte in manchen Ferienhäusern sind ausgezeichnet. Und dann gibt es die Schnaps-Häuser. Knäckebrot ist meistens ziemlich viel da, manche haben sogar einen Kartoffel- und Gemüsekeller. Das sind dann die Leute, die irgendwo in der Nähe eine Gartenparzelle besitzen, aber in ihrer kleinen Stadtwohnung keinen Platz für Kartoffeln haben. An Vorräten fehlt es also nicht. Und wenn ich richtig Hunger kriege, esse ich auch Zahnpasta. Aber jetzt sind die Vorräte da drüben restlos aufgebraucht.«

Der Mann schnitt sich ein Stück Brot ab und strich sich eine dicke Schicht Rotschimmelkäse darauf. Beinahe verschluckte er sich am Kaffee und am Brot, weil er das Ganze zu schnell hinunterschlang.

»Wir können dir die Reste mitgeben, und was wir in den Schränken noch so finden«, sagte Janne. »Aber du solltest wahrscheinlich woanders hingehen, wenn du hier wirklich alles, was es gibt, aufgegessen hast. Bald ist Frühling, Ostern steht vor der Tür. Es kommen wieder Leute an den Wochenenden her, und bald wird jemand merken, dass die Vorräte geplündert worden sind. Dann ist es besser für dich, nicht mehr in der Gegend zu sein. Außer, du willst an einen Ort, an dem es regelmäßige Mahlzeiten gibt.«

»Ins Gefängnis gehe ich nicht«, sagte der Mann, als würde er es bedauern. »Das ist einer meiner Grundsätze. Man darf sehr wohl Essen stehlen, wenn man Hunger hat, man hat geradezu die Pflicht es zu tun, wenn man dadurch sein Leben retten kann. Warm muss man sich ebenfalls halten, deshalb habe ich natürlich auch Gas und Brennholz gestohlen. Da war nichts zu machen. Ich bin sehr dankbar, wenn ihr mir etwas Essen mitgebt. Und ich werde auch woanders hingehen, es wird langsam Zeit.«

»Es gibt doch Suppenküchen«, schlug Noona vor. »Und Essensmarken, die man beim Sozialamt bekommen kann. Niemand muss verhungern.«

»Ich komme lieber allein zurecht«, verkündete der Mann.

Von wegen allein ... Sie verstanden aber, was er meinte.

Freiheit, Abenteuer und genügend Zufluchtsorte. Es musste ein Gleichgewicht herrschen, und das musste jeder selbst finden.

Sie ließen den Mann zusehen, wie sie alles Essbare aus den Schränken nahmen und in eine Plastiktüte packten. Das Salz wollte er nicht, und den Essig auch nicht. Für das frische Brot, den Käse und das Obst bedankte er sich überschwänglich. Er plante, den Rest des Tages noch in dem Ferienhaus der Launonens zu verbringen und dann im Schutze der Nacht in eine andere Gegend zu verschwinden.

»Ich habe als Kind einen Sommer auf der Nachbarinsel dort verbracht«, verriet er ihnen. »An diese Schäre hier kann ich mich auch noch erinnern. Da an der Spitze haben wir oft gesessen und geangelt, auch wenn das nicht erlaubt war, weil das Grundstück anderen Leuten gehörte.«

Noona und Janne sahen dem Mann vom Fenster aus nach.

Natürlich hätten sie die Polizei rufen müssen. Aber das taten sie nicht.

Der Wind war noch immer stark, doch er flaute schneller ab, als vorhergesagt worden war. Noona und Janne schleppten noch einen riesigen Baumstamm an Land, den die nächtlichen Sturmwellen hinter dem Bootshaus angeschwemmt hatten. Bevor sie ins Ferienhaus zurückkehrten, um Geschirr zu spülen und zu packen, schauten sie noch eine Weile aufs Meer hinaus. Es hellte auf, die Wolkendecke wurde rasch dünner.

Aus dem Finnischen
von Reetta Karjalainen

Riikka Ala-Harja

Die Insel

Jemand in gelber Kleidung geht übers Eis. Der muss sofort umdrehen und zurück aufs Festland, das Eis trägt noch nicht, denkt Anni. Dann fällt ihr der Sandkuchen ein. Sie läuft in die Küche und holt die Form aus dem Ofen. Oben ist der Kuchen schon leicht schwarz. Anni legt das Geschirrhandtuch darüber und geht zurück zum Fenster.

Die gelbe Gestalt kommt näher. Im Flur bellt Rita auf. Anni zieht sich rasch die Steppjacke an und schnappt sich das Seil vom Flurtisch. Der Gelbe kann jeden Moment einbrechen. Rita läuft mit gesträubtem Rückenfell hinter ihrem Frauchen her, die flache Schnauze zittert.

Als Anni und Rita am Ufer ankommen, ist die Gestalt schon mitten auf dem Eis zwischen Festland und Insel. Ein Mensch mit einer leuchtend gelben Winterjacke kann kein schlechter Mensch sein, denkt Anni.

Aber dumm ist er.

»Nicht weitergehen!«, brüllt sie.

Der Gelbe hört nicht, kämpft sich voran.

»Das Eis ist zu dünn, geh zurück aufs Festland!«

Wenn das Eis im Winter richtig dick ist, kann jeder einfach auf die Insel spazieren. Doch der Monat davor ist eine schlechte Zeit. Und wenn die Zeiten schlecht sind, passiert auch etwas Schlechtes, sinniert Anni. In der schlechten Zeit vor einem Jahr ging Jali weg, und in der schlechten Zeit vor zehn Jahren der Junge. Zweimal ist er seitdem zu Besuch gewesen – angeblich ist die Insel so schwer erreichbar. Anni erinnert sich an die Nächte, in denen sie wach blieb, durchs Fenster ans Ufer schaute und den Atemzügen ihres Mannes und ihres kleinen Jungen lauschte. Lange ist das her, den kleinen Jungen gibt es nicht mehr. Oder doch, allerdings woanders. Jali gibt es wirklich nicht mehr, seit einem Jahr schon nicht.

Kurz vor Jalis Tod wieherte ein Pferd auf dem zugefrorenen See. Es war wohl aus irgendeinem feinen Reitstall ausgebüxt und stand mit einer Pferdedecke auf dem Rücken auf dem spiegelglatten Eis. Anni hörte auf, Brennholz zu hacken, Jali Stämme zu sägen. Ohne ein Wort rannten sie ans Ufer.

Wie prächtig das Tier war, groß wie ein Elch, wie es dort in der Kälte dampfte.

Anni wagte einen Schritt hinaus.

»Da gehst du nicht rauf«, sagte Jali, »du ertrinkst.«

Stimmt. Wie um Himmels willen soll man ein Leben retten, wenn die Gefahr besteht, dass man in dasselbe Loch fällt, nicht mehr unter dem Pferd hervorkommt und ersäuft?

Also begann Anni zu rufen, versuchte das Pferd zum Umkehren zu bringen.

Hört ein Pferd denn nicht? Es stehen doch so große Ohren von seinem Kopf ab. Anni hätte das Tier gern am Zaumzeug gepackt, doch vom Ufer aus war das nicht möglich.

Es rutschte aus und sackte in die Knie, dann wurde es panisch.

»Du bleibst hier«, befahl Jali.

Anni blieb stehen, wo sie war. Das Wiehern hallte von den Felswänden der Ufer wider. Der ganze See hallte, das Tier lag auf Knien und dampfte. Das Eis knackte, und das Pferd ging durch, galoppierte wild über die glatte Fläche.

Das Eis knackte.

Jali griff nach Annis Hand.

Jali greift sonst nie nach meiner Hand, wunderte Anni sich, ließ ihre Hand aber, wo sie war. In vierzig Ehejahren hat Jali sie nicht so angefasst, wenn man die Hilfestellung beim Bootaussteigen nicht mitzählte.

Das Pferd brach ein. Es versuchte wieder hochzukommen, doch es gelang ihm nicht, und so versank es im See. Das große Tier war fort, nicht mal das Loch konnte man vom Ufer aus sehen. Anni schluckte, eine entsetzliche Hilflosigkeit überfiel sie, da konnte Jali ihre Hand noch so fest drücken.

Im letzten Herbst war die Zeit der Eisbildung so gefährlich gewesen wie noch nie. Nachdem das Pferd ertrunken war, dauerte die milde Witterung noch Wochen an, die Meerenge wollte einfach nicht fest zufrieren. Das warme Wetter hielt sich weiter, und dann holten sie Jali ins Krankenhaus.

Jali entschuldigte sich bei den Sanitätern, ausgerechnet jetzt, wo das Eis noch nicht trägt, ausgerechnet jetzt, wo es so schwer ist, vom Festland auf die Insel zu kommen, muss er solche Umstände bereiten. Ausgerechnet da fängt sein Bauch an zu mucken. Die Sanitäter versicherten ihm, dass sie ein Boot hätten, mit dem man leicht durch dünnes Eis kam. Eins, wie Anni es immer haben wollte, doch Jali hatte gesagt, sie hätten kein Geld. Das stimmte, sie hatten auch keins. Deshalb wollte der Junge Wald verkaufen, doch Anni verbot es ihm. Wald ist Besitz, man muss Bäume fällen, das ist Waldpflege, hatte der Junge weitergejammert.

Innerhalb einer Woche verschlechterte sich Jalis Zustand so sehr, dass er sie nicht mehr erkannte. Nach zwei weiteren

Nächten war er tot. Anni brachte die Bojen und Ruder, den Außenbordmotor und den Schlitten aus Jalis Werkstatt nach oben ins Haus. Sein Werkzeug rührte sie nicht an, das ließ sie besser liegen, wie es war.

Wie das Pferd doch damals auf Jali zugelaufen war, in vollem Tempo, wie um etwas zu sagen oder ihn zu trösten. Doch es hatte keinen Ton von sich gegeben und war einfach auf den Grund des Sees gesunken. Der Reitstall hatte einen Taucher geschickt, um nach dem Kadaver zu suchen. Anni hätte bis zum Frühling gewartet – das Tier hätte sich im eisigen Wasser doch gut gehalten.

Und nun wagte sich wieder irgendein Idiot auf das Eis, bei dessen Rettung man selbst mit untergehen würde. Verfluchter Gelber, zischte Anni. Andererseits: Wer vermisst mich schon; Jali liegt auf dem Friedhof und der Junge ist in Singapur, seit drei Jahren war er nicht mehr hier, hat es nicht mal zur Beerdigung geschafft, vor lauter Arbeit angeblich. Er hatte genug gehabt vom Leben auf der Insel, genug vom Rudern, von kaputten Außenbordern und vom Ärger beim Bootfahren während der Eisbildung und der Eisschmelze; er hatte gesagt, dass er gecrushtes Eis lieber im Whiskyglas als unterm Boot habe.

Der Gelbe hält Kurs und geht weiter.

Anni schreit: »Keinen Schritt mehr! Bleib stehen, hier gibt es starke Strömungen, das Eis ist noch zu dünn, um drauf zu gehen, ich habe abends mit Sinikka vom Nachbarhaus die Stärke gemessen.« Der Gelbe hört nicht, oder tut jedenfalls so, das weiß Anni nicht, und so kommt er näher, spaziert munter über die Meerenge, nichts hält ihn auf, nicht einmal das Eis selbst, das unter seinen Füßen laut singt und knackt. Der Gelbe kommt immer näher, obwohl er doch in der gleichen Strömung ertrinken könnte wie letzten Winter das Pferd.

Entschuldigung, ausgerechnet jetzt, zu dieser Zeit, hatte Jali mehrmals wiederholt, als die Sanitäter ihn zum Boot brachten.

Anni erinnert sich genau an seine Worte, obwohl seitdem ein Jahr vergangen ist.

Nun rennt Rita dem Gelben entgegen. Anni kriegt Angst und ruft sie zurück, aber die Hündin gehorcht nicht. Zum Glück ist sie leicht. Sie hüpft an der Jacke des Gelben hoch und legt sich dann platt vor seine Füße aufs Eis. Anni wird wütend: Das ist *mein* Hund, du wirst mir verflixt noch mal nicht das Letzte nehmen, das ich noch habe. Dann erst sieht sie das weiße Gesicht unter der gelben Kapuze.

Der Junge ist gekommen.

Ist übers Eis gegangen und nicht eingebrochen.

Ab jetzt trägt es, weiß Anni. Ein langer Winter beginnt, und man kann gefahrlos übers Eis gehen, wie der Junge. Er ist nicht eingebrochen. Der Winter hat begonnen, sie muss dem Jungen warme Kleidung raussuchen, im Ausland ist er bestimmt verweichlicht. Kleidung wärmt, denkt Anni. Das geheizte Haus schützt seine Bewohner, und Eis bedeckt das Wasser, Fensterabdichtungen und dickes Fell helfen, dicke Haut und dickes Eis halten die Fische in der richtigen Temperatur, damit sie leben können.

Rita springt hinter dem Jungen her, die flache Schnauze weit geöffnet.

»Ich hab ein bisschen Hunger«, sagt der Junge schlicht. »Im Flugzeug kriegt man nichts Richtiges.«

Anni fasst ihn an der Hand, den Jungen, den sie drei Jahre nicht gesehen hat, und er zieht seine Hand nicht weg. Anscheinend hat er im Ausland gelernt, sich zu öffnen, denkt Anni, packt ihn und umarmt ihn fest. Ihr fällt ein, dass sie die Kartoffeln von gestern pellen und sie zusammen mit Barschen in Butter braten kann. Es sind für jeden genau zwei Fische und drei Kartoffeln da. Zum Nachtisch Sandkuchen. Die schwarze Oberfläche kann man absäbeln, man kann noch Sahne dazu schlagen und Himbeeren aus dem Wald hinterm Haus obendrauf tun, die letzten, die Jali gepflückt hat.

Aus dem Finnischen
von Elina Kritzokat

Turkka Hautala

Die Mannschaft der Menschen

Den Schläger lässt du draußen in der Kälte, steckst ihn hochkant ins dafür vorgesehene Fass. Drinnen in der Kabine krümmen sich ausgetretene Winterturnschuhe unter den Holzbänken. An den Haken hängen Reihen hässlicher Plastiktüten. Du weichst den hockenden Vätern aus, vor denen auf den Bänken Kinder sitzen, mit ausgestreckten Beinen, glotzend.

Kleine Jungen haben ihr Gesicht nicht unter Kontrolle, ihre Mienen verraten sofort alles. Auf der Straße kommen sie einem in kleinen Gruppen auf Fahrrädern entgegen und grinsen wie Bestien, die gerade jemanden zerfleischt haben. In den Gesichtern kleiner Jungen wohnt alle Freude, Angst und Wut. Kleine Mädchen sind das Gegenteil. Die Welt der kleinen Mädchen zählt zu den letzten Rätseln des Universums. Auf der Schlittschuhbahn tun sie so, als übten sie Pirouetten, und spinnen dabei komplizierte Eroberungspläne.

Setz dich an eine Stelle, wo die Farbe abblättert. Ein guter Platz, er ist schon öfter gewählt worden. Jemand kommt vom Waschbecken, und dir fällt eine Warnung aus Schulzeiten ein: *Da ist reingepisst worden.* Du erinnerst dich an eine zweite Warnung, von der Mutter ausgesprochen: *Iss keinen Schnee.* Du hast am Waschbecken getrunken, du hast Schnee gegessen und sitzt jetzt trotzdem hier, lauschst dem Rascheln der Kleider, dem Knacken der Holzkonstruktion, den Worten der Menschen:

Lass das den Papa machen/Schwule Sau!/Und er dann so: Willste mit mir tanzen/Das muss du dir mal vorstellen, die gab's im Sport-Speicher für zweiundsiebzig/Was'n noch außer 'nem Nintendo? (Es ist der erste Weihnachtsfeiertag.)

Mit dem Daumennagel prüfst du die Kufenschärfe, dann ziehst du die schwarzen Dinger an. Du rückst die Zunge zurecht, schnürst die Bänder. Du denkst an den Schlittschuh: an den ersten Menschen, der übers Eis glitt. Der Eine erfindet das Spiel, der Nächste wird Profi. Jemand gründet in Forssa eine Schlägerfabrik. Du denkst an den Puck, an das Gummigeschoss, mit dem wir uns auf den Rathausbalkon schießen. 4:1, und der Staatspräsident kommt in die Kabine. Unter Veikko Nieminens Handtuch blitzt das Glied hervor.

Die Tür geht auf und ein hoch aufgeschossener Stürmer watschelt über die Gummimatte. Mütze von der Sparkasse, Anzug von der Post, rote Backen vom Spiel. Die Brille beschlagen und mit Klebeband geflickt. Herrscher des Eises, auch wenn man es nicht glaubt. Hat vor dem Tor den Schläger immer da, wo er sein muss. Lässt sich nicht aus der Ruhe bringen, wenn es hektisch wird.

Sobald du die Handschuhe anhast, riechst du sie: die Mannschaft der Menschen. Schau sie dir an. Schau sie dir an, solange sie noch da sind.

Und dann geh raus und spiele!

Aus dem Finnischen
von Stefan Moster

NACHWORT

Finnland liegt so hoch im Norden, dass sich schon aufgrund des Klimas andere Formen des Vergnügens anbieten als in Mitteleuropa. Wo Winter für Winter nicht nur die Binnengewässer, sondern auch weite Teile der Ostsee zufrieren, kann man schon mal auf die Idee kommen, ein Loch ins Eis zu schlagen, um sich nach der Sauna naturnah abzukühlen oder um die Immunabwehr zu stärken. Hunderttausend Finninnen und Finnen springen regelmäßig ins eisige Wasser. Für weitaus mehr Menschen ist Eishockey die Sportart Nummer eins, mindestens ebenso viele Landesbewohner sind schon einmal einem Elch begegnet, viele machen Urlaub in einem kleinen Holzhaus am See und so gut wie alle gehen regelmäßig in die Sauna.

Was so alltäglich ist, wird in Finnland unweigerlich Bestandteil der Literatur – so auch in den Erzählungen der vorliegenden Anthologie. Auf Außenstehende mag manches exotisch wirken, vor allem weil das für uns Ungewohnte als ganz und gar naheliegend und vollkommen normal dargestellt wird.

Finnische Literatur wird nicht nur auf Finnisch geschrieben, sondern auch auf Schwedisch, der zweiten offiziellen Landessprache. Die finnlandschwedische Minderheit bringt sogar eine erstaunlich vielfältige Literatur hervor. Diesem Umstand wird mit vier Geschichten Rechnung getragen, die aus dem Schwedischen übersetzt worden sind und in denen Helsinki dann eben Helsingfors heißt.

Da Finnland bis zum Beginn des 19. Jahrhunderts zum schwedischen Königreich gehörte, war die Bildungsschicht des Landes schwedischsprachig. Das änderte sich erst 1809, nachdem Finnland im Russisch-Schwedischen Krieg ans Zarenreich gefallen war und die Politik darauf zielte, alles genuin Finnische zu stärken, um das mentale Abrücken der Bevölkerung von Schweden zu beschleunigen. Allmählich drang die finnische Sprache, die von der Mehrheit des Volkes gesprochen wurde, in sämtliche Bereiche der Gesellschaft vor, auch in die Literatur. Von Anfang an richtete sich diese an alle, denn das finnischsprachige Publikum gehörte mehrheitlich nicht der Bildungselite an.

Obschon sich die gesellschaftlichen Verhältnisse inzwischen gründlich geändert haben, hält sich diese Tradition bis heute. Darum ist es für die finnischen Schriftsteller auch ganz selbstverständlich, das alltägliche Leben in den Blick zu nehmen. Sie interessieren sich für die Menschen in ihren ganz gewöhnlichen Lebensumständen, geben sich kaum einmal elitär und legen großen Wert auf Zugänglichkeit ihrer Texte.

Der erste Roman in finnischer Sprache erschien 1870. Er heißt auf Deutsch ›Die sieben Brüder‹, stammt von Aleksis Kivi und erzählt davon, wie aus sieben ungehobelten Bauernsöhnen rechtschaffene Mitglieder der Gesellschaft werden. Dazu gehört auch die Eheschließung. Diese wiederum setzt im protestantischen Finnland die Konfirmation voraus – aber wer konfirmiert werden will, muss lesen können. Der Roman schildert anschaulich, wie schwer sich mancher Bauernschädel mit den Buchstaben tut. Zugleich wird deutlich, dass es keine bessere Alphabetisierungskampagne hätte geben können: Wer heiraten wollte, musste des Lesens und Schreibens kundig sein.

Die Maßnahme hatte nachhaltigen Erfolg: Auch heute verfügt Finnland über eine sehr vitale Literaturszene, weil dem gedruckten Wort noch immer großer Wert beigemessen wird. Jahr für Jahr erscheinen – mit Blick auf die Bevölkerungszahl von 5,4 Millionen Einwohnern und im internationalen Vergleich – überdurchschnittlich viele Bücher, es wird eifrig gelesen, die Ausleihquoten in den in fast jedem Ort vorhandenen Bibliotheken sind Weltspitze, und nach wie vor werden Bücher gern verschenkt, nicht nur zu Weihnachten, sondern etwa auch am Vatertag.

Die junge finnische Literatur hat sich schnell entwickelt. Gewissermaßen im Zeitraffer hat sie die meisten Stilepochen durchlaufen, die es auch in anderen Ländern gegeben hat, und internationale Einflüsse aller Art aufgenommen, weshalb sie heute so vielfältig ist und sich innerhalb der europäischen Literatur nicht zu verstecken braucht. Schriftsteller ist ein angesehener Beruf; wer ihn ausübt, kann sich erheblicher Wertschätzung erfreuen. Manche Vertreter der Zunft zählen zu den bekanntesten Prominenten des Landes und tauchen sogar in Frauenzeitschriften und in der Boulevardpresse auf.

Dies sind in der Regel die Verfasser viel gelesener Romane, denn auch in Finnland dominiert der Roman die Literaturszene. Allerdings findet sich besonders in den großen Städten Helsinki, Tampere und Turku eine lebendige Lyrikszene, und das Genre der Erzählung scheint derzeit einen kleinen Aufschwung zu erleben. Vor allem in den Fünfziger-, Sechziger- und Siebzigerjahren veröffentlichten bekannte Autoren wie Veijo Meri oder Antti Hyry Erzählungsbände, die in die Literaturgeschichte des Landes eingegangen sind. Daran wird heute wieder angeknüpft.

Die in ›Alles frisch‹ vertretenen dreizehn Autorinnen und zwölf Autoren vermitteln mit ihren Texten einen Eindruck davon, wie die Literatur in Finnland heute aussieht. Es sind bekannte und vielfach übersetzte Schriftsteller wie Rosa Liksom, Daniel Katz und Petri Tamminen darunter, hinzu kommen einige, von denen zeitgleich Romane auf Deutsch erscheinen (Johanna Holmström, Juha Itkonen, Miina Supinen), hauptsächlich sind aber Autoren zu entdecken, die in Finnland Ansehen genießen oder Aufmerksamkeit erregt haben, aber noch nicht ins Deutsche übersetzt worden sind.

Ohnehin bildete der Bekanntheitsgrad der Autoren nicht das wesentliche Kriterium für die Textauswahl. Vielmehr sollen die verschiedenen Geschichten zusammen einen Einblick in die aktuelle finnische Gegenwart gewähren. Wer dieses Buch liest, erfährt mehr über Finnland, als es mit Hilfe von Reiseführern möglich wäre, weil der Blick auf das finnische Selbst- und Weltverständnis nicht von außen, sondern von innen kommt. Man begegnet Menschen unterschiedlichen Alters in verschiedenen Lebensstadien, man bewegt sich in der urbanen Sphäre Helsinkis, aber auch in dünn besiedelten ländlichen Regionen und sogar in Thailand, das alljährlich von so vielen Finnen als Urlaubsort angesteuert wird, dass es bereits Bestandteil des aktuellen finnischen Bewusstseins geworden ist. Im Gegenzug kommen Menschen aus Thailand nach Finnland, freilich nicht, um dort ihren Urlaub zu verbringen, sondern um Geld beim Pflücken von Blau-, Preisel- und Moltebeeren zu verdienen. Auch über dieses kuriose Randphänomen der Globalisierung findet sich hier eine Geschichte.

Die Erzählung scheint als Genre besonders geeignet zu sein, prägende Kindheitserfahrungen einzufangen und die akuten

Zustände in Ehen und Familien zu hinterfragen. Allerdings schließt die kurze Form auch historische Perspektiven nicht aus. Ein Beispiel hierfür bietet die Geschichte von Peter Sandström, der davon erzählt, wie sich die traumatischen Erfahrungen aus dem Winterkrieg mit der Sowjetunion von 1939/40 bis heute auf das Verhältnis von Vätern und Söhnen auswirken können. Außerdem bieten Kurzgeschichten den passenden Rahmen, skurrile Begebenheiten in Szene zu setzen und Menschen zu zeigen, die in prekären Lebenslagen zu außergewöhnlichen Maßnahmen greifen und etwa in den Sommerhäusern fremder Leute überwintern (wie in der Geschichte von Maarit Verronen) oder sich aufgrund akuten Geldmangels gar in die Wildnis Lapplands zurückziehen (wie bei Juha Hurme).

Alle Erzählungen dieses Landes rücken zwischenmenschliche Beziehungen in den Mittelpunkt. Sie leben von Begegnungen, die bei den Beteiligten etwas auslösen. Manchmal entsteht Liebe, manchmal kommt es zu Trennungen, häufig zu Irritation. Finnische Erzählliteratur geht nahe an den Menschen heran, sie schaut genau hin, was diese tun, wie sie sich verhalten, wenn sie unter Druck geraten, wie sie Herausforderungen in ihrem Alltag begegnen. Selten reagieren die Protagonisten dabei nach Schema F. Ist das nun typisch finnisch?

Man müsste sich wohl zunächst beim Eislochschwimmen einen kühlen Kopf holen, um diese Frage beantworten und angemessen über die finnische Mentalität nachdenken zu können. Ein Tauchgang im Eiswasser ist in jedem Fall ein Gewinn, denn finnische Wissenschaftler haben herausgefunden, dass die Überwindung der Angst vor dem kalten Wasser die Psyche stärkt und Selbstvertrauen gibt. Durchaus möglich also, dass die Helden vieler Erzählungen über entsprechende Erfahrungen verfügen – wie sonst wäre ihre Unbeirrbarkeit zu erklären?

Espoo, im April 2014
Stefan Moster

AUTOREN- UND QUELLENVERZEICHNIS

Riikka Ala-Harja, geboren 1967 in Kangasala, hat ein Studium an der Theaterhochschule als Dramaturgin abgeschlossen. Inzwischen schreibt sie als freie Autorin Hörspiele, Comictexte und vor allem Prosa. Sie hat sechs Romane, zwei Kinderbücher und einen Band mit Erzählungen veröffentlicht. Nach einem siebenjährigen Aufenthalt in Nordfrankreich lebt sie seit Kurzem wieder in Helsinki.
»Die Insel« (Originaltitel: »Saari«)
In: Riikka Ala-Harja: *Reikä* (›Das Loch‹), Helsinki: LIKE Publishing Ltd., 2013. © Riikka Ala-Harja. Publikation mit Genehmigung der Otava Group Agency.
Päivi Alasalmi, geboren 1966 in Haukipudas, lebt in der Nähe von Tampere auf dem Land. Sie hat kreatives Schreiben in Orivesi studiert und bereits mit zweiundzwanzig Jahren als Romanautorin debütiert. Seitdem hat sie insgesamt zehn Romane, zwei Bände mit Erzählungen, drei Märchenbücher und zwei Sachbücher vorgelegt.
»Aktiver Autourlaub« (Originaltitel: »Aktiivinen autoiluloma«)
In: Päivi Alasalmi: *Koirapäinen pyöveli* (›Der Henker mit dem Hundekopf‹), Helsinki: Gummerus, 2010. © Päivi Alasalmi.
Tuuve Aro, geboren 1973 in Helsinki, wo sie auch heute als freie Filmkritikerin und Schriftstellerin lebt. Sie hat bislang zwei Romane und vier Bände mit Erzählungen sowie zwei Romane für Kinder veröffentlicht. In deutscher Übersetzung sind der Erzählband ›Ärger mit der Heizung‹ sowie der Roman ›Karmiina K – Ich bin okay‹ erschienen.
»Taxi Driver« (Originatitel: »Taksikuski«)
In: Tuuve Aro: *Himokone* (›Die Suchtmaschine‹), Helsinki: WSOY, 2012. © Tuuve Aro.
Joel Haahtela, geboren 1972 in Helsinki, lebt in Kirkkonummi. Seit 1999 arbeitet er als Psychiater und ebenso lange als Autor von zumeist schmalen Romanen. Von den neun bisher erschienenen Titeln liegen drei in deutscher Übersetzung vor: ›Der Schmet-

terlingssammler‹, ›Sehnsucht nach Elena‹ und ›Die Verschwundenen von Helsinki‹.
»Zaia« (Originaltitel: »Zaia«)
In: Armas Alvari, Jarkko Tontti (Hg.): *Miehen rakkaus* (›Die Liebe des Mannes‹), Helsinki: Gummerus, 2008. © Joel Haahtela.

Turkka Hautala, geboren 1981 in Salo, lebt nach längeren Aufenthalten im Ausland in Helsinki. Er gilt nach zwei Romanen und einem Band mit kurzen Erzählungen als einer der begabtesten jungen Autoren in Finnland.
»Sprungschanzenstädte« (Originaltitel: »Mäkipaikkakunnilla«) und »Ihmisten joukkue« (»Die Mannschaft der Menschen«)
In: Turkka Hautala: *Kansalliskirja* (›Das Buch der Nation‹), Helsinki: Gummerus, 2012. © Turkka Hautala.

Johanna Holmström, geboren 1981 in Sipoo, lebt in Helsinki. Sie zählt zu den interessantesten jungen Stimmen der finnlandschwedischen Literatur. Sie hat zwei Romane und drei Erzählbände veröffentlicht, auf Deutsch liegt der Roman ›Asphaltengel‹ vor.
»Weitwinkel, Ida #2« (Originaltitel: »Vidvinkel, Ida #2«)
In: Johanna Holmström: *Camera obscura*, Helsinki: Söderströms, 2009. © Johanna Holmström.

Janne Huilaja, geboren 1961 in Kittilä, lebt in Muurola bei Rovaniemi. Der gelernte Baumeister hat sein ganzes bisheriges Leben in Lappland verbracht. Mit dem Schreiben hat er begonnen, nachdem er arbeitslos geworden war. Seitdem hat er in mehreren Romanen und Erzählungen das Leben im Norden Finnlands beschrieben.
»Vaters knauseriger Cousin« (Originaltitel: »Isän pihi serkku«)
In: Janne Huilaja: *Yöpaikka* (›Nachtquartier‹), Helsinki: Gummerus, 2006. © Janne Huilaja.

Juha Hurme, geboren 1959 in Paimio, ist einer der originellsten Theatermacher in Finnland. Er schreibt Stücke, dramatisiert Klassiker, hat drei Theatergruppen gegründet, tritt als Schauspieler auf, vor allem aber führt er an vielen Bühnen Finnlands Regie. Als Romanautor hat er bislang drei Titel vorgelegt.
»Tivoli« (Originaltitel: »Tivoli«)
In: *Novelli palaa!* (›Die Erzählung ist wieder da!‹), Matkanovelleja, Helsinki: WSOY, 2013. © Juha Hurme.

Juha Itkonen, geboren 1975 in Hämeenlinna, lebt als freier Autor in Helsinki, nachdem er einige Jahre als Journalist gearbeitet hat. Sein Werk umfasst bislang ein Kinderbuch, einen Band mit Erzählungen und fünf Romane, die allesamt sehr erfolgreich waren. Auf Deutsch ist der Roman ›Ein flüchtiges Leuchten‹ erschienen.
»Händel« (Originaltitel: »Kaupankäyntiä«)
In: Juha Itkonen: *Huolimattomia unelmia* (›Leichtsinnige Träume‹), Helsinki: Otava Publishing Company Ltd., 2008. © Juha Itkonen. Publikation mit Genehmigung der Otava Group Agency.
Daniel Katz, geboren 1938 in Helsinki, lebt in der Nähe von Loviisa. Seit seinem Debüt 1969 arbeitet er als freier Schriftsteller. Seine Werke sind in viele Sprachen übersetzt worden, auch ins Deutsche, zuletzt der Roman ›Treibholz im Fluss‹.
»Grenzbegehung« (Originaltitel: »Rajankäyntiä«)
In: Daniel Katz: *Berberileijonan rakkaus* (›Die Liebe des Berberlöwen‹), Helsinki: WSOY, 2008. © Daniel Katz.
Pasi Lampela, geboren 1969 in Mikkeli, lebt in Helsinki. Hat an der Theaterhochschule Dramaturgie studiert, ist seit dem Abschluss aber hauptsächlich als Regisseur tätig. Als Autor hat er bislang vierzehn Theaterstücke und zwei Bände mit Erzählungen geschrieben. Einige seiner Stücke hat er selbst inszeniert.
»Der Ring« (Originaltitel: »Sormus«)
In: Pasi Lampela: *Kuolemansairauksia* (›Todeskrankheiten‹), Helsinki: WSOY, 2009. © Pasi Lampela.
Taina Latvala, geboren 1982 in Lapua, lebt in Helsinki. Sie hat in Helsinki finnische Literatur und in Manchester Drehbuchschreiben studiert. Als Autorin debütierte sie 2007 mit einem viel beachteten Prosaband, in dem sie das Leben junger Frauen in der Großstadt beleuchtet. Seitdem sind zwei weitere Romane erschienen, einer wurde für die Bühne adaptiert.
»Der Lagerarbeiter« (Originaltitel: »Varastomies«)
In: Taina Latvala: *Arvostelukappale* (›Das Rezensionsexemplar‹), Helsinki: WSOY, 2007. © Taina Latvala.
Rosa Liksom, geboren 1958 in Ylitornio (Lappland), lebt in Helsinki. Sie verließ schon in jungen Jahren ihr winziges Heimatdorf, um das Gymnasium in Rovaniemi zu besuchen, hat unter anderem in Kopenhagen und Moskau gelebt und 1985 mit ihrem

Debüt, einer Sammlung von Short Storys über allerlei Außenseiter, für Aufsehen gesorgt. Rosa Liksom, die zu den bekanntesten und zugleich originellsten Autorinnen Finnlands zählt, arbeitet auch als bildende Künstlerin, vor allem als Malerin. Auf Deutsch erschienen die zwei Erzählungsbände ›Schwarze Paradiese‹ und ›Verlorene Augenblicke‹ sowie die beiden Romane ›Crazeland‹ und ›Abteil Nr. 6‹.

»Der Jagdausflug« (Originaltitel: »Metsästysretki«)
In: *Novelli palaa!* (›Die Erzählung ist wieder da!‹), Matkanovelleja, Helsinki: WSOY, 2013. © Rosa Liksom.

Zinaida Lindén, geboren 1963 in Leningrad, lebt in Turku. In Leningrad hat sie Schwedisch und schwedische Literatur studiert und ist 1991 nach Finnland gezogen. Sie ist eine der wenigen Vertreterinnen der Immigrantenliteratur in Finnland. Ihre Bücher schreibt sie auf Schwedisch. Außerdem übersetzt sie die Werke finnlandschwedischer Kollegen ins Russische.

»Die Seiltänzerin« (Originaltitel: »Lindanserskan«)
In: Zinaida Lindén: *Lindanserskan* (›Die Seiltänzerin‹), Helsinki: Schildts & Söderströms, 2009. All rights reserved. © Zinaida Lindén.

Maritta Lintunen, geboren in Savonlinna, lebt in Hämeenlinna. Sie hat Musik studiert und als Lehrerin gearbeitet. Sie debütierte 1999 mit einem Gedichtband, dem weitere Bände mit Lyrik und Erzählungen sowie bislang drei Romane gefolgt sind.

»Schwarz und Weiß« (Originaltitel: »Mustavalkea«)
In: Maritta Lintunen: *Mozartin hiukset* (›Mozarts Haare‹), Helsinki: WSOY, 2011. © Maritta Lintunen.

Sari Malkamäki, geboren 1962 in Alahärmä, lebt in Helsinki. Sie ist als Journalistin tätig und Autorin zahlreicher Erzählungen und Romane. Seit ihrem Debüt im Jahr 1994 hat sie elf Bücher veröffentlicht.

»Die kluge Ehefrau« (Originatitel: »Viisas vaimo«)
In: Sari Malkamäki: *Viisas vaimo* (›Die kluge Ehefrau‹), Helsinki: Otava, 2011. © Sari Malkamäki.

Mooses Mentula, geboren 1976 in Tuupovaara, hat seine Kindheit in der spärlich besiedelten nordostfinnischen Provinz verbracht. Später lebte er als Lehrer in Lappland und steht inzwischen einer Dorfschule in Tuusula im Süden Finnlands als Rektor vor. Er hat einen Erzählband sowie einen Roman veröffentlicht.

»Exotischer Touch« (Originaltitel: »Eksoottinen kosketus«)
In: Mooses Mentula: *Musta timantti* (›Der schwarze Diamant‹),
Helsinki: WSOY, 2011. © Mooses Mentula.

Janne Salminen, geboren 1972, lebt in Kangasala. Er arbeitet in unterschiedlicher Weise fürs Theater, schreibt Stücke für Kinder, führt Regie, erarbeitet Dramatisierungen.

»Es gibt Männer, die mit Maschinenpistolen nach Hause kommen und schießen« (Originaltitel: »On semmoisia miehiä, jotka tulevat konepistooleiden kanssa kotiin ja ampuvat«)
In: Janne Salminen: *Pientareilla on paljon raatojoa* (›Am Straßenrand liegen viele Kadaver‹), Jyväskylä: Atena, 2010. © Janne Salminen.

Peter Sandström, geboren 1963 in Nykarleby, lebt in Turku. Er hat in Helsinki Journalistik studiert und arbeitet seit 1989 für das Informationsmagazin der schwedischsprachigen Universität Åbo Akademi in Turku. Seine Bücher – Erzählungen und Romane – schreibt er auf Schwedisch.

»Sohn« (Originaltitel: »Son«)
In: Peter Sandström: *Till dig som saknas* (›Für dich, die fehlt‹), Helsinki: Schildts & Söderströms, 2012. All rights reserved. © Peter Sandström.

Miina Supinen, geboren 1976 in Helsinki, hat in Tampere Journalistik studiert und lebt als Journalistin und Schriftstellerin in Helsinki. Ihr witziger, frecher Debütroman ›Liha tottelee kuria‹ (›Das Fleisch hält sich an die Disziplin‹) aus dem Jahr 2007 hat inzwischen Kultstatus erlangt. Auf Deutsch liegt zudem ihr Roman ›Drei ist keiner zu viel‹ (›Säde‹) vor.

»Dekadente Liköre« (Originaltitel: »Dekantentteja liköörejä«)
In: Miina Supinen: *Apatosauruksen maa* (›Das Land des Apatosaurus‹), Helsinki: WSOY, 2010. Publikation mit Genehmigung der Elina Ahlbäck Literary Agency. © Miina Supinen.

Petri Tamminen, geboren 1966 in Helsinki, hat in Tampere Journalistik studiert und war zunächst als Redakteur für eine Tageszeitung tätig. Seit Erscheinen seines ersten Buches im Jahr 1994 arbeitet er als freier Autor. Neben Erzählungen und Romanen hat er Hörspiele, Radiofeatures und Zeitungsessays geschrieben – alle mit der für ihn typischen, unverwechselbaren Komik. Er lebt in Vääksy, unweit von Lahti. Ins Deutsche übersetzt sind die Romane ›Der Eros des Nordens‹ und ›Mein Onkel und ich‹ sowie ›Verstecke‹, ein Band mit Prosastücken.

»Mein Anteil an den Balkan-Friedensverhandlungen« (Originaltitel: »Osuuteni Balkanin rauhanneuvotteluissa«)
In: *Novelli palaa!* (›Die Erzählung ist wieder da!‹), Matkanovelleja, Helsinki: WSOY, 2013. © Petri Tamminen.
Philip Teir, geboren 1980 in Jakobstad, arbeitete als Feuilletonchef bei der schwedischsprachigen Zeitung ›Hufvudstadsbladet‹. Er hat einen Gedichtband, eine Sammlung mit Erzählungen und einen Roman verfasst und lebt als freier Autor und Journalist in Helsinki.
»Bube Dame König« (Originaltitel: »Kung Dam Knekt«)
In: Philip Teir: *Akta dig för att färdas alltför fort* (›Hüte dich davor, zu schnell zu fahren‹), Helsinki: Schildts & Söderströms, 2011. Publikation mit Genehmigung von Partners in Stories, Stockholm. © Philip Teir.
Eeva Tikka, geboren 1939 in Ristiina, lebt in Hammaslahti, in der ostfinnischen Provinz Nordkarelien. Sie hat als Lehrerin für Erdkunde und Biologie gearbeitet. Seit ihrem Debüt im Jahr 1973 sind nahezu dreißig Werke in den unterschiedlichsten Genres erschienen: Lyrik, Märchen, Erzählungen und Romane.
»Langsame Leidenschaft« (Originaltitel: »Hidas intohimo«)
In: Eeva Tikka: *Hidas intohimo* (›Langsame Leidenschaft‹), Helsinki: Gummerus, 2007. © Eeva Tikka.
Anna Tommola, geboren 1975, lebt in Helsinki. Sie hat als Journalistin für verschiedene Zeitungen und Zeitschriften gearbeitet und bislang einen Band mit Erzählungen veröffentlicht.
»Die Pilze« (Originaltitel: »Sienet«)
In: Anna Tommola: *Seitsemäs käsiala ja muita kertomuksia* (›Die siebte Handschrift und andere Erzählungen‹), Helsinki: WSOY, 2011. © Anna Tommola.
Maarit Verronen, geboren 1965 in Kalajoki, lebt in Helsinki. Sie hat in Oulu Astronomie studiert und in diesem Fach auch wissenschaftlich gearbeitet. Seit 1994 ist sie als freie Autorin tätig. Einige ihrer inzwischen zwanzig Bücher enthalten fantastische Elemente und repräsentieren eine Art magischen Realismus auf nordische Art.
»Das Ferienhaus« (Originaltitel: »Mökkiläiset«)
In: Maarit Verronen: *Normaalia elämää* (›Normales Leben‹), Helsinki: Tammi, 2009. Publikation mit Genehmigung der Elina Ahlbäck Literary Agency. © Maarit Verronen.